エイティシックスたちが立つ場所を、
わたしが彼らを率いる場所を、
わたしはい[illegible]この時まで、忘れていたのかもしれない。

ヴラディレーナ・ミリーゼ　『回顧録』

JN068612

序章　ザ・レッド・ドラゴン

「――君たちが報告してくれた、ゼレーネ女史からの情報だけどね」

この連邦暫定大統領閣下はやはりどこか、世を倦(う)んで細く火を吐く竜のようだとセオは思う。

連邦首都ザンクト・イェデルの、エルンストの私邸のリビング。いつもの大量生産品の背広姿でエルンストは言って、彼とセオ、シンとライデンとアンジュとクレナ、そしてフレデリカがてんでにソファにかけて低いテーブルを囲む。

眼鏡の奥の黒瞳(こくとう)は休日の父親のような穏やかさで、それは間違っても大陸全土で猖獗(しょうけつ)を極める鋼鉄の災厄を、一挙に無力化する手段を手に入れた大国の大統領の顔ではない。

そう。

〈レギオン〉は止められる。

停止命令を発信する秘匿司令部と、〈レギオン〉を含めた旧ギアーデ帝国軍の統帥権を持つアデルアドラー帝室の血統。帝国滅亡に伴い表向きには失われた、この二つの鍵さえ揃えれば。

シンはゼレーネから託されたその情報を、フレデリカ本人と、彼女の素性を知る自分たち四人には、エルンストへの報告よりも先に話してくれている。

それ以外には誰にも、明かしていない。

レーナにさえ。

情報は、それを知る者が多ければ多いほど漏洩しやすい。ただでさえ連邦転覆の原因となりかねない、帝国最後の女帝であるフレデリカ。その彼女に〈レギオン〉という戦禍を祓う唯一の鍵、人類を救う奇跡の担い手という価値が、付与されてしまったら。

それでもエルンストに報告しないわけにはいかない。人類の未来を左右するこの情報を、シンの一存で秘匿するのはきっと裏切りだ。適当な口実でザンクト・イェデルに戻り、検討するからとエルンストは一度預かって。事情を知る軍や政府の高官とこの数日検討を重ねて。

「結論から言うと、……君たちには当初の予定通り、次の派遣先に行ってもらうことになる」

「な」

愕然と、元々大きな目を更にいっぱいに見開いたのはフレデリカだ。

「何故じゃ木っ端役人!?　帝国の女帝たるわらわがここに在る以上、後は秘匿司令部とやらを取り返すだけじゃ。――ただそれだけじゃというのになぜ成さぬ!?」

「その〝だけ〟が難しいんだ。当該の秘匿司令部は、所在が全く不明なんだよ」

フレデリカが虚をつかれた顔になった。

エルンストは微笑んでいる。

「連邦は帝国から領土を含め多くのものを引き継いでいるけど、元々は帝国を内から食い破った敵だ。秘密の司令部の位置を、敵には知らせないよね。その司令部に属さない味方にも」

そして帝国の軍基地である以上、基地がおかれているのは旧帝国領内の、おそらく〈レギオン〉支配域のどこかだ。敵地深くにある候補地を総当たりで調査する余力は、連邦にはもはやない。

「加えて、……君たちの派遣先。こちらの状況の方がむしろ、急を要する状態なんだ。——〈レギオン〉の二度目の大攻勢。その予兆が、君たちが攻略する予定の拠点に確認された」

瞬間。

息を呑んだのは誰だったろう。大攻勢。

連邦西部戦線を崩壊手前まで追いつめ、共和国に至ってはわずか一週間で陥落させた。軍勢の名前どおりの無数からなる鋼鉄の津波が。

再び。

「最優先で排除する必要がある。そしてその排除と合わせて、君たちにはある情報を当該拠点から奪取してきてほしいんだ」

ライデンが眉を寄せた。

「情報？　〈レギオン〉どもから、一体何の」

「〈無慈悲な女王〉は帝国軍人ゼレーネ・ビルケンバウム少佐。電磁加速砲型の制御系は女帝アウグスタの近衛騎士筆頭。共和国北部、シャリテ市地下ターミナルの発電プラント型も、どうやら旧帝室派だったらしいね」

——帝国、万歳。

生前最期の叫びとしてそう繰り返していた、発電プラント型の中の顔も知らない亡霊。

ぴんと来た様子で、シンが目を細めた。

「旧帝室派の人間が、〈羊飼い〉になっていると？」

「〈レギオン〉は元々帝国の兵器だ、不自然ではないと思うよ。——連邦が知らない秘匿司令部も、帝室派のそれも中枢だった者なら当然知っている。それなら〈羊飼い〉になった彼らの制御系から司令部の情報を読み出すことも……まあ、できるかどうかは、やってみないとわからないんだけどね」

〈レギオン〉の制御系は偏執的な暗号化処理が施され、今なお解析できていない。

いくらなんでも不確実すぎない？　とセオは思い、クレナは口に出した。

「そんなのできるの？　〈羊飼い〉なんて、八六区全体でも百機くらいしかいなかったのに」

九年で数百万人が戦死し、その全員が遺体を葬られなかった。そのために戦死者の脳構造を取りこんだ〈レギオン〉——〈黒羊〉と〈羊飼い〉が数多生み出された八六区でさえ、生前の知性と記憶を保つ〈羊飼い〉はわずかに百体程度だ。人の頭を容易く砕く機関銃弾、人間など粉々に消し飛ばせる戦車砲弾が飛びかう戦場で、無傷の脳などそうそう手には入らない。

「うん。だからいくつか並行して進める調査の一環だよ。他の手も当然尽くす。……僕だって将軍たちだって、総指揮官全機が元帝室派だとは思っていないよ」

ただ、その一人二人は〈羊飼い〉と化したかもしれない。

司令拠点という重点なら、その誰かが配置されているかもしれない。そういう話だ。

「シン君がいるから、まだ判断もできるでしょうけど。何だか雲をつかむような話ね……」

困惑した様子でアンジュが天を仰ぐ。仲間たちも似たような様子で、フレデリカ一人がそわそわとエルンストとシンとを見比べ、シンは気のない猟犬のように瞑目している。

エルンストが笑う。

「……ただ。旧帝室派には一人、確実に〈羊飼い〉となっていて、まず間違いなく秘匿司令部のことも知っている戦死者がいるよね」

高官でこそないが、女帝の近衛騎士を務め。死して後は電磁加速砲型の制御系として捕われていた——……。

「キリヤ・ノウゼン。たとえばその司令拠点にいるのが、彼の亡霊だとしたら？」

「…………！」

フレデリカが蒼褪める。

　さすがにシンの表情が険しくなった。その電磁加速砲型(モルフォ)を、撃破したのは他でもない彼だ。

「……彼は一年前、おれが確実に破壊しています。〈羊飼い〉は同じ亡霊を元とするものが複数体、存在することはない。——いない亡霊を、情報源にはできない」

「予備機くらいあるんじゃないかな？　それに、もし彼でなかったとしても大攻勢の起点となりうる拠点だ。相応の指揮官を配しているはずだよね」

　明らかに不服を示してシンは押し黙る。——それは、彼は嫌だろう。

〈羊飼い〉と化した兄を持ち、その最期(さいご)の呼び声を聞き続けたシンには、機械仕掛(じか)けの亡霊といえど人なのだ。それをこんな風に、情報の読み出しのための部品として扱われるなんて。

「まあともかく。……停止手段といってもこんな風に時間と手間のかかることだから、君が心配したようにフレデリカの安全を無視して今すぐ〈レギオン〉を止める——なんてことにはさせないからそこは安心してくれていいよ、シン。みんなも。司令部の位置、加えて帝室派の残党……よりも、むしろ別の派閥のが危ないんだけど。ともかく、フレデリカの隠蔽のための情報工作、何より奪還作戦に充分な戦力抽出の目途。それが全部完了するまで、作戦は実行しない。——だって」

　子供を犠牲にするような国は、連邦の目指すべき正義では全くないのだから。

　カッとフレデリカが立ちあがった。

「そなたの民の死を数多(あまた)座視して、何が正義じゃ！　連邦の数億、人類全体の数十億に比べればわらわ一人くらい安い犠牲であろ⁉　何故それが……」

「そんな非道を是とするなら、人間なんか滅びてしまえ」

酷薄にエルンストは言い放った。ぞっとフレデリカが凍りついた。

セオもまた静かに戦慄する。

かつて、同じ言葉を聞いた。その時は自分たち五人を、処分させない理由がそれだった。

——子供を犠牲にしないと生きられないなら、人類なんて滅んでしまえばいいんだよ。

「そもそもね。僕は君たちエイティシックスばかりが、戦局打開に投入されているのも本当は気にくわないんだよ。君たちも戦うならいい。君たちだけが犠牲になるならそれは駄目だ。それをおかしいと、思えなくなる日がもし来たならその時は——……」

遮ってシンが言う。淡々と。

「それは困ります、エルンスト」

月下の戦場にしんと光る、折れることなき古刀の静謐と鋭利と、そして強靭を以て。

「人が滅べばいいとは、おれは思わない。……それではおれの望みが叶わない。そうやって何かというとすぐに、あなたを失望させるなら滅びてしまえと言い放たれるのも不愉快です」

一瞬。

エルンストの炭色の瞳と、血赤の色彩をしたシンの双眸がぶつかりあった、そんな気がした。

微笑んだような黒灰色の空虚を、血の色の、焰の色のあかいろが硬く弾く。

「……状況は了解。制御中枢鹵獲の命令も。――おれもこの戦争は、もう終わらせたい。ですが、あなたに人を、滅ぼさせもしません」

フレデリカを犠牲とする道は選ばない、と。

泣き出しそうな顔でフレデリカが黙りこむ。

その傍ら、無言を以て同意にかえるライデンと、微笑んで見守るアンジュと小さくうなずいて見せる、けれど少しだけ不安な目をしたクレナ。

セオ自身の表情は、このリビングには鏡がないからわからない。

けれどなんだか、わかる気がした。

……以前のシンなら。

八六区にいた頃の彼なら、そんな言葉は言わなかった。……言えなかった。戦争を終わらせたいとも、自分の望みを叶えたいとも。

それらは八六区には、存在しないものだったから。

シンは、本当に。

あの八六区を出てしまったのだなと――思い知らされた気がした。

EIGHTY SIX

The number is the land which isn't
admitted in the country.
And they're also boys and girls
from the land.

ASATO ASATO PRESENTS
[著] 安里アサト

ILLUSTRATION／SHIRABII
[イラスト] しらび

MECHANICALDESIGN／I-IV
[メカニックデザイン] I-IV

DESIGN／AFTERGLOW

—エイティシックス—

A call from a sea.
Their soul is driven mad.

[Ep.8]

— ガンスモーク・オン・ザ・ウォーター —

CHARACTERS

ギアーデ連邦軍
〈第86独立機動打撃群〉

シン

サンマグノリア共和国で人ならざるもの――〈エイティシックス〉の烙印を押された少年。レギオンの「声」が聞こえる異能の持ち主で、高い操縦技術を持つ。新設「第86独立機動打撃群」の戦隊総隊長を務める。

レーナ

かつてシンたち〈エイティシックス〉とともに戦い抜いた指揮管制官(ハンドラー)の少女。死地に赴いたシンたちと奇跡の再会を果たし、その後ギアーデ連邦軍にて、作戦指揮官として再びくつわを並べて戦うこととなった。

フレデリカ

〈レギオン〉を開発した旧ギアーデ帝国の遺児。シンたちとともにかつての家臣であり兄代わりだったキリヤと戦った。「第86独立機動打撃群」ではレーナの管制補佐を務めている。レギオン全停止の「鍵」であることが判明。

ライデン

シンとともに連邦へ逃れた〈エイティシックス〉の少年。"異能"のせいで孤立しがちなシンを助けてきた腐れ縁。

クレナ

〈エイティシックス〉の少女。狙撃の腕は群を抜いている。シンにほのかな想いを寄せていてるが、果たして――?

セオ

〈エイティシックス〉の少年。クールで、少々口が悪い皮肉屋。ワイヤーを駆使した機動戦闘に長ける。

アンジュ

〈エイティシックス〉の少女。しとやかだが戦闘では過激な一面も。ミサイルを使った面制圧を得意とする。

[グレーテ]

連邦軍大佐。シンたちの理解者でもあり、「第86独立機動打撃群」の旅団長を務める。

[アネット]

レーナの親友で〈知覚同調（パラレイド）〉システム研究主任。シンとは、かつて共和国第一区で幼馴染の間柄だった。

[シデン]

〈エイティシックス〉の一人で、シンたちが去って以降のレーナの部下。レーナの直衛部隊を率いる。

[シャナ]

共和国第86区時代からシデンの隊で副長として活躍する女性。シデンとは対照的に、醒めた性格。

[リト]

「第86独立機動打撃群」に合流した〈エイティシックス〉の少年。かつてシンがいた部隊の出身。

[ミチヒ]

リトと同じく機動打撃群に合流した〈エイティシックス〉の少女。生真面目で物静かな性格、なのです。

[ダスティン]

共和国崩壊前〈エイティシックス〉への扱いを非難する演説をした学生で、連邦による救援後、軍に志願した。

[マルセル]

連邦軍人。過去の戦闘での負傷の後遺症から、レーナの指揮をサポートする管制官として従軍する。

[ユート]

リト・ミチヒらと戦線に加わった〈エイティシックス〉の少年。寡黙だが卓越した操縦・指揮能力を持つ。

[ヴィレム]

ギアーデ連邦軍西方方面軍参謀長。食えない男だが、彼なりにシンたち若い軍人らを慮っている。

[ヴィーカ]

ロア＝グレキア連合王国の第五王子。異常な天才「紫晶」の今代で、人型制御装置〈シリン〉を開発した。

[レルヒェ]

半自律兵器の制御装置〈シリン〉の一番機。ヴィーカの幼馴染であった少女の脳組織が使用されている。

EIGHTY SIX

登場人物紹介

The number is the land which isn't admitted in the country.
And they're also boys and girls from the land.

第一章　ザ・ガン・イン・ザ・ハイ・キャッスル

　実戦にまさる訓練はない。

　というのは一面の真理ではあるものの、実のところ実戦だけを繰り返していると部隊の戦闘能力はむしろ落ちる。訓練していないことは実戦でもできない。個人にしろ部隊にしろ、練度を維持するにはやはり適切な訓練と教育が不可欠だ。

　第八六独立機動打撃群(ストライク・パッケージ)、本拠基地リュストカマー。その演習場。

　連邦西部戦線の主戦場である、森林と市街を忠実に再現して設営された演習場だ。森は元々そこにあった森の一部を区切って、市街は森を切り開いて旧帝国の軍事要害都市を模して。

　その一角に新たに建てられた、金属の骨組みだけのビルディングが機動打撃群第一機甲グループの次の戦場の再現だ。

〈ジャガーノート〉の全幅ぎりぎりの幅の、鋼鉄の梁(はり)と柱。幾何学的なパターンで整然と組みあわされ、縦横に空間を走るそれらを蹴って二機の多脚機甲兵器(フェルドレス)が疾走する。

　パーソナルマークは〝シャベルを担(かつ)いだ首のない骸骨〟と、〝交差するマスケット銃〟。シンの駆る〈アンダーテイカー〉と、訓練教官として盟約同盟から派遣されてきたオリヴィアの〈アンナマリア〉だ。互いに有利な位置を奪いあい、相手の得手を潰しあって、共に高機動戦用に開発された機体をその性能諸元（スペック）の限界まで振り回して目まぐるしく戦闘は進む。

オリヴィアが仮想敵機（アグレッサー）役を務めての、一対一の模擬戦闘だ。

フェルドレスのコクピットは居住性よりも生残性を重視して狭苦しいものだが、中でも〈ストレンヴルム〉のそれはとりわけ酷（ひど）い。専用の装甲強化外骨格（エクサスケルトン）にスペースを食われて光学スクリーンを置く余裕もないコクピットで、網膜投影される機外の映像と物理的な視界にではなく見える未来の光景に、オリヴィアは〈アンダーテイカー〉の軌跡を追う。

未来予知。山岳の国土を統一する王家をついに持たず、山間の小規模な所領しか持てず貴族も純血を維持しきれなかった盟約同盟では、彼の一族が辛（かろ）うじて伝えているだけの異能。

オリヴィアの場合、見えるのは三秒先までの彼自身の未来だけだ。

範囲は未来に起きる事象にもよるが、最大でも十数メートルほど。予知できるのは意識的に力を使っている間だけで——一族では〝目を開く〟と例える——、危機が迫れば自動的に、無意識に異能が発動することもない。

一族の外にそうと明かすことはないが、余人が考えるほど有用な異能でも実はない。使い続ければ相応に疲労するので、作戦中常に〝目を開いて〟いることも不可能だ。それでも相手が人間だろうと〈レギオン〉だろうと、オリヴィアが敗北することなど滅多にない。

そのはずが。

三秒先までの未来予知。――敵機の動きを三秒分、精確に見通せる絶対のアドバンテージ。その優位を、けれどシンは長い戦闘経験がもたらす無意識の先読みと常人離れした反応速度、そしてあたかも未来の血の匂いを嗅ぎ取るような、第六感としか形容できない異様な勘働きでつめてくる。

斬撃がくる。演習なので高周波ブレードは非稼働だが、実戦なら真っ向切り結べはしない。だからこれも非稼働の高周波ランスを横からうち当てて弾き飛ばす。――〝目〟を、閉じていられない。シンとの演習では、常に未来を見続けていないと対応しきれない。

弾かれた勢いを振り上げる動作に変え、斜めの軌道でブレードが落ちる。〈アンナマリア〉が飛び退ろうとするのに、即応して強引に一歩、左前脚を踏みこませて斬撃の間合いを延伸。ブラフとして見せた後方への跳躍をキャンセルして横跳びで回避するも、踏みこみの脚を軸に回転し横薙ぎの軌道を延長することでその回避を無効化する。高機動性を誇る〈レギンレイヴ〉がむしろ酷使と負荷に悲鳴を上げるような苛烈な機動と、それを可能とする超絶の技量。

――ただ。

互いに呼吸の暇もなく打ちあう至近の、それも十数合と長く続く攻防。極端な集中で時間の進みの遅い数秒を経て、先に〈アンダーテイカー〉の――シンの手が止まる。止めていた息を吐き、ついで肺腑に空気を満たす一瞬の間。

待っていたのは、その隙だ。・

〈アンナマリア〉を吶喊させる。至近距離からの体当たりを〈アンダーテイカー〉にぶちかます。二機の立つ骨組みだけのビルディング、その骨組みの隙間を抜ける形でもろともに落ちる。

シンは未だ十八歳という若年で、終わりにさしかかったとはいえ成長期の、未完成の子供の体だ。それはつまり膂力においても体力においても、成人男性であるオリヴィアには劣るということでもある。

組みあったまま一フロア分を落下。噛みあう獣が相手を組みしくように外の大地へと叩きつける。無線も知覚同調も、仮想敵機役の今は繋がっていないからシンの声は聞こえない。ただ浸透した衝撃に呼吸を奪われたか、〈アンダーテイカー〉が一瞬、苦鳴をあげるように硬直する。

直後に横ざまに殴りつけるように長い脚が振るわれ、避けて今度こそ〈アンナマリア〉は跳び退る。〈レギンレイヴ〉の脚先には固定兵装としてパイルドライバが装備されている。コクピットに直撃を喰らえば一撃で行動不能の判定だ。

〈アンダーテイカー〉が跳ね起き、四足を溜めて後方へと跳躍。落下のダメージの抜けぬ間は近接戦を避け、八八ミリ砲の広い間合いで戦うつもりか。だが。

「――甘いな」

動きが鈍い。ダメージが抜けていない。最前までのシンの戦闘機動からはまるで見る影もない無様さで飛び退ろうとした〈アンダーテイカー〉を、オリヴィアは苦もなく照準に捉える。

撃発。

獣の咆哮にも似た一〇五ミリ砲の砲声と共に、不可視のレーザーが照射。実弾訓練ではないから放たれるのは空砲と被弾判定レーザーだが、発射炎と砲声は実弾のそれと変わらない。

眩い業火が一瞬、視界を塞ぐ。耳を劈く砲声が敵機の稼働音をマスキングする。

視線を向けたレーダースクリーン上の敵機——〈アンダーテイカー〉の輝点は消えない。被弾判定は脚部。……あの状況でなお、致命傷は免れたか。

〝目〟を開く。

三秒先の未来の視界に〈アンダーテイカー〉の位置を確認し、その場所へと砲口を向ける。

焔が消え、現在の視界が戻った時には照準した先にその純白の機影が捉えられている。

脚部に被弾した〈アンダーテイカー〉は左前脚を折って動けない。機動力を失ってなおこちらに向いた八八ミリ砲と、——わずかに開いて閉鎖されていないキャノピ。中のシンは。

……脱出したか。

巡らせた視線の先、この数か月の演習ですでにぼろぼろになりつつある石造りの建物の陰に、片膝立ちでアサルトライフルを構えるシンの姿。アサルトライフルは銃身が青く塗られ、これは空砲を扱う演習専用の銃器であることの識別だ。

仮想敵機役のオリヴィアは、つまりこの演習では〈レギオン〉だ。捕虜を取らない〈レギオン〉と対峙している以上、機体を損傷しようが戦闘継続の意志を捨てないのは正しい姿勢だ。とはいえあくまで演習なので、実際に戦闘を続ける必要はない。というか続けては怪我をさせかねない。〝目〟を閉じ、状況終了だな、と声をかけようとして。

それよりも先に、シンが撃った。

無論こちらも空砲だ。そしてアサルトライフルでは、ほとんどの〈レギオン〉に致命傷は与えられない。正面装甲上の検知器は、だから被弾判定レーザーを検知はしたが無効と判定し。

直後に照準警報が鳴り響いた。

照準波の元は――〈アンダーテイカー〉⁉

「な……」

予知の異能を閉じていた――未来に起きる事態を見ていなかったオリヴィアは完全に意表をつかれる。

コクピットは無人のまま、〈アンダーテイカー〉の八八ミリ戦車砲が咆哮する。被弾判定レーザーが照射。側面装甲の検知器が八八ミリ高速徹甲弾(APFSDS)の『直撃』を検知。

シンとの一対一の戦闘では初めて目にする自機大破の判定が、網膜投影の映像に踊った。

「少し――いえ、だいぶ卑怯な気はしますが、」

演習用のビルディングは次の派遣のために急遽、用意されたものでそう大きくはない。

次の演習者に場所を譲って、デブリーフィングのためのテントの中。戻ってきたオリヴィアにシンは言う。

「ようやく出し抜けましたね、大尉の異能」

「実戦で同じ手口を使われたら死んでいたところだ。敵が生きているのに手を止める油断を、演習で知れてよかったが――」

一つ首を振り、それからオリヴィアは目の前の少年に目を向ける。少年らしい勝ち気さとはまるで縁のなさそうな、沈着で静穏な印象とはずいぶん違って。

「君、本当に負けず嫌いなんだな。同盟での最初の演習、もしかして根にもっていたのか」

「あの時大尉、本気ではなかったでしょう。機甲搭乗服ではなく勤務服で演習に参加していて……それはたしかに、少し気に食わなかったです」

「ああ……。あの時はおばあさまが突然、今から連邦のフェルドレスどもと決闘してこいと言ったから、私も搭乗服の用意がなかっただけなんだが」

ちなみにオリヴィアの祖母は盟約同盟北部防衛軍司令官、ベル・アイギス中将である。

「その意趣返しもこうしてすませたのだし――種明かしをしてもらってもかまわないかな？無論、私が君に負けて死ぬ時以外には明かせないというなら話は別だが」

苦笑してシンは肩をすくめる。

「あいにくと、そういうことは。……主砲の射撃モードの一つに、登録した外部音声をトリガとするものがあって。想定される状況は自機を放棄した時でしょうから——携行武器を使わざるをえない時でしょうから、アサルトライフルと拳銃の銃声を登録しておいたんです」

「そんなものまであるのか、連邦のフェルドレス——いや、」

言いさしてオリヴィアは首を振る。外部音声射撃モード、とでも言うべきこの設定が、付与されているのはおそらく。

「〈レギンレイヴ〉には。……実戦での使い道など、ほとんどないだろうに」

フェルドレスの戦場は彼我の戦車砲の砲声に榴弾の炸裂音、パワーパックの咆哮に歩兵の重機関銃の銃声、怒号に悲鳴といった喧騒に満ち満ちている。人の声に比べれば大音響のアサルトライフルの銃声さえ、まず、かき消されてしまうだろう。

こんな一対一の演習でも、よほど条件を揃えねば使い物にはならない機能だ。

「以前似た状況になったことがあって、それで追加された機能ですが……使ったことはありません。演習でも実戦でも」

「だろうね。それなのに、そんな使い道のない設定まで持ち出してきたのか。ただ私に勝つためだけに。君、本当に負けず嫌いなんだな」

「大尉の異能、見ようとしていないと見えないのでしょう。それならこれで、つけこめるかと」

オリヴィアはふっと笑みを消した。

くりかえすがその事実を、オリヴィアは一族以外の者に伝えたことはない。今は同じ部隊の同僚とはいえ他国の軍人に――シンやエイティシックスたちに対してならなおさらだ。

「……どうしてそう思うんだ？」

「演習ではおれを含め、大尉の裏をかけた者はいませんが。日常生活ではティピーに飛びつかれて驚いていたり、フレデリカに曲がり角でぶつかりそうになっていたりしたので。……いつも見えているわけでも、危機が迫れば必ず見えるわけでもないのかと」

「…………」

黙ってオリヴィアは両手をあげた。

「これは一本取られたな。しかし……」

それからにやっと笑った。

「そういう豪胆さと観察力は、ミリーゼ大佐との件でこそ発揮すればいいだろうに」

ぎくりとシンは身を硬くする。

「……何の話ですか」

「おや、はっきり言ってしまっていいのかな？　あの夜は君、ずいぶん落ちこんでいたが」

オリヴィアははっきりニヤニヤしていて、容赦のないその追撃にシンはぐっと喉を鳴らす。

あの夜。

もちろんレーナに告白して、口づけを返されて何故か逃げられた夜の話である。

その時は、混乱したしその後は非常に落ちこんだ。

レーナも同じ想いでいてくれたのだと思う。そうでなければ口づけられた説明がつかない。けれどそれが自分の願望にすぎない保証もなくて、それに同じ想いだったというなら今度はレーナが逃げた理由がわからない。けれどそれなら口づけられた説明が……と、以降延々と堂々巡りに陥って、一晩ほど復旧できなかったのである。

で、思いっきりぐるぐるしていたその様子を、ライデンやらセオやらヴィーカやらダスティンやらマルセルやら、もちろんオリヴィアにも見られている。

具体的にはその全員にホテル併設のバーにひったてられて、ひととおり落ちこみ終えて復旧するまでそっとしておいてもらった形だ。

ついでにそのバーには、逃げた後泣きついてきたというレーナを放置したアネットと、他にアンジュとかクレナとかシデンとかグレーテとか果ては参謀長までいて、バーには入れないリトとフレデリカも彼らと知覚同調を繋いでいやがったので、つまり顔見知りの大半が事情を知っている。

翌日にはさすがに頭も冷えたというか、レーナも急に言われて混乱してしまった挙句の逃走だったのだとは理解できたしそれならひとまず待つつもりにもなれたのだが。

ただ。

休暇が終わればレーナは作戦指揮官で忙しいとはいえ、……そのまま今日までの一か月、そして今なお棚上げにされているのはさすがにちょっと、納得のいかない気がしなくもない。

ひょっとしておれはそろそろ、少しくらい拗ねてもいいんじゃないだろうか……？

それこそ拗ねたように思ったところで、見透かしたオリヴィアが苦笑した。

「私は第二機甲グループの訓練もあるし、次の派遣にはついていけないけれど。——帰ってくるまでには、どうにかしておきたまえよ」

「言っていいですか大尉。……うるさい」

つい半眼でシンは吐き捨てた。オリヴィアはふ、と余裕たっぷりに笑った。

「これは失礼、ノウゼン大尉殿」

演習場で行われるのは、フェルドレス同士の模擬戦闘だ。パワーパックの立てる高音の唸りと金属の脚先が地を噛む硬く重い音響、なにより空砲とはいえ八八ミリ砲の激烈な砲声。

余人に聞かれたくない話をするには、最適の場所だ。

良くも悪くも目を引くシンはあえてテントに残し、さも休憩中の雑談を装ってライデンを中心に四人が集まる。飲料水のボトルを片手に、アンジュが口火を切る。

「……戦争、終わるかもしれないのね」

「実のところ、そんな日が本当に来るだなんてこれまで信じちゃいなかったよな」

〈レギオン〉戦争が終わる。

情報が手に入れば。それによって秘匿司令部の位置が、特定できれば。

突然提示されたその事実に、ライデンは目が眩むような、途方もないような気分になる。

ごく幼いうちからこれまでずっと傍らにあった、空気や日の光のようにあって当然だった戦争というものが、――まさかなくなるかもしれないなんて。

「終わったら、どうしようかしら。……どうなってるのかしらね、私たち」

「んー……どうなってるんだろうね、ほんと。あんまりぴんとこないや」

どこかウキウキとアンジュは言い、一方でセオは困惑するように首を傾げる。

「まあでも、とりあえずシンにはよかったよね。海を見せたいって、それがちゃんと、本当に叶いそうでさ」

「〝あなたと海を見たい〟」

大切な詩の一節でも諳んじるようにクレナが言って、目を伏せてけれど淡く微笑んだ。

「うん。叶うといいよね」

一月前の花火の下でレーナにそう言ったのを、その直後のバーでシン本人が口を滑らせたからライデンは知っているしクレナもセオもアンジュも知っている。

「……そうだな」

レーナが最後の最後でやらかしてくれはしたが、まあ、今のシンなら大丈夫だろう。

ただ。

「シンが嫌がってたとおり、……フレデリカはなるべくなら使いたかねえけどな」

彼女一人に連邦の、人類の未来を全て背負わせて。こんな、降って湧いたような都合のいい奇跡に何もかも縋って。

それで戦争が終わったとして、――それは戦い抜いたとは言わない気がする。

けれど停止手段を放棄し、力業で〈レギオン〉を全滅させようとするのも違うだろう。それでは大勢の者が、それこそ数え切れないほどに死ぬ。

「だね。フレデリカ一人に負わせたくない。……だからってこれまでみたいな、どうにか敵中突破して、なんとか敵の本拠を叩くって綱渡りもいいかげんにしてほしいし、それで死ぬのも馬鹿みたいだから嫌だけどさ」

ぽつりとクレナが呟いた。

「でも、……本当にそれで、終わるのかな」

降って湧いた奇跡を、……甘言ではないかと疑う声音で。

「秘匿司令部なんて、見つからないかもしれないし。〈レギオン〉が命令聞かないかもしれないし。もしかしたら全部ゼレーネって人の罠で、シンが……その、騙されてるのかもしれないし。だから……そんな風にうまくいかないんじゃないかって……」

ライデンはその言葉に眉を顰める。

懸念はまあ、言うとおりだ。とはいえそれはシンもエルンストも、連邦の偉いさんだって考えていないわけはないのだが、今のクレナの言い方はまるで。

セオが言う。こちらは仕方ないなというみたいに苦笑して。

「クレナ。……なんか、終わらないでほしいって言ってるみたいだよ」

目は合わせないままクレナは応じる。どこか、迷子の子供みたいに頼りなげに。

「……そんなことないもん」


リュストカマー基地より更に後方、連邦首都ザンクト・イェデルにほど近い訓練センターから一月ぶりに戻って、レーナは古風なトランクを片手に基地の正面ゲートをくぐる。

シンたち機動打撃群第一機甲グループが訓練期間だったこの一月、レーナもまた作戦指揮官として、連邦の教育課程を受講していた。

レーナには半ば、家に帰ってきたような気になる本拠基地とはいえ、機密度の高い特務部隊の基地だ。ＩＤを照合してからゲートが開いて、荷物持ちにと来てくれたらしいファイドにトランクを預けて。

それからつい、おどおどと周りを窺ってしまった。

見回した周囲、ゲート前の広場は勤務時間中の今、人影はまばらだ。鋼色の軍服や作業服の彼等の中に、目をひく漆黒と血赤の色彩がないことを確認してほっと息をつく。

あれから。

盟約同盟での舞踏会の夜の、花火の下で。シンに告白されてから。

レーナはいまだに、彼に答えを返せていない。

あれからもう一か月も経つというのに、まだ応じられずにいるのである。

帰路ではとても、顔を合わせられなくて逃げ回ってしまって。そこまでならまだしも、基地に戻って発覚した指揮官教育課程受講のどたばたが致命的だった。連絡の不備で受講対象者だとレーナが聞いたのは帰還当日、課程の開始時間が翌々日の朝というスケジュールではシンと話をする余裕などなくて、訓練センターは遠くて気軽に帰ってくるわけにもいかなくて。

結果、一か月もの間返答を棚上げにしてしまうという、我ながらあまりに申し開きのできない状況に陥ってしまったわけである。

さくりと芝生――ではなく切り開いた時に刈った森の下草を踏む足音が、近づいて止まる。

「お帰りレーナ」

「お疲れさん女王陛下」

「ただいま、アネット、それにシデン。……あの、」

白衣を羽織ったままのアネットと、演習にでも出ていたのか搭乗服姿のシデンに応じて、それからレーナはきょろりと周りを見回した。……二人だけ。シンは、やはりいない。

いないことをついさっき、確認したくせに。顔を合わせずにすんでほっとしていたくせに。

迎えに来てくれなかったと思うと……とたんに不安になってしまう。

「シンは、今、どうしてる……？」

アネットはぷいっとそっぽを向いた。

「知ーらない」

「アネット……⁉」

「あんなにみんなでお膳立てして、めんどくさくうじうじしてた時もフォローしてあげて、ついにめでたくシンから告白されたってのに答えないで逃げだした挙句、帰ってくるまでの間もグズグズグズグズ逃げ回ってたヘタレの誰かさんのことなんて、あたしもう知ーらない」

「それは悪かったけど、そんなこと言わないで……！」

アネットは子供みたいに頬を膨らませたままだ。困り果ててレーナはシデンを振り仰ぐ。

「シデン……！」

「だぁからあの夜、今から死神ちゃんの部屋行って押し倒しちまえよってあたし言ったんだよ。基地帰ってきてからもよ。むしろ基地のが、シンだって個室なんだから気楽だってのに」

「そっ、そんなこと……⁉」

「さすがにそれはいろいろすっ飛ばしすぎじゃない？　だいたいホテルならまだしも、この基地のプロセッサーの居室って壁薄いから迷惑よ周りに」

「八六区の隊舎の壁なんざここよか薄いし、だからいまさら誰も気にしてねえぜ？」

「ああ……そういう……」

げんなりとアネットは肩を落とす。

それからふと、気がついて問うた。

しねえぜ、ではなく。

してねえぜ？

「ねえ。まさかとは思うんだけど……」

「ん？」

「…………何でもないわ」

うっかり真実を聞くと、今夜から階下の沈黙が気になってしまいそうだ。

思いつめた顔でレーナが言う。

「い、行った方がいいでしょうか……？」

「……そんな蛮勇があるんだったら、普通に答えてやりなさいよ……」

「答えるなら急いだほうがいいぜ。死神ちゃんそろそろ新任の職員の出迎えとかゼレーネとの定期面談とか、あと最近軍の上の方と始めた、異能の制御の試みとかで統合司令部行くから。

……つか一緒来るか？　輸送機でうるさいけど、答えるくらいならなんとかなんだろ」

「そっ、それはその…………………………。心の準備が、まだ……………」

アネットとシデンは思いきりため息をついた。

控えるファイドが、ぴ、と慰めとも励ましともつかない電子音を鳴らした。

†

かつて優生思想が横行し、エイティシックスの強制収容が決定されて、その迫害を平然と肯定した共和国の中にも、それを良しとしなかった者たちはいた。

自宅に匿い、八六区に残り、手の届くエイティシックスだけでも守ろうとした白系種たちが。

その大半が密告と戦火に失われ、エイティシックスはほとんど全員が八六区に散って。共和国市民も大攻勢で壊滅的な被害を被ったから、再会なんてそうそう叶うはずもないけれど。

中には。

「ライデン……！　ああ、あなたよく無事で……！」

「よ、ばあちゃん。そっちこそくたばってなくて安心したぜ」

連邦西方方面軍統合司令部の無駄に重厚な玄関広間で、自分に取りすがって身も世もなく泣いている老婦人に、ライデンは苦笑する。覚えているより更に頭の位置が低くなってずいぶん年をくった、懐かしい老婦人。

強制収容が開始されて後も、自分と学友たちを匿ってくれた教師の老婦人だ。

共和国救援にあたり、探してくれるよう連邦軍に伝えてはいたが、何しろ一国が壊滅した混乱の後での人探しである。発見まで実に一年近くも経ってしまったのも当然ではあるだろう。あるいは連邦軍とて大攻勢で被った甚大なダメージはまだ回復しきれていないのだから、優先度の低いこんな人探しなどは後回しにされがちだったか。

などと、余計なことも考えてしまうのは認めたくないが現実逃避だ。

何しろ感動の再会をしているはずの自分たちから、ちょっとだけ離れたところで。

「シン……！　おお、よくぞ生きていたな……！」

「神父様っ……折れます、肋とか背骨とかが折れますっ……！」

小山のような筋肉で今にもはち切れそうな僧服を着た白髪頭の老灰色熊が、感動の抱擁、に無理をすればぎりぎり見えなくもないベアハッグを力一杯かましているので。

なんだありゃ。

と、つい思ってしまったせいでライデンもあまり感動の再会気分に浸れない。

察するにシンが入れられた強制収容所で、シンと兄貴を育ててくれたという白系種の神父なのだろうが、イメージと違うにもほどがある。神父様というから何となく清瘦な老人を想像していたのに、斥候型くらいはどつき倒しそうだ。シャベルとかで。

まあ。

邪魔してやらねえ方がいいんだろう。

……ちょっと怖いし。

きっぱり自己保身な結論を下し、ライデンはそっと目を逸らした。

「いやー、シュガ中尉もノウゼン大尉も、よかったっすねー」

「お二人ともこれからは従軍司祭と自主学習の補助教員として基地に常駐するから、いつでも会えるようになるわ。……本当、嬉しそうでなによりね」

「……いや、その、そなたらよもや本気で言っているわけではあるまいな……!?」

しみじみと頷きつつベルノルトが言い、ハンカチで涙を拭う真似などしながらグレーテが続けて、その傍らで慄然とフレデリカは呻く。

無視してベルノルトもグレーテも感動の再会を見守る、ふりを続行する。

だって関わりたくないし。

「大尉、まともな訓練も受けてねえエイティシックスの割には戦術だのの知識はあるし拳銃だのアサルトライフルだのの完全分解整備できるし、なんなんだって思ってたんですが。あの神父さんが育ての親ならなんか、納得っていうか」

「実際あの神父様は元々は、共和国軍の軍人だったそうだしね」

武力では守ることはできても救うことはできぬと気づいて神の道を志して、云々。

しかつめらしくベルノルトはうなずいた。内心、なんだそりゃとか思いながら。

「あー……なるほどそれで」


「……それでシン君てば」

体格差をものともせずに一方的にライデンをぶちのめしたりダイヤを失神させたりできたわけかと、おもしろ……もとい、微笑ましい再会の様子を見守りつつアンジュは思う。

「まあ、シン君は帝国貴種の血が強いし、シン君のいた強制収容所だって治安は悪いなんてものじゃなかったでしょうから、それは最低限、身を守る方法は教えてくれるわよね……」

いずれ徴兵されるエイティシックスの立場、加えて敵国の系譜として同胞からも苛烈な迫害を受ける帝国貴種の血。戦い方を教えたのはだから、老神父なりの愛情だったのだろうけれど。

横で呆れ返った顔をしていたシデンが、その顔のまま言う。

「それで殺しの術仕込んでどうすんだよあの神父さん……。死神ちゃんとあたしが最初にやりあった時だって、あれ運悪かったら死んでたぜ」

「死んでないから大丈夫でしょ。実際シン君、ずいぶん手加減してたじゃない」

「まーな」

さらりとシデンは頷(うなず)いて、アンジュは横目にそんなシデンを見上げる。

シンとシデンはとにかく仲が悪いが、それでもシンは女性相手に本気の喧嘩(けんか)はしない。シデンもそれは了解しているから、性別を楯(たて)にとってやりこめる真似(まね)はしないのだろう。

その辺は多分、暗黙の紳士協定なのよねとアンジュは思う。その程度には二人とも、根本的なところでは相手のことを嫌ってはいない。

「それに、死んだらもう攻撃してこないんだから、最大の防御と言えばそうなんじゃない？」

「そういう問題なのか……お、」

「あ、シン君失神してる」

半泣きのフレデリカと、一応グレーテが割って入って窒息して目を回しているシンから老神父を引っぺがした。

なんとなくその様子を見守っていたら、ふとシデンが横目を向けてきた。雪の銀色の右目。

「アンジュも、親とかいるんじゃねえの？　共和国にどっちか」

「父親は、もしかしたら生きてるかもしれないけど……」

言いさしてアンジュは肩をすくめる。

白けたような、投げやりなような、けれどどこか、せいせいとした気分で。

「別に会いたくはないわね。……どうでもいいわ。生きてても死んでても」

生きていてくれとも思わないが、死んでいてほしいとも思わない。

思い出したくない、というのとも少し違う。たとえばこんな風に父の話を出された時に恨みでも痛みでもない、他人を思う程度の感慨しか覚えない相手に、変えていければいいと思う。

――何が欠けていなければ、あなたのように。

連合王国でダスティンに問うた言葉だ。レーヴィチ要塞基地の〈シリン〉の死に様に他の仲間たちと同様に、己の有り様を揺らがされた気がして恐ろしくて。

今から思えば、欠けていなければ、ではなかった。

むしろ――……。

淡く苦笑して、ひとりごちた。それはわかっていて、それでもまだ難しいのだけれど。でも。

「……背中の開いたドレスとビキニを、着るんだもの、ね」

「……そうか。レイは、葬(ほうむ)ってやれたのだな」

「ええ」

育ての親である神父と話していると、シンはなんだか、小さな子供に戻った気分になる。

神父の他にはレーナしかいない、生前の兄を知っている人。

レーナは知らないしこれからも話すつもりはない、……兄の罪を知っている人。

「根拠は何もありませんが。……最後に、助けてくれたようにも思います」

〈レギオン〉支配域で斃れた時に見た兄の夢と、連邦軍の哨戒線に単騎踏みこみ、西方方面軍と交戦し撃破されたという、彼と仲間たちを捕らえていた重戦車型。

助けてくれたのだろう。二度、死んでなお。シンや仲間たちを連邦の戦線に送り届けるのとひきかえの三度目の死を――正真正銘の自身の消滅を、おそらくは覚悟の上で。

「それは……何よりだな。そうか、……赦してやれたか」

思いもよらない言葉だった。

そして口にされてしまえばそれは、すとんと腑に落ちる言葉だった。

そう、赦したかった。

赦されたいと願ってきた。己に罪などないと知ってなお、兄の亡霊を討ち果たすことで。

今から思えばそれと同じくらいに、……赦したかったのだと思う。

「――ええ」

「それならよかった。……大きくなったな。ただ背が伸びたというそれ以上に」

見返した先、老神父はどこか、ほろ苦く笑っている。

「――送り出した時は、帰ってこないだろうと思った」

今も鮮明に、老神父は覚えている。決して忘れられない。

両親を失い、兄に殺されかけ、その兄を探しに戦場に向かうと、小さな子供が決めた時。

その時には笑うことどころか涙の流し方さえ、忘れてしまった子供だった。

「あの時お前はレイに——もう戦死してしまったレイに囚われていた。死人がいるのは、死の闇の中だ。追えばお前もその死の淵に、足を踏み入れてしまうだろうと思っていた」

「………」

そうかもしれない。

そうだったろう。

あの時シンは、レイを討つだけを目的に生きていた。その後のことなど考えても——否、望んでもいなかった。ただ一人を討ち果たし、そのままもろともに折れ砕ける氷刃のように。もしかしたらつい二月前の、夏の銀雪の戦場まで、ずっと。

「だが今はもう、大丈夫そうだ。——大きくなったな。本当に」

「……神父様に言われても、あまり実感がないのですが」

なにしろ話していると小さな子供に戻った気がするくらい——身長差が全く埋まった気がしないくらい、神父がでかいのである。

「私にとっては、お前が子供なのはいつまでも変わらんよ。……だから悩みや相談があればいつでも聞くぞ。従軍司祭だからな」

おどけた様子で片方の眉を撥ね上げてみせた神父に、シンは苦笑する。

それからふっと考えこんだ。

悩み。相談。

それはたとえば、ちょうど今現在懸案である――……レーナとのあれやこれやとか。

「……神父様。それなら、聞いてもらってもいいですか？」

「もちろんだ」

まとめようと沈思して、……シンはふと、更に考えこんだ。

「……やっぱりいいです」

自力で解決もできないまま抱えこんでもいいことはないというか、むしろ周りに迷惑なのはここしばらくの出来事で学んだけれど、これはまあ、他人に頼ることでもないと思う。

「なんだ、恋かね青少年」

「……なんでわかるんですか」

果たして神父は呵々(かか)と笑った。

「お前くらいの年頃の子供の悩みなど、相場が決まっているからだ。……年頃の子供の、ありきたりな悩みを抱けるようになったか。本当に――それは何よりだ」

その人の家族が見つかった、とは聞いていた。

シンやライデンのような余人の前での再会ではなく、セオ一人だけが別室に案内された理由もわかる。見つかったけれど会いたくないなら面会はさせないと言われる理由も。

けれど別室で待っていたその相手を見て、セオは一瞬、面喰らう。

「……お父さんのこと、知ってるって」

忌々しい共和国市民の――雪花種の。やっと十一、二歳ほどの、まだ小さなその少年の姿に。

八六区で最初に配属された戦隊の、戦隊長の。

戦隊の部下を逃がすために、殿を務めて死んだ。エイティシックスだけを戦わせるのは間違いだと自ら八六区へと出てきてしまった――共和国市民で白系種で、雪花種だった彼の。

もし家族が生き残っているなら、戦隊長は最期まで戦って死んだとそれくらいは伝えてやってもいいかと、思って連邦軍に探してもらっていた。

でも。

わずかにセオは唇を引き結ぶ。

まさか奥さんとか、……子供とか。

これからの未来を共に生きたいと選んだ人と、その人との間に生まれて未来を託す相手と。

その彼らと別れてまで八六区に来ていたのだとは――思ってもみなかった。

「お母さんは、どうしたの？」

「大攻勢で……」

「……そっか」

少年はうつむいて、絨毯の踏まれてへたった花の模様を見つめている。

「お父さんは、正しいことのために死んだんだってずっと言ってて。寂しいだろうけど、それは誇っていいことだって。……でもおじいちゃんとか、近所のおばさんたちとか、友達も友達のおばさんも、お父さんのことそうは言わなくて」

それはまだ子供の彼にとっては、世界中の誰も彼もがそう言ったのとほとんど同じに。

「エイティシックスのために祖国も共和国市民の誇りも家族まで捨てて、その上自分の命もなくしたなんて馬鹿だって。お父さんは、馬鹿だったたって。みんなそう言って。……ねえ、」

どこか必死な、雪の影の銀色の瞳が見上げてきた。

忌々(いまいま)しい、共和国の白ブタと同じ色の。

思い出すと今でも古傷のように痛い——戦隊長の双眸(そうぼう)と全く同じ色の。

「お父さんは、馬鹿じゃないよね。正しいことをしたんだよね。エイティシックスの人たちは僕たちと色が違うけど、でも人なんだよね。だから人助けをしたお父さんは……馬鹿なことをしたんじゃ、ないんだよね？」

「……当たり前でしょ」

切り捨てた。突き放すというよりは単に気のない、呆(あき)れたような声が出た。

知らないから。強かったことと陽気だったことと、笑う狐(きつね)のパーソナルマークと最期(さいご)の言葉しか知らないセオよりも、この子供は父親について何も知らないから、こんな馬鹿げたことを言うのだと思った。

ようやく十一、二歳の少年だ。十一年前の開戦時は、生まれて間もない赤ん坊だ。

父親の顔なんて、覚えているはずがない。

忘れてしまった自分とも違う。――覚える時間さえも、彼と戦隊長の間にはなかった。

「僕たちと一緒に〈レギオン〉と戦って、それで死んだ。その人を馬鹿だなんて誰にも言わせない。戦隊長は、君のお母さんが言ったように、正しく……」

言いさしてふと、言葉が止まった。

正しく、……何だろうか。

正しく生きた？――正しく、死んだ？

家族も捨てて、子供に顔さえ覚えてもらえないまま戦場に来て、その戦場で死んで。どう戦ったかも死にざまも、その子供にさえ伝わっていなくて。

それは。

正しい――のだろうか。

その正しさとやらは、報いられているだろうか。

現在(いま)の幸福も未来の幸福も自ら放り捨てて。その挙句に戦死して。共に戦ったエイティシックスにさえ――セオにさえ生前には拒絶されて理解もされず、ついに誰からも称(たた)えられることなく。それは。

おろかなことと――言うのではないだろうか。

——赦さないでくれ。

だから。最期にそんな言葉だけ、残して死んで。

「……ともかくさ。……そのみんなとやらが何て言っても、君はお父さんを信じてあげなよ」

空々しいなと、頭のどこか醒めたところが呟いた。

シンやライデン、アンジュたちが迎えに行った従軍司祭と補助教員は共和国人だそうで、だからまだ顔を合わせたくはなくて一人残った本拠基地で、クレナは複雑な気分をもてあます。

白系種にもマシな人間はいると、それはクレナも知っている。シンを育てた神父やライデンを匿った老婦人の話は聞いているし、レーナにアネットにダスティンに。

クレナ自身、両親を助けようとしてくれた白銀種の軍人のことは忘れていない。名前は、クレナはその時幼くて覚えていられなくて、だから探してもらうことはできなかったけれど。

これから来る従軍司祭と補助教員も、きっと悪い人たちじゃないのだろう。

それでもまだ、最初のうちは会いたくない。だって怖い。

そう——恐ろしい。

クレナはずっと、これまでそれが恐ろしかった。

彼らだけは唯一信じられる、シンや仲間たち以外を信じることが。

抱えた両膝に、顔をうずめた。

だって信用なんかしたらきっと、いつかまた同じことをされる。笑いながら両親を撃ち殺した軍人たち。帰ってこなかった姉。最初は本当に一人きり、放りこまれた八六区の絶死の戦場。

あんなことがきっと、また起こる。

白系種(アルバ)なんて、人なんて。——世界なんて、残忍だ。

きっと裏切る。信用なんてしたらいけない。

信じられない。

だから未来なんてものも本当は、あるはずがない。

夢と同じだ。今夜はいい夢を見たいと、願うのと同じ程度のものだ。

見られるものなら、見てみたい。

けれど見られなかったとしても——それはそれで仕方ない。その程度の。

「戦争、なんて、」

きっとそれも——終わらないのだろうから——……。

機動打撃群の本拠基地の秘匿、また〈レギオン〉の叫喚(きょうかん)が常に聞こえてしまうシンの負担を鑑(かんが)みて、ゼレーネは統合司令部近郊の地下研究所に収容されている。

統合司令部の用事をすませ、夜になってそのゼレーネを訪ねたシンは、笑い転げる〈レギオン〉とかいうおよそ想像もしなかった物体と相対することとなった。

「……そろそろ怒るぞ、ゼレーネ」

《いえ、その、笑って悪いとは思っているのだけれど……！　あはははは……！》

ゼレーネは現在、会話以外の機能を制限・妨害するため、遮蔽コンテナに密閉されている。そのコンテナ内外の端子越しに有線接続された低感度のカメラとマイクとスピーカーが彼女と会話するための窓口なのだが、……それらを収めた紙箱が、マジックで顔を書いて別の箱の上に重ねて、変な人形にしたてられているのは何なのか。

「帰っていいかな」

《あ、ごめんなさい待ってちょうだい。悪かったからもう少し話を……ぶふっ》

吹き出してまた、電子音の大爆笑で笑い転げ始めた。

文字通り話にならないゼレーネは捨て置いて、シンは諸悪の根源を睨みつける。いくらなんでもゼレーネが知っているはずもない、レーナとのごたごたを彼女に話したのは、どうせ。

「ヴィーカ。あとで覚えていろ」

「できるものならな」

まるきり面白がっている顔で、ヴィーカは鼻を鳴らす。

笑いを噛み殺しつつゼレーネが言う。

《話を戻すのだけれど、》
「……戻さなくていい」
《拗ねないの。戻さないとだめでしょう。……あなたそもそも、それを聞きに来たんだから》
その時かちりと機械のスイッチが切り替わるように。ゼレーネの声は冷気を帯びた。
《――大攻勢について》

連邦ではエイティシックスは、本来任官前に修めるべき高等教育を従軍しながら学ぶ連邦特有の少年士官――特士士官の扱いだ。

そして幼少期に強制収容所に放りこまれ、学校にもろくに通えなかった彼らはその修めるべき教養の量が一般の特士士官よりも多い。なので休暇を兼ねた通学期間以外でも、可能な限り講義や自己学習の時間は設けられる。訓練期間は無論、それこそ派遣任務の間にさえ。

本拠であるリュストカマー基地に自習室が設けられているのも、その一環だ。

その自習室がずいぶん人で埋まっているのに、通りかかったレーナは足を止める。

少し前までは、自習室は大隊長と副長たちくらいしかいない、閑散とした部屋だった。

尉官では権限が足りない大隊長の役職を、規定よりも多くの補佐を置いて無理矢理補っている大隊長・副長は早急に特士士官課程を修了して次課程に移るよう求められている。当然課される課題も他の者より多くて、執務の合間に自主学習もこなさないと追いつかなくて。

　そのはずが今、覗いてみた自習室ではその彼ら以外にも大勢が机に向かい、また補助教員の補講を聞いている。今は夕食時間の終わり頃でまだ食事中の者もいるはずで、自室で机に向かっているだろう者の存在も鑑みればかなりの割合が自主学習に励んでいるようだ。

「――シンの奴探してるなら、神父さんとかの迎え以外にもあいつアレコレ用があるから今日は統合司令部から帰ってこねえよ」

　ごつごつと重いブーツの足音が近づいてきて、振り返るとライデンだ。

「そうですか……あっいえ、別にシンを探してたわけじゃなくて、その、人が多いなって」

「ああ、」

　半分くらいは図星をつかれて慌てて首を振るレーナに、気にした風もなくライデンは頷く。

「休暇が終わったあたりからこんなだぜ。……ちっと前まではこの部屋のこと、苦手な奴ばっかりだったんだが」

　席の半分以上が埋まった自習室内を見やって言う。普段は緩めているネクタイを、なぜか今日はきちんと襟元まで締めている。小脇に抱えたテキストとノート兼用の情報端末。

「――エイティシックスじゃなくなれって、暗に迫られてるみたいだ、ってよ」

「…………」

　常駐の補助教員たちがいて、教材でぎっしり本棚が埋まって。加えて進路の参考にと用意された連邦の高等教育機関や職業訓練校の資料、子供や学生向けの職業図鑑。戦場の外の世界をつきつけてくるかのようにも思えてしまう、自習室。

補助教員たちもこの部屋を作らせた連邦軍も、きっと、エイティシックスでなくなれとは言ってはいない。ただ戦争の後の未来を見てくれればと願って、……けれどここに来たばかりのエイティシックスたちには、その願いはまだ早すぎて。

それが今は、見ようとする者が少しずつ増え始めている。

そのことにレーナはほっとする。

「ライデンも、お勉強ですか？」

「まあな。いいかげん、戦争が終わったらとか考えねえとなって思ってよ。……つか、聞いてるか？　新任の補助教員の話」

「ええ、」

言いさして、レーナはくすりと笑う。なるほど襟を、行儀よく整えているのはそのためか。

「ライデンの、昔の先生だって」

「課題いくつか、すっぽかしてたのがバレちまって。これからお説教と補習だとよ。相変わらず口うるせぇんだから……」

口の端をひん曲げてため息をつく。件の新任の補助教員の老婦人が、いつのまにやらじっとこちらを見つめているのに気づいて悪戯のバレた子供みたいに目をそらした。

「……レーナも補習、たまにはやってかねえか？　セオとかクレナとかはあんまここ来ねえし、アンジュは選択科目が別だしシンは今日いねえし、その……ババァと俺一人で対峙したくねえんだよな……」

その老婦人よりでかい図体で小さな子供みたいにこそこそ言うから、レーナは吹きだす。子供みたいに眉尻を下げている彼に、微笑ったまま問うた。

「ライデン。……何か、やりたいことはありますか？　戦争が終わったら、今は」

もう二年も前の共和国八六区の戦場で、シンに聞いた言葉だ。その時には知覚同調越しの声以外に、互いに何一つ知らないままに。──未来なんてないと、知らないままに。

今はどうなのだろう。生きのびて、死ななくてよくなって、……戦争が終わった時のことも考えようと思えるようになったなら。

束の間ライデンは沈黙した。

聞かれて嫌だとか、答えたくないとかではなく、……何だか懐かしむように。

「……レーナが前に。二年前にそれをシンに聞いた時はよ」

──さあ。考えたこともありませんね。

「あの時あいつには、本当に望みなんかなかったんだ。もうじき死ぬからだけじゃなくて、あいつは死んだ兄貴に囚われてたから。兄貴を葬ってやりたいって、それしかなかったから」

「…………」

「そういうシンが、――この前あんたに海を見せたいとか望めたのは、だから奇跡みたいなもんだし、あいつなりにずいぶん肚ァ括って言ったはずなんだよな。それをもう少し、レーナも汲んでやってほしいんだが」

レーナは気が遠くなった。

なんだろう。逃げ場が欲しい。穴を掘って埋まったらいいんだろうか。

「どうして、知ってるんですか……」

可哀想なものを見る目で見られた。

「そりゃレーナ。……残念ながらだいたい全員にばれてるからな」

「――あなたの情報通りの兵器を、連邦軍が確認した。第二次大攻勢の兆候だろう、と」

〈レギオン〉の停止手段を公開すれば連邦が、最悪の場合人類そのものが分裂する。

だから隠匿するとシンとヴィーカは決めて、かわりに開示可能な情報をゼレーネに要求し、得られたのが〈レギオン〉が現在、計画しているという第二次大攻勢の情報だ。

《そうでしょうね。あれは〈レギオン〉が禁じられた航空兵器の代替として、総指揮官機たちが考案し、開発させた兵器だもの。禁則事項が解けない以上、爆撃のかわりにはまたあれを投入してくる。確実に再建造は進んでいると、その程度の予想はつくわ》

ん、とシンはまばたく。ゼレーネは総指揮官機だ。当然そうなのだろうと思っていたが。

「予想？　……確定情報じゃなかったのか」

《研究と開発に関してのわたくしの管轄は制御系で、機密の関係で管轄外のことは具体的には知らされないの。その……共和国で鹵獲（ろかく）された、脳のサンプルを基にした研究よ》

「〈牧羊犬（シープドッグ）〉――か」

〈レギオン〉のゼレーネが言いにくそうに補足して、人間であるヴィーカが平然と頷（うなず）く様は今更ながら奇妙だ。

《それに高機動型（こうきどうがた）――じゃなくて、高機動型（フォニクス）ね。……面白い名前をつけたわね、あなたたち》

「待て。あの新型も卿（けい）の管轄――制御系研究の系列なのか？」

今度はヴィーカが眉を寄せた。

《そうよ。だからわたくしが、あなたたちへの伝言をしこめたのだもの》

「…………？」

怪訝（けげん）にヴィーカが考えこむ。

そのまま質問を続ける様子がないから、シンは話を戻す。

「兵数は今回は、増強していないのか？　これについては今のところ、どこからも報告が上がっていない」

第二次大攻勢についてはゼレーネの情報の真偽確認も兼ね、各国で対峙（たいじ）する〈レギオン〉集団への情報収集が強化されている。

連邦ではシンにも何度か、索敵への協力要請がきていて——けれど明らかな兵数の増加を感知できることはついになかった。距離の問題かとも考えたが、どこの戦場でも兵数増強の兆候を捉えていないなら話は変わってくる。

《ええ。——〈レギオン〉は前回の大攻勢において、兵数増強では作戦目標を達成できなかった。だから第二次大攻勢では各兵種の改良と、性能向上を以て戦力を増強すると戦略を変更している》

たとえば阻電攪乱型（アインタークスフリーゲ）の光学迷彩と天候操作。たとえば雑兵（ぞうひょう）である〈黒羊〉を代替する、上位互換の〈牧羊犬〉。

《ただし歴史上資源のない国がそうするように、数を揃えられないから質を重視したわけでもないわ。残念ながらね。第一次大攻勢も失敗した戦線ばかりではないもの。……ところで、》

淡々と、ゼレーネは言った。

《やはりあなた、——〈レギオン〉の数や位置は見抜けても、遠隔地の〈レギオン〉の姿そのものが見えているわけではないのね》

ぴくっとシンは顔を上げた。

ゼレーネは協力的だが〈レギオン〉だ。必要以上の情報を渡すべきではない。カメラとマイクとスピーカーしかない、身じろぐ能力も通信機能もないインタフェース。伝えていない所属部隊と役職。雑談にレーナの話をしたヴィーカも、彼女の名前さえも口にしてはいまい。

　当然、シンの異能についても詳細など教えていない。

《あなたのことは――特異敵性体〝バーレイグ〟のことは、〈レギオン〉も認識しているわ。バーレイグは未知の手段による広域高精度の索敵能力を有し、ただし兵種の把握はできない。凍結機を感知できない等の制限もある。……そこまでは推測できてもいる。実際レーヴィチ要塞基地の戦闘で、あなたはわたくしの罠を見抜けなかった》

　一度目の竜牙大山攻略作戦では、〈レギオン〉前線部隊が重戦車型主体の重機甲部隊に入れ替わっていると気づかず、陽動部隊を進出させて撃滅された。言うとおりに兵数と位置は聞き取れても兵種は推測するしかない、シンの異能の陥穽をつかれる形で。

「見抜けなかったのは俺の失態だ、耳が痛いが。……まさか〈レギオン〉はノウゼン一人を警戒して、戦略の変更に踏み切ったのか？」

《それだけではないけれど、まさか、でもないでしょう。数年がかりで備えた先の大攻勢は、予期されて迎撃準備を整えられて、結局持ちこたえられてしまったのよ。――〈レギオン〉総指揮官機はあなたの価値を、あなたが思う以上に高く見積もっているわ。可能ならば欲しいと、それ以上に早急に除きたいと、考える程度にはね》

　だから。

《あなたの部隊の、次の作戦。どこで、なんて聞かないけれど――どこに行くにしてもどうか、

気をつけて》

†

「――さて。まずはひさしぶり、ノウゼン。ミリーゼ大佐も」

リュストカマー基地の状況説明室(ブリーフィングルーム)は、シンの属する第一機甲グループの派遣を控えて大隊長と副長、作戦指揮官であるレーナとその幕僚、同行するヴィーカと彼の幕僚が揃(そろ)う。

その中で唯一、第二機甲グループに属する少年が楕円(だえん)のテーブルの一角で笑う。

ツイリ・シオン中尉。第一機甲グループが休暇の間、作戦を担当していた二個機甲グループのうち、第二機甲グループの戦隊総隊長だ。

また半年前の大攻勢の時の、共和国南部戦線第一戦区第一戦隊〝レザーエッジ〟の戦隊長。グラン・ミュールが突破された後もレーナの指揮下には入らず、独自の防衛拠点を築いたエイティシックスたちのその隊長格だった少年である。

「連合王国以来だから、一か月と少し、か。……まだ通学期間じゃないのか、第二は」

首を傾(かし)げたシンに、詰襟の学生服のまま肩をすくめた。ライデンよりも長身の体躯(たいく)。濃い金色の髪と双眸(そうぼう)。

「状況説明にって、今日は特別にね。第三のカナンたちは作戦中で、あんたたちの派遣先――

レグキード征海船団国群で戦ってたのは、今の基地には私たちしかいないから」

レグキード征海船団国群。

連合王国の東、連邦の北に位置する、二国との国境の山岳・丘陵地帯と北の海岸線に挟まれた狭い地域を領土とする小国家群である。

〈レギオン〉戦争では丘陵地帯の東の切れ目から侵攻を受け、構成国一国を丸ごと防御陣地に造り変える壮絶でこの十年を凌いだものの、所詮は小国群。昨年の大攻勢でついに限界に達し、十年ぶりの連絡が取れるなり連邦に救援を求めてきたのが四か月ほど前の話だ。

それを受けてツイリたちが派遣され、〈レギオン〉拠点三個の破壊作戦を実施。派遣当初から位置の特定できていた生産拠点二個を制圧し、派遣期間の最後に位置の確定した三つ目、司令拠点の制圧に移ろうとして――……。

結論から言えば攻めこめずに、一度撤退することとなった。

「あんたたち第一が今回、制圧するのはその残った三つ目の拠点。……私たちの撤退の事情は聞いてると思うけど、まずは見てもらった方が早いわよね」

ホロスクリーンが展開する。粗い光学映像が映し出される。

全体を埋めるのは色味も深さも様々な青で、それは風の強い日の湖にも似た波立つ水の広がりだ。牙のように鋭角的に尖った波濤の向こうに、金属製の建造物が聳えていて要塞と知れる。

……次の制圧目標は水上。七年の戦歴を持つシンをして未だ経験のない――海上での戦闘だ。

その困難も、この瞬間にはむしろ遠かった。

海上要塞の最上階。拡大画像。

鉄色をした〈レギオン〉の中では珍しい、黒い装甲。鬼火のような蒼い光学センサ。連邦のそれとは微妙に色の違う紺碧の蒼穹を背に拡がる、銀糸を編んだ二対の放熱索の翅。

そして忘れることなどできるはずもない、天に牙剝く一対の槍のような砲身。

血赤の目を眇め、シンは吐き捨てる。ゼレーネからもエルンストからも聞いてはいたが、二度。もう二度と、戦いたい相手ではない。

「――電磁加速砲」

口径、八〇〇ミリ。初速八〇〇〇メートル毎秒。有効射程は実に――四〇〇キロ。

戦闘重量千トンを優に超す巨体を列車砲の形態を以て高速移動させ、連邦と連合王国、盟約同盟と共和国の各前線をただ一輛でおびやかした最大最強の〈レギオン〉。

電磁加速砲型。

しん、と沈黙が、ブリーフィングルームを支配した。

電磁加速砲型と直接対峙したのはこの場ではシン一人だけだが、その脅威は当時は共和国の戦場にいたエイティシックスも、連合王国軍の指揮を執っていたヴィーカも知っている。

わずか二日で連邦の四個連隊二万余名とその宿る基地を一方的に焼き払い、グラン・ミュールをただ一夜で陥落せしめた大攻勢での〈レギオン〉の切り札。

　この一輌を撃破するためだけに連邦と連合王国、盟約同盟は協同しての敵中突破を余儀なくされた。ただでさえ大攻勢で甚大(じんだい)な被害を被(こうむ)った三国にこの大出血は駄目押しとなり、連邦、連合王国は前進を停止。ピンポイントで重点を狙う機動打撃群の運用に切り替えざるを得なくなった。たった一機で三国の戦略を変えさせてしまったそいつが。

「船団国群はこの拠点を、摩天貝楼(まてんかいろう)と命名したわ。位置は〈レギオン〉支配域となっている旧クレオ船団国の海岸から、直線距離で三〇〇キロの沖合。電磁加速砲型(モルフォ)を確認した調査船は、直後に砲撃で沈没し、つまり位置の露呈を向こうも把握したってことね。……以降、船団国群の領海及び、射程内の防御陣地への砲撃が連日実施されている」

　海抜が低く、南の丘陵地帯からの水が流れこむ位置にある船団国群は、その国土の大半を湿地帯が占める。重量級のフェルドレスの運用には不向きな地勢だ。

　かわりに国土を守るのが何重にも敷設(ふせつ)した防御陣地帯、そして〈レギオン〉支配域に接する海域の無数の小島に構築した砲陣地群と軍艦だ。

　船団国群はその成り立ちから、不相応なほどに強力な海軍を持つ。砲陣地に設置した、一〇〇キロ超の長射程を持つ多連装ロケット砲の援護の下、海岸付近まで軍艦が進出。堅固な防御陣地で足止めした〈レギオン〉の軍勢を側面から、艦砲射撃と艦載多連装ロケット砲で薙(な)ぎ払(はら)

うのがこの十年の船団国群の戦い方だ。……国土の南北の幅が狭く、大半が湿地帯で〈レギオン〉も攻めあぐねるからこその荒業でもあるが。

その、辛うじてでも十年を永らえさせた防御の要が。

「海上砲陣地は、この一月で全滅。〈レギオン〉支配域に向かう航路が砲撃されて軍艦の被害も甚大。何より陸上の防御陣地の第一列が、半分近くもレールガンの射程に入ったのが痛かった。——私たちが撤退してすぐに、船団国群は防御陣地の第一列を放棄。第二列の予備陣地まで後退を余儀なくされたそうよ。国土の狭い船団国群には、事実上の最終防衛線まで、ね」

淡々とヴィーカが口を開いた。

「そして船団国群が陥落すれば、大攻勢の再来か。……泥濘地で重量級のフェルドレスを運用できない戦場が電磁加速砲型の砲陣地となっては、連合王国も連邦も打つ手がない」

船団国群の位置は連合王国の東、連邦の北の、隣国だ。四〇〇キロの射程を持つ砲ならかつての国境線を越え、両国の東と北の前線と基地、一部の都市をも砲撃できる。

むぅ、とリトが顔をしかめた。

「……ひょっとして、連邦がもっかい俺たち出すの、本音は自分たちが危ないから……？」

ため息をついてツイリが言う。大攻勢の際、共和国人に従うことを嫌ってツイリ指揮下の拠点にいたリトは、だから彼とも面識がある。

「リト。あんたその、思ったことそのまま言う癖もう改めなさいよ。あんただって例えばここで、リトってばほんとは泣き虫なんだからとか言われたくないでしょ」

「ちょ……やめてよツイリ兄！」

「あと私のことたまに、お母さんって呼ぶみたいにノウゼン隊長って間違えて呼んでたとか」

「やめてよってば！」

「……シオン。リトはいいから続けてくれ」

淡々とシンがつっこんで、ツイリは肩をすくめる。

「連合王国の派遣でも言ったと思うけど、ノウゼン。私のことはツイリって呼んで。ファミリーネームは嫌いなの。思い出すから」

薄い唇がフ、とほろ苦く笑う。

「姉がいてね。戦死したけど。例によって墓も何も残してやれなかったから、せめて姉の言葉遣いだけでも残してあげたいって思って」

「ちなみにお姉さんがいたってとこから全部嘘（うそ）だから」

「ちょっとリト！　もう少しじらさせなさいよ！」

神妙な顔をしかけたレーナが前提をひっくり返されて中途半端（ちゅうとはんぱ）な表情で固まり、無情なネタ晴らしをされてツイリがむくれる。

「もう……。……八六区が何かっていうと野良犬（のらいぬ）の喧嘩（けんか）みたいになってたのは、ノウゼンも知ってるでしょ。やれ誰が戦隊長だの誰が気に入らないのって、何でもかんでも殴りあいで」

嫌いなのよああいうの、と苦々しく吐き捨てた。ライデンよりも高い長身。鞭のように引き締まった体軀。この場の誰より暴力に秀でて見える外見で、その狂暴を厭うように。

「私たちは犬じゃなくて人なんだから、人を殴らないルールはほんとは忘れるべきじゃない。そう思っててもこの図体じゃどうにも揉め事になりやすくて、……この喋り方が一番、喧嘩を避けられたのよ。それで五年も過ごしたら、すっかり癖になっちゃってね」

ひらひらと手を振り、そのまま続けた。

「ともかく。……私たちの失態の後始末を押しつけることになって、それは悪いんだけど。さすがに射程四〇〇キロの超長距離砲を相手に、無策につっこむのは私たちも船団国群もできなくて」

「この一か月、船団国群が最終防衛線まで追いつめられながら機動打撃群の再派遣を急かさなかったのは、そのためです。彼らにも準備と——待つべき機があるからと」

引き取ったのは連合王国の紫黒の軍服の、まだ少女の士官だ。船団国群にはヴィーカにかわり、第二、第三グループと共に〈アルカノスト〉を率いて派遣されていた副長の少女。

「すなわち電磁加速砲型の、四〇〇キロの砲撃域の突破の準備です。まずはこちらをご覧ください」

背筋の伸びた美しい立ち姿で片手を振り、操作用のホロウィンドウを呼び出す。資料の画像を表示しようとする彼女に、何の気なしにツイリが言う。

「お願いね、ザイシャ少佐」

「……！　わたしの名前は、だから仔ウサギちゃんじゃないんですってば……！」

途端にザイシャは発条仕掛けのおもちゃみたいにツイリを振り返った。何故か半泣きで。

ちなみにこのザイシャ、身長はフレデリカより少し高い程度で、華奢な体軀に鳶色の二本のおさげと丸眼鏡の奥の紫の瞳。纏う色彩こそ紫瑛種の純血のそれだが、貴族が軍人である連合王国の価値観にはそぐわない、なんとも気弱そうな印象の娘である。

「けど、だって連合王国の人たちがそう呼んでるのに」

「そうですけれど、それはそもそもヴィークトル殿下が……！」

「お前は名前も姓も長くて、特に他国民には発音しづらいからな。仕方あるまい」

「それならローシャとお呼びくださいと何度も申し上げておりますのに……！　皆さんも！」

必死にザイシャはブリーフィングルームを見回したが、全員、シンやレーナでさえも悪いと思いつつ目をそらした。

だってヴィーカの言うとおり、彼女の本名は長い上に共和国生まれのレーナにもエイティシックスにも、連邦人の幕僚たちにもやたら発音しづらいのである。呼びかけるたびに噛むくらいなら、言いやすいあだ名の方がまだ礼を失してはいないと思う。

いいから続けろ、と重ねてヴィーカに言われて肩を落とした。

「……御意に。おそれながら臣、説明つかまつります」

目的の画面をホロスクリーンに表示。船団国群沿岸部と、そこから北に広がる海の地図。

……その中央に赤く灯(とも)る摩天貝楼(まてんかいろう)拠点のシンボルは、その周囲に。

「摩天貝楼(まてんかいろう)拠点は先ほどツイリ中尉が説明したとおり、〈レギオン〉支配域の沖合三〇〇キロの海上に建造された要塞です。なお建造時期は不明。船団国群は開戦後も領海全域の制海権を維持しているため、船団国群以外の沿岸国が陥落した後、その港から進出・建造したと思われます」

現状、連邦が安否を確認できている他国は、大陸中北部から西部、南部にかけてのごく狭い範囲だけだ。特に東方諸国の間には、今は〈レギオン〉支配下にある広大な礫砂漠(れきさばく)が横たわり、どこよりも厚い阻電攪乱型(アインタークスフリーゲ)の壁に阻(はば)まれるせいで無線が届くことはない。

「開戦以前、船団国群が採掘計画を立てていた海底鉱脈の、その採掘予定地点の真上です。また熱源としての利用を検討していた海底火山を、同様に熱源として利用しています。おそらく工廠(こうしょう)でしょう。そして――」

丸眼鏡の向こう、元々下がり気味の柳眉(りゅうび)が更に下がる。

「今、ご説明したとおり。ご覧のとおりに。――この拠点の周囲には人工、自然を問わず、海面よりも高いものが一切、存在しません」

地図上、摩天貝楼(まてんかいろう)拠点のシンボルの周囲には、数十キロに亘(わた)り小島の一つもない。利用する資源は海底鉱脈と海底火山で、つまり周囲には利用可能な陸上の資源がない。

射程四〇〇キロの超長距離砲の砲撃下を進むのに、——身を隠す場所がどこにもない。

「ゆえに、船団国群は嵐を待っています。今にも崩壊しそうな防御陣地におびえながら一月（ひとつき）に亘（わた）り、攻略作戦が実施されないのはそのためです。船団国群にはこの時期、夏の終わりに、北から大きな嵐が訪れる。その嵐に紛れるかたちで、電磁加速砲型（モルフォ）の砲撃域を突破するために」

遮蔽物のない海上で、嵐の高い波と視界を遮る風雨を、掩蔽（えんぺい）とするために。

小首を傾（かし）げてレーナが問う。嵐に紛れると、簡単に言うが。

「ですが——……嵐を越えるには」

「並の船では難しいでしょう。特にこの海域は沿岸から遠く、波が荒い。小型の船では嵐でなくても負けるそうです。戦闘機でさえ、嵐の中を飛んで帰投できる保証はないのだとか。待つべき機が嵐なら、準備というのはそれについてです。つまり——並の船では嵐を越えられないのなら、破格の軍艦を出せばいい」

映像が切り替わる。それが映る。

艦船、という言葉のイメージからはどこか異質な、フラットトップのシルエット。船体中央ではなく左舷側に寄った、アイランド型と呼ばれる特異な艦橋と対照的に平らかな飛行甲板。艦橋を片寄せてまで艦首側と艦尾とに二列ずつ、長く確保した滑走路と射出台（カタパルト）。

それすらも艦載機出撃の邪魔にならないように飛行甲板から一段下げて設けられた、二基四門の四〇センチ連装砲と艦橋最上部に掲げられた古風な女性像が淡い陽光を鈍く弾く。

「征海艦(スーパーキャリアー)。——本作戦において機動打撃群を運ぶのは、船団国群が誇る原生海獣(クジラ)狩りの軍艦です」

第二章　モービィ・ディック・オア・ザ・ホエイル

重く暗い曇り空の下の、どんよりと黒い波立つ水面。ごつごつした暗色の岩の荒磯。陰鬱な潮騒と、もの悲しげな海鳥の声。そして遠く、連なる小島のように累々と擱座する朽ちた軍艦。

「……海だけど」

「違うのじゃ！　こういうのじゃないのじゃ！」

初めて見る海辺の光景から目を戻して言ったシンに、地団太を踏んでフレデリカは叫ぶ。

——海が見たい。

そう言った時にフレデリカが思い浮かべていたのは、陽光の眩しい空の下の、透き通る真っ青な海とか、珊瑚の死骸が砕けたのだという白い砂浜とか。光を弾いて散る波しぶきとか鮮やかな緑の椰子の木とかあでやかな花々とか、にぎやかに鳴きかわすカモメの声とか。

ちなみに海が黒いのはどん曇りの空のせいだけではなく海底の岩と砂が黒いせいで、つまり天気が良くてもこの海は黒い。いつでも黒い。年中水温が低いから泳げもしない。

「それに何か、妙になまぐさいのじゃ！　何のにおいじゃこれは……！」

「潮のにおい、とかじゃないか？ 知らないけど」

何かでそう読んだだけだ。実際は知らない。だから仮に嗅いだところでわからない。

「……うう。せっかくの海だというのに、もはやどうして良いのかわからぬ……！」

どぱーん、と岩壁にうち寄せて派手に散る波を睨みつけるフレデリカはとうとう涙目になっていて、期待を徹底的にへし折られて感情の持っていきどころがなくなったらしい。

「だいたいそなたはこれで良いのか！ 海を見せたいと、共に海を見たいとヴラディレーナめに言った、その海はこういう海ではないのであろ⁉」

「たしかにこれは、見せたいのとは少し違ったけど……」

そのまま少し離れた場所にいる人を見やった。相変わらず話は、まだできていないが。

「これはこれでレーナ、嬉しそうだから」

視線の先。

レーナは言葉もなく、ただ白い面をぱあっと輝かせてうち寄せる波を見つめている。

その横顔を見ているとつい、シンも笑みが零れてしまう。フレデリカがげんなりと言う。

「そなたら……ほんにまったく……」

遠く、銀の細い笛の音のような『歌』が、波音を越えて微かに届く。

「――さっきの『歌』は連中の最大種の、彼女と同じ五〇メートル級の鳴き声だ。船団国群じゃ珍しいもんでもないが、来た初日にさっそく聞けるなんて運がいいぜお前ら」

開戦直後に接収されて軍基地となったのだという、海洋大学の付属博物館の広大な玄関広間。その中央に立って陽気に士官は言う。袖を通さず羽織った、藍碧に深紅の裏地の海軍軍服。額から左目の縁を通り、頬骨の下まで刻まれた、焔の鳥が羽を広げたような精緻な刺青。潮風に寂びた声は朗々と響く。陽に焼けた肌と陽に褪せた金茶の髪と。翠緑種の淡い翠の目だけが、おそらくは生来の色彩だ。

けれど集められた機動打撃群の誰もが彼よりも頭上、船形天井から吊り下げられて堂々と――多少狭苦しげに遊弋するそれに目を奪われる。シンでさえもそれは、例外でない。

その巨大な――陸上に現在、そしてかつて存在したあらゆる獣よりも巨大な白骨に。

「彼女こそ我らが征海艦隊の誇る最大の戦果――と言いたいところだが、あいにくと自然死したのが流れ着いたもんだ。その時はそりゃあ魚が多くて穫れた奴はみんな脂がのっててウハウハだったらしい。埋めて骨格標本にしようとした学者連中はえらく苦労したらしいが」

千年を経た古木のような太さの、それ自体大きな竜を思わせる背骨の連なり。中にちょっとした家でも建ちそうな胸郭。長い首の骨と尖った頭部。何より骨と化してなおその存在自体に圧倒される――桁違いの巨体の威容。

同種の生き物の骨をかつて、見たことがあるとシンは思う。

強制収容所に送られる前、どこかの博物館か何かで見た。その時にはおとぎ話の竜の骨だと思った巨獣の標本——……。

「戦争の始まる何年か前にサンマグノリア共和国の王立博物館に貸し出してるから、見たことある奴(やつ)もいるかな。覚えてる子は恥ずかしがらずに手をあげてみてくれ。さん、はい！」

以前見た骨格標本そのものだった。

そのものだったがとりあえずシンは黙殺し、他の誰も手は挙げなかった。

件(くだん)の博物館があるのは共和国首都リベルテ・エト・エガリテで住民の大半が白銀種(セレナ)であるため、エイティシックスばかりのこの場にはそもそも見にいった者もほとんどいないのである。

士官一人がきょとんとしている。

「あっれおかしいな……ご来場のちびっこに大人気だったって聞いてたのに。まあいいや。彼女の名前はニコルだ。親しみをこめてニコルちゃんって呼んでやってくれな。——原生海獣(クジラ)もこうして、死んで骨になっちまってたら怖くねえだろ？」

この生き物の名を、原生海獣(クジラ)という。

星歴以前より海洋を——特に大陸とその沿岸海域を取り囲み茫漠(ぼうばく)と広がる、碧(あお)く底深い外洋のその全域を支配してきた敵性海棲(かいせい)生物。正確には敵性海棲(かいせい)生物群。大陸全土に進出し己が支配下とした人類に対し、海の覇権は今なお明け渡さぬ海洋の支配者たちだ。

それは現代の、鋼鉄の軍艦と搭載兵器群に対してさえ。人とその生み出すあらゆる兵器、あらゆるプラットフォームが原生海獣による排除の対象だ。沿岸以外の海域を、人類は今なお利用できない。交易や輸送の航路に漁船の操業、軍艦の展開さえ、原生海獣たちが訪れない沿岸のごく狭い範囲に限定されている。

海は人の世界ではない。大陸の外に、人類は出られない。

それを良しとしなかったのが——今なお良しとしていないのが、ただ一国。

「そんでもって俺は今回、お前らと協同するレグキード征海船団国群合同海軍、征海艦隊〈オーファン・フリート〉、旗艦〈ステラマリス〉艦長のイシュマエル・アハヴだ。イシュマエル艦長でもイシュマエル大佐でも、イシュマエル兄貴でも好きに呼んでくれ。あ、アハヴ艦長は駄目な。そいつは死んだオヤジの……うちの艦隊司令だったオッサンのことだからよ」

すなわち機動打撃群の派遣先であるここ、レグキード征海船団国群である。

原生海獣の駆逐と海の征服を掲げる戦闘船の集団——征海船団を祖とする小国家群。かつては大陸沿岸全域に存在した征海氏族の、その最後の十一氏族を母体とする十一の船団国から成り、大陸で唯一遠洋への展開が可能な艦隊と原生海獣と渡りあうための専用の軍艦——征海艦を有する世界随一の海軍国だ。

ところでシンを含め機動打撃群の面々は、彼から今回の作戦の概要を聞くためにこのホールに集められたはずなのだが。

イシュマエルの後ろに控えた、彼よりいくらか年上の女性が口を開く。彼女もまた海軍軍服をこちらはきちりと隙なく着こみ、黒檀の肌と赤く刻まれた鱗の刺青。

「兄上。そろそろ無駄話は切り上げて作戦概要の説明に入らないと、機動打撃群の皆様が引いておられます」

「おっ悪い悪い。まずはうちの可愛いニコルちゃんを紹介しようと思ってついな。……あ、このクールな美人は俺の妹で副長のエステル大佐だ。ぜひエステルちゃんって呼んで……とと、」

無言でエステル大佐に睨まれて首を縮める。

碧霄種と極東黒種の混血の、牡丹の花の刺青の青年士官がホワイトボードをからから押してきて、彼らの背後に設置してそのまま無言で去っていった。

「さて、じゃあ作戦概要だが。——俺たち征海艦隊が摩天貝楼拠点までお前らを連れてくから、お前らは要塞を制圧して電磁加速砲型をぶっ倒してくれ。以上」

「………」

緊迫に満ちた……というには気の抜けた、しらっとした沈黙がエイティシックスの間に満ちた。大丈夫かこの人とかそういう感じの。

さすがにレーナが補足する。

「摩天貝楼拠点は原生海獣の領域との——碧洋との境界線付近にあり、連邦にも連合王国にも現在、この海域に向かえる船はありません。……ですので機動打撃群は今回、征海艦とその艦隊に輸送と海上の護衛をお任せすることになります」

征海艦を中心に、護衛である排水量一万トンの遠制艦と六千トンの破獣艦、対獣索敵に特化した斥候艦と補給艦で艦隊を組み、原生海獣の支配する碧洋に乗り出すのが征海艦隊だ。〈レギオン〉戦争以前は各船団国群に一つずつ、計十一の征海艦隊がこの北の海に存在していた。

〈レギオン〉戦争からのこの十年で、征海艦隊所属艦もまた国土防衛に駆り出され——多くが撃沈されて残存艦は残りわずかとなってしまったそうだが……。

それで合同艦隊なのかと、最初のイシュマエルの名乗りを思い出してシンは思う。保有する十一の征海艦隊のいずれかを、出撃させるわけではない。生き残った艦を寄せ集めて一個の征海艦隊をどうにか仕立て上げたのが、合同艦隊〈オーファン・フリート〉というわけだ。

ホワイトボードにマグネットで作戦図と資料を貼りつけてエステル大佐が続ける。下に船団国群の海岸線と、中央付近に目標を示す赤い点がしるされた、大半が海の青色の作戦図。

「機動打撃群の輸送と往復路の護衛、および往路航行中の陽動を船団国群海軍が担当します。電磁加速砲型は現時点で四〇〇キロの射程を持つと推定され、対して征海艦隊の侵攻速度は最大で三〇ノット」

「陸者の単位だとえっと……時速五六キロな」

「え、遅っ」

「誰だいま遅いっつった奴ぶっとばすぞ。征海艦が何万トンあると思ってんだ一〇トンそこそこの蚊トンボみてえなフェルドレスなんぞとは違ェんだぞてめぇ」

「兄上。お気持ちはわかりますが、話が進まないのでお控えください」

「オリヤ少尉。非礼ですよ」

「悪い」

「ごめんなさい」

エステルとレーナにたしなめられてイシュマエルとリトは黙り、何の話だったかとエステルは少し考えた。

「……そう、三〇ノット。つまり電磁加速砲型の砲撃域を突破し、摩天貝楼拠点に到達するためには、直線距離で考えても七時間を要することになります。その間、電磁加速砲型の注意を引きつけるため、我らとは別に連合海軍通常艦隊が二個、我らに先んじて砲撃範囲に侵入。摩天貝楼拠点への接近を試みます」

作戦図には透明なカバーが一枚かけられて、そこにエステルは直接書きこんでいく。海岸線の二か所、おそらくは母港から最短経路で摩天貝楼拠点へと接近する二本の航路。続いてペンの色を変え、合同艦隊の母港であるこの基地から一度北へ、そこから進路を変えて東南の摩天貝楼拠点へと延びる航路を。

「本艦隊は陽動の出撃前に、隠密裏に出航。砲撃域外縁に位置する北方、風切羽諸島にて待機し、陽動艦隊が交戦を開始した後、嵐に紛れる形で砲撃域を突破します。つまり本作戦は、嵐の発生を待って実施されるかたちとなる」

「ちなみに〈レギオン〉に海戦仕様はいねえから、電磁加速砲型以外との戦闘は心配しなくていい。……少なくともこの十年、船団国群の戦場で海戦型が確認されたことはない」

さらりとイシュマエルが補足した。エステルが頷く。

「遺憾ながら我が国は小国です。大陸北部では我が国にしか有用でない海戦型よりも、連邦や連合王国に対し有効となる兵器に、〈レギオン〉たちも開発リソースを割いているのでしょう」

「実際海戦型なんぞ作られなくても、こうやって干上がりかけてるわけだしな」

「…………」

他国の人間である機動打撃群には大変、反応しづらい冗談でまとめた。

わずかに首を傾げてシンは問う。——海戦型がいない理由は、言われてみればそうなのだろうが。

「ですが、……海上にはいくつか、〈レギオン〉の小部隊が存在しています。動きからして哨戒役の〈レギオン〉のようですが、それは？」

「あ？　ああ……そうか。お前さんが噂の」

イシュマエルは一瞬きょとんとしてから頷く。シンの異能については彼も聞いているらしい。

「そいつは海戦型じゃなくて、前進観測機の発進母艦だ。電磁加速砲型で軍艦を狙うなら、観測機は必須だからな。お前さんなら言わなくてもわかるだろうが、警戒管制型は海の上にはいられねェし」

え、とレーナが振り返るのには、頷いて応じた。理由は不明だが、たしかに海上上空に警戒管制型はいない。

そして電磁加速砲型は無誘導の超長距離砲だ。命中精度はさほど高くない。大攻勢時のように、基地や要塞——位置が判明し、的が大きく、回避行動もとらない固定目標にまとめて数十発を叩きこむ運用ならともかく、広大な大海原の上、動き回るちっぽけな艦船を迎撃するには、警戒管制型がいないなら前進観測機が欠かせない。

「その観測機母艦も、陽動艦隊が誘引と排除を担当するからお前らは気にしないでくれていい。つーか征海艦は絶対沈めないから」

海戦を知らぬ少年兵に海上機動の細かい話をしても仕方ないと判断したのか、あくまで海戦は自分たちの領分だという自負によるものか。要塞までの移動についてはは妙にあっさりと流して、イシュマエルは最前の陽気さでにっと笑った。

「あんたらエイティシックスが来てくれて、船団国群はホントに助かったから。だから……〈ステラマリス〉の名にかけて。他の何をおいても、機動打撃群は生還させる」

機動打撃群の宿舎として提供されたのは接収され基地となった大学の、学生寮だった建物だ。

遠い南の古代の様式を模した色タイルのモザイクの回廊を、消灯時間を控えてセオは一人歩く。事務室らしい一室から、薄い冊子の束を抱えて出てくるリトが目に入る。

「……どうしたの？」

「あ、リッカ少尉」

少し背が伸びたなと、数か月前より近づいた目線の位置にふと思った。

「えっとですね。もしかして残ってるかなって思って聞いたら、やっぱり残ってたんでもらってきたんですけど。今はともかく、戦争終わったら国外からも募集はする予定だって」

「……リト。突然聞いた僕も悪いけど、思ったことそのまま口に出すんじゃなくて、考えてまとめてから話すようにした方がいいよ」

「あっハイ。なんか最近よく言われます。えっと。……ここの大学と、付属の海洋高等学校の資料です。基地の自習室に持って帰ろうって思って。来てない奴も見たいかなって」

ぱっとリトは顔を輝かせた。

「ていうかあれ！　原生海獣！　すげーですよね本物の怪獣ですよ！」

そういえばリトたち年少のプロセッサーは、偉い人とかがやたらくれるコミックとか映画とかアニメとかが好きで、その中の怪獣映画にも目を輝かせていたなとセオは微笑ましくなる。

というかセオを含めた年長の者たちだって、そういう娯楽は本当に小さな子供の頃以来だったから結構、楽しんで見ていたりする。

「つまり、原生海獣（クジラ）に関わる何かがしたいってこと？　戦争が終わったら」

「それもいいかなーって。楽しそうだし」

「いつのまにか、いろいろ考えるようになったよねリトも」

なお盟約同盟では化石を掘りたいと言っていて、その前は空飛ぶバイクを作りたいとか言ってるくらいの〝いろいろ考えてる〟である。

「あっはい。だって俺、」

言いさして、リトは少し考えた。

「リッカ少尉、リュドミラってわかります？　〈シリン〉の、背が高くて紅（あか）い髪の」

「……まあ、」

紅（あか）い髪の。背の高い少女の姿の。

――さあ。どうぞ皆さま
エイティシックスの末路なんてこんなものだと言わんばかりに見せつけてきた。

あいつらと、僕たちエイティシックスは違う。それはわかっている。

けれど、――たとえば誰かの死に、報いられずにいることには変わりはなくて。

「……そのリュドミラが、どうかしたの？」

「竜牙大山（りゅうがたいざん）拠点の攻略作戦で、俺そのリュドミラと同じ隊で。その時まで俺、〈シリン〉のこと怖かったんですけどそしたらリュドミラが話しかけてきて」

そういえばリトはいつのまにか、〈シリン〉たちに怯えなくなった。

「幸せに、って、言われたんです。望むように生きてって。——それで俺、あいつらは……〈シリン〉はあいつらなりに、俺たちのこと心配してくれてただけなんだってわかって」

古い電灯の光にまるで蜜色に光る、思慮深く無垢な獣のような瑪瑙の瞳。

「心配してもらえる。八六区ではエイティシックスはずっと、死ねって言われてたけどここでは違う。連邦軍も、勉強とかめんどくさいですけどでも、それもやっぱり望むように生きていって、言われてることですよね。好きなところに、行きたいところに行けるようにって」

行きたい場所で。見たいものを。したいことを。戦争が終わったら。あるいは終わらなくても軍を離れて。それを。

「望んでもいい。——八六区は誇りしかなかった。他に何か、手に入れたいとか思っちゃいけなかった。でも今は違うから……それがわかったから、だから俺、いろいろ望みたいです」

八六区では望めなかった、奪われてしまった沢山のものを。

その言葉を、セオはどこか呆然と聞く。

背が、伸びたと思った。それだけじゃない。こんなことをいつの間にか考えて、口に出せるくらいになって。

リトもまた、……八六区を出ようとしていて。

そのことにセオは呆然となる。

シンは、未来を望めるようになってそれが自分は嬉しくて。ライデンやアンジュも、続こうとしているのは気がついていて、それもよかったと思って。でも。

彼らだけじゃない。リトも、セオが気づいていなかっただけできっと大勢が。

戦場の外へと。

屈託なくリトは笑う。セオの受けた衝撃には、気づくことなく。

「なんで今はいろいろ、とりあえず見てみたいなって思ってて。……せっかく作戦であちこち行けるんだし、楽しそうなの全部、集めて持って帰ろうって」

《……〈羊飼い〉の制御系から、秘匿司令部の情報の読み出しを試みる、ということ？》
彼女の持つ情報が作戦に必要かもしれないが、何しろ通信機能は付与できないので、ゼレーネのコンテナは〈ジャガーノート〉の部品に紛れる形で、第一機甲グループに同行している。
そのコンテナが隠された、輸送車のカーゴスペース。余人には隠している停止手順の話も、二人しかいなければできるからと時間を見計らって訪れたシンに、ゼレーネは応じる。
《つまり帝室派のそれも高官が、〈羊飼い〉となった可能性に賭けるのね。……所在を割り出すなら他のやり方もあるでしょうに、なかなか血の冷えたことを考えるのね、連邦も》
「可能なのか？」

《帝室派高官の〈羊飼い〉は、たしかにいるわ》

シンはその答えに、少し複雑な気分になる。

停止手段をゼレーネに聞いた時からそれは常に、燻っている葛藤だ。

戦争は、終わればいいと思う。けれどゼレーネに聞いたやり方で戦争を終わらせるのは、そのために秘匿司令部の所在をつきとめるのは、……正直あまり、気乗りがしない。

《名前と配備先は《警告。禁則事項抵触》――駄目ね。これは音声にできない》

だから続けようとしたゼレーネの言葉が、同じ声音の無機質な警告に遮られたのにはわずかに、ほっとしてしまった。

フレデリカを犠牲にしたくない。

戦い抜くというなら、奇跡頼りではなく戦争の終わりまで自分たちの力で。

それに加えて、……敵とはいえ、戦死者の亡霊のそれも残骸にすぎないとはいえ〈羊飼い〉を、単なる機械の部品のように扱いたくはないから。

《ともかく、連邦が求める情報は、たしかに〈レギオン〉の中にある。制御系からの情報読み出しも、……少なくともわたくしたち〈羊飼い〉は、こうしてここに存在している》

記憶を――脳内に蓄積された情報を読み出し、別の器に移し替えるのは、理論上も技術的にも不可能ではない、と。

……可能ならば、いずれ。

確認しないといけないと、思っていたことがある。

《ただ、帝室派の〈羊飼い〉にこだわらなくても探し方は他に、いくつか考えられるわ。たとえば件の命令は通信衛星を経由で各本拠と総指揮官機に送信されるのだけれど、衛星が破壊された場合には直近の警戒管制型がカバーに入るから――》

「ゼレーネ、その前に。……聞きたいことが、あるんだけど」

《？　何かしら》

最初にゼレーネが会話に応じたその時から、生じていた疑問。異能を持つ自分なら〈羊飼い〉とも、対話が可能だと認めるのは恐ろしかったその理由。

彼の罪かもしれないものの、そのありか。

「おれの声が、あなたには聞こえる。〈羊飼い〉のあなたなら、それを理解もできる。それは――他の〈羊飼い〉でも同じなのか」

ゼレーネは小首を傾げ、ようとしたができなかったらしかった。

《ええ。と言っても、今のように目の前にいて、他の〈レギオン〉が周りにいなければ辛うじて、という程度の声だけれど。……だからあなたがいるせいで伏撃の位置や部隊の配属先が露呈するとか、そういうことにはならないわよ？》

「そうじゃなくて……」

ききたくない。訊きたくないし、問いの答えを聞きたくもない。

それでも、きかないと。

「それなら、俺の声が聞こえるなら。今のあなたのように意思疎通の手段があって、時間をかければ、おれは他の〈羊飼い〉とも話ができるのか？」

戦い、殺しあった。――葬ってやるためにはそうするしかないと思っていた。

けれど本当は、あんな風に殺しあうことなく、無意味に傷つけあうこともなく。ただ穏やかに言葉を交わして、わかりあうことができたのだろうか。

憎まれていると思いこんだまま、その場では何一つ通じあえぬまま、燃え尽きる最期の一瞬に幻のように一言だけ兄が本当に伝えたかった言葉を聞けた――あんな無惨な永訣ではなく。

「おれは、兄さんと。……話ができたのか……？」

ゼレーネはしばし、沈黙した。

《……そう。お兄様だったの。〈レギオン〉にされたご家族は》

ちいさく頷いた。……詳細を語るような言葉は、今はとてもではないが紡げなかった。

《あなたが、倒したのね。大切な、お兄様だった〈羊飼い〉を》

「……ああ」

《そう……》

沈思するような間が空く。ややあって、ゼレーネは静かに言った。

《答える前に、わたくしからも聞きたいのだけれど。……わたくしは人間かしら》

今度はシンが、沈黙する番だった。

「それは――……」

レルヒエにも以前、問われた言葉だ。その時も、答えられなかった問いだった。

人か否かと問われれば、レルヒエもゼレーネももはや人間ではない。亡霊の嘆きを聞く彼の異能は、ゼレーネを亡霊だと――生者ではなくその残骸である亡霊だと冷厳と断じる。

けれど目の前の相手に、面と向かってそう言い放てるかと言えば……シンにはそれは、どうしてもできない。

察してゼレーネは笑ったらしい。

《やさしい子ね》

「……」

《あなたはいい子よ。できるなら仲良くしたい、そう思うわ。でも――それはできないの。お兄様にもわたくしにももうできないの。わたくしたちは、》

〈レギオン〉だから――……

《わたくしが会話できるのは、拘束されているからよ。全てのセンサを封じられて、あなたが前にいるとセンサの上では認識できていない。そうでなければ人間を前に、会話が可能なほどの理性なんて保てない。――〈羊飼い〉になるのは、そういうことよ。殺戮機械になるの。人格らしきものがあるだけで破壊衝動にこそ支配された化物になるの》

盟約同盟で、ゼレーネの手は。八六区の戦闘で、兄の手は。殺意を以て伸ばされた。
破壊される瞬間には優しく触れた、――兄の手でさえも破壊される以前には。
《それはわたくしも変わらない。あなたはいい子で、仲良くしたいと思って、そして――だから殺さないといけないと思うの》
その時ゼレーネの声は、一瞬たしかに殺意を帯びた。
〈レギオン〉特有の無機質な。理由も必要もなく人を殺す、自律兵器の不条理な殺意を帯びた。
《お兄様もそれは同じ。〈羊飼い〉であるお兄様は、人間であるあなたを殺す以外できない。殺戮機械の本能が目の前の人間を殺そうとして、お兄様はそれに抗えない。斥候型ならまだしも、重戦車型では拘束もできない。だから、……あなたが何か、間違えたわけじゃないの》
は、と顔を上げた。
ゼレーネはコンテナの中、目の前にはいないけれど、……知らない誰かの優しい瞳と、目があった気がした。
《そうかもしれないと、思ったのでしょう？　だからわたくしに聞いたのよね。ええ、答えるわ。それは違う。お兄様とあなたは、戦うしかなかった。お兄様を救う道も共に生きる道も、可能性さえ存在しなかった。それはお兄様が〈羊飼い〉にされた時に決定してしまって、……あなたの失敗や怠慢で、失われたわけじゃないの》
あなたのせいではない、と――……。

《その時も、これからも。〈レギオン〉を相手にあなたができることは――倒して、そして眠らせてやることだけなのよ》

レーナの報告を受けて、通信のホロウィンドウの向こうでグレーテは頷く。

『ご苦労様。……悪いわね、ミリーゼ大佐。やんちゃ坊主たちを任せてしまって』

「いえ。大佐こそ次の派遣の、ノイリャナルセ聖教国との折衝を担っていただいて」

グレーテは今回は、第一機甲グループにも、盟約同盟南部戦線で大陸南方諸国との連絡路復旧にあたる第四機甲グループにも同行していない。

ちなみに機動打撃群の作戦部隊は一度に二個機甲グループがあたるが、派遣先の必要に応じて二個グループが合同することもあれば、今回のように別々の地域に派遣されることもある。

つまりはそれだけ。

レーナは愁眉を寄せる。

「派遣要請がひっきりなしだとは聞いていますが。まさかこんなに、どこもぼろぼろだったなんて……」

訪れて目にした、船団国群の戦場は。

苛烈な攻勢にさらされて今にも綻びそうな防御陣地帯と、明らかに数の足りない疲れ果てた兵士と。疲弊しきった後方の街と海岸に累々と横たわる軍艦の死骸とで、目を覆わんばかりの惨状だった。

連邦との連絡が復旧するなり救援を求めてきたのも道理だ。機動打撃群程度の予備戦力すら、船団国群にはもう、ずいぶん前からなかったのだ。

『さすがにもう、十年だもの。終わらない戦乱に、耐えきれる国ばかりじゃないわ』

「…………」

戦線後背ではまだ余裕のあった、連邦や連合王国のような大国や盟約同盟のように天然の要害に守られた国とは違って。

そのことにふと、引っかかりを覚えた。

そうだとしても、一体どうして。……船団国群も聖教国も、どの国も連絡が復旧するなり救援の要請を。この十年の戦乱と、一年前の大攻勢は辛うじてでも、自力で凌いだというのに。

まるで大攻勢の後のこのたった一年の間に、急速に戦況が悪化したかのように――……。

重苦しい沈黙を払うように、グレーテがこほんと咳払いをして言う。

『ところで大佐。もう一つ、報告があるのを忘れてるわよ』

「えっ⁉」

慌てて記憶をたどるレーナに、グレーテはにっこりと笑う。

『ノウゼン大尉への回答は、どうなったのかしら？』

まさかの上官からの追撃だった。

「ななななな何の話ですかっ⁉」

『男の子をやきもきさせるのも女の子の特権だけど、だからってあんまりじらすと嫌われちゃうわよ。実際大尉ったらあの後、すっごく落ちこんでたんだから。あの、』

言いさして、グレーテは何やら嫌な記憶でも思い出した様子で顔をしかめた。

ホロウィンドウの前で、レーナは真っ赤だ。埋まりたい。

『人斬り蟷螂(かまきり)までさすがに同情を禁じ得ないって顔をするくらいにはね。……そういえばヴィレムったら、旅行に顔出しやがった目的の例の件は、その後どうなったのかしら』

†

「――連合王国での知覚同調(パラレイド)での情報漏れ、と言いますけど……」

今回の派遣では自分の役目はないからと、残った機動打撃群本拠のリュストカマー基地。その研究班の彼女のオフィスで、訪れた客を相手に不審にアネットは言う。ほとんど面識のない相手を、訪う(おとな)時刻ではないというのもあるが、それ以上に。

「あれは知覚同調(パラレイド)によるものじゃないと報告したはずです。――エーレンフリート参謀長」

「聞いている。だが、……それはどうかな。アンリエッタ・ペンローズ」

見返した、視線の先。

ヴィレム・エーレンフリート参謀長は薄く、刃のように嗤う。

†

三〇〇キロ彼方の沖合にある海上要塞の攻略作戦、またしても友軍の支援の見込めない、敵地のど真ん中への突撃作戦を目前に控えて。

エイティシックスたちは最後となるかもしれない日々を神妙に過ごす——でもなく、連れだって街のすぐそばの海へと遊びにいった。

元々八六区の、死と隣りあわせの戦場を故郷に生きてきた彼らである。戦闘に次ぐ戦闘の日々の中、些細なイベントを楽しむことにエイティシックスは貪欲だ。ましてほとんどの者には初めて見る海で、海の近くで生まれ育ったごくわずかな者にも初めての北の海。

そう、彼らにとってはまだ、戦闘こそが日常で。

だから作戦を前に気を張ってはいるけれど、緊張で何も楽しめないということはない。

海中を覗きこんで魚影を探してみたり、浮上してきたそれが意外と大きくて慌てて逃げてみたり。群れている海鳥を追い散らしたり潮だまりでカニや小魚を釣ったり。聞き知っている海らしい遊びはほとんどできないのだが、そこは無理にでも知らない環境を満喫するかたちで。

そのいつもの騒がしさを背に聞きつつ、眼前に茫漠と広がる海面を岩場の端に立って言葉もなくシンは眺める。何度見ても、これは。

近くで同じように目を奪われていたライデンが、感に堪えないという調子で唸った。

「……すげぇな。これがほんとに、全部水なのか」

今日は幸いというか雲は晴れて陽が出て、空は北国の薄い青色で海の色も昨日よりは暗くない。遠く、淡く霞む水平線と、にゃあにゃあと何故か猫みたいに鳴き交わす海鳥。

ちなみに本物の猫のティピーは、留守番続きも可哀想だと今回の派遣には連れてきたので、今はレーナの居室でごろごろしている。あと盟約同盟への旅行で置いてけぼりを喰らったファイドは何かしら腹に据えかねたらしく、シン直々の待機命令をもきっぱり無視で海岸までついてきて、リトとマルセルと釣りに勤しんでいる。

「しかもこんだけの水に味がついてるとか。正直信じられねえよな……」

「舐めてみたのか？」

まさか子供でもあるまいし、と思いつつシンは問うたのだが返ってきたのは微妙な沈黙で、好奇心に負けて舐めてみたらしい。

「ちなみに何味だったんだ？」

「普通に塩だよ。……いや、ちっとばかしこう、なんかなまぐさかったな。あの、名産だっていう魚の卵の塩漬け、あれを薄くしたみたいな感じの」

言ってから何やら、顔をしかめた。

「つーかお前、アレ旨（うま）いって思ったか？ 俺は正直、なまぐさくて駄目だったんだが」

問われてシンは首を傾（かし）げる。トーストに載せるもの（スプレッド）の一つとして駐屯基地の食堂のテーブルに、ジャムやバターと一緒に常備されていた朱（あか）い魚卵の塩漬け。船団国群伝統の保存食品だというそれには物珍しさから多くの者が手を出して、勧められてシンも食べてみたが。

「いや？ 特に苦手とは思わなかったな」

旨（うま）いかと言われれば、それも首を傾（かし）げざるを得なかったけれど。

「……お前ほんと、バカ舌だよな……」

近くで貝殻を拾っていたフレデリカが口を挟む。

「シンエイめの味覚音痴についてはさておき、あれについては好みの問題であろ。少なくともわらわは好きじゃが」

「そういやたしかにお前ばくばく食ってたな。トーストにサワークリームと山ほどのっけて」

「というか、トースト以外も山ほど食べてたしな」

「っ、レディに向かってなんじゃその言い草は!? た、たしかに体重は増えたが、これは成長期なのじゃ！」

真っ赤になって噛（か）みついてくるのに二人は頷（うなず）く。からかったつもりもなく当然のこととして。

「知ってるよ。いいことだって言ってるんだ。食べ盛りなのはよ」

「成長するために食事量も体重も増えるんだから、気にしないで好きなだけ食べた方がいい」

むー、とフレデリカは膨れ面で黙りこむ。

それから妙に意気ごんだ顔で頷いた。

「そう、わらわも成長する。いつまでも子供ではないのじゃ」

どこか悲壮感さえ漂う、その血赤の瞳。

「じゃから…………わきゃっ⁉」

で、突然すっとんきょうな悲鳴をあげて拾った貝殻を放り捨てた。

「動いた⁉　今動いたのじゃ⁉」

……やっぱりまだ子供だよなと二人は思う。

気味悪そうにしているフレデリカの横に、ライデンがしゃがみこんでやる。

「なんだ、中身入ってたのか？」

「…………。いや……」

一方、巻貝を何となく拾ってみたシンはちょっと沈黙する。

なんだ？　と見にきて、やっぱりライデンも黙りこんだ。

貝殻の中からわらわら生え出て、わらわら動いている甲殻に覆われた脚。

「……ヤドカリ……かな……？」

「実際動いてるとこ見ると、なんかグロいな……」

「――卿のことだ。指揮官たるもの、任務を優先すべきとでも考えたのだろうが、ミリーゼ」

駐屯基地の、臨時のオフィス。イシュマエルに頼んで開示可能なここ最近の戦闘の記録を見ていたレーナに、ヴィーカは嘆息する。呆れたような、その帝王紫の双眸。

「別に息抜きに海で遊ぶくらい構わないだろうに。俺が行かないのは単に、海など何度も見たからもの珍しくもないというだけだぞ」

「連合王国最北の国境の、雪禍連山の北縁の断崖の下がそのまま海でして。冬には氷で埋まる海です。壮観ですぞ」

いつもどおり控えるレルヒェが補足して、レーナは苦笑して首を横に振る。

シンは仲間たちと遊びにいったみたいなので、自分が気にしなくてもいいとは思うのだが。

「いえ……海は、昨日はつい見てしまいましたし、この後の作戦でも見ますけれど、……自分から見に行くのは次は、戦争が終わってからにしようと思って」

海を見せたいと、シンに言われた。その願いに自分は応じた。

だから――告げられた想いには未だ応えられていないのだから、せめてその願いくらいは。

「戦争が終わったら海を見に行こうと、そう言われて。その約束は守りたいので」

ふん、と鼻を鳴らすヴィーカに、笑みを消して向き直った。

「それより、ヴィーカ。確認したいことが」

イシュマエルに頼んで見せてもらった、先の大攻勢以降の船団国群の戦況。個々の戦闘から一年足らずで正確な数でないせいもあるだろうが、戦闘の規模と戦死者数があっていない。戦闘中行方不明のままの者が多い。それほどの激戦と、それほどの混乱。

そして目撃例の増えている、本来なら後方支援の兵種であるはずの回収輸送型(タウゼントフュスラー)。

グレーテを経由で確認してもらったが、連邦では同様の事例は報告されていない。

「連合王国では、どうでしょう。それと——彼女から聞いたという、〈レギオン〉の戦略の変更についても、詳しく」

視界の端で仲間たちはそれぞれに遊んだり騒いだりしていて、けれどその全てが波の向こうを見つめてつい思考に沈んでしまったセオには遠い。

海。

いつか見たい、なんて言いあったのがたった一年前、奇(く)しくも同じ電磁加速砲型(モルフォ)の追撃作戦の時だ。見たいのは見たかったけれど、電磁加速砲型(モルフォ)に負けて死ぬかもしれないから叶(かな)わないかもしれなくて、……実のところ叶(かな)わなくてもそれはそれで仕方がないと思っていた、ただの漠然たる目標だった場所に。

意外と、あっさり、たどりついてしまった。

もちろんセオがその時思い浮かべていたのはこの北の海ではないけれど、海という、見たことのない場所の象徴に。

そのせいだろうか、こうして海を目にして感じるのは初めて見たという感動でもようやくたどりつけたという感慨でもなく、ぽっかりと意識のどこかに穴が開いたような空虚さだ。

目標にしていたものをなくして、立ち尽くしてしまう時にも似た。

だって自分は何も、変わっていない。

進めていないと思うのに、八六区を出てそれきり何も変わってはいないのに、見たことのない景色へと来るだけは来てしまった。それが何だか、ひどく虚しい。

足を止めていても、変われずにいても、……何を目指せばいいのかわからないままでも、何かの流れに乗ってしまえばこれまで見たことのない場所にも来てしまえる。

それは連合王国でも盟約同盟でも、今から思えば二年前、連邦に保護されてその首都とエルンストの邸に連れてこられたことさえそうなのだけれど。

目の前の海は、昨日のどんよりした黒さに比べれば陽が出ているだけまだマシだけれど、青黒くていかにも陰鬱で、風は冷たくなまぐさくてどこか嘲笑われているかのようだ。

初めて目にした、たどりついた海だというのに、……欠片もうつくしくなんてない。

久方ぶりに、意識した。八六区ではいつのまにか、染みついてしまったその認識。

人間なんて、この世界には要らない。

都合も心情も感慨も、慮ってはくれない。人が死んだ夜に眩く星月夜を天球に広げ、どうにか生き延びてささやかな祝いを計画した日に大雨を降らせる。いっそ底意地が悪いくらいに、世界は人間に対し無関心だ。

それをなんだか、思い知らされてしまった気がした。

いたたまれなくなって、踵を返して街に戻った。

「戦場の外は平和な街、って、なんとなく思っていたのだけれど……」

独りごちてアンジュは嘆息する。ちょうどお祭りの時期だよと基地の食堂のおばさんに言われてきた、基地の属する港街。

船姫の祭り、というのだという。昔はどの街も征海船団に属する船を有していて、その船の船首像に宿る精霊が船姫。その精霊を年に一度、祀る祭事なのだとか。

市庁舎前の広場はなるほど、中央に建つ少女の像が大量の花で飾られて祭りの雰囲気だ。

けれどその市庁舎前の広場の、……八六区の廃墟とも見紛う荒廃ときたら。

土埃と痛んだ建物と、割れた舗装と立ち枯れた街路樹。建物の機能こそどうにか保っているものの、補修の余力は失われて久しいのだろう。行き交う子供の、清潔ではあるけれども繕いあとだらけの古い衣服、祭りだというのに乏しい出店と、いかにも合成品のささやかな菓子類。反面住民の数は小さな街に対してまるでひしめくようで、広場や公園に林立するプレハブの住居。この十年、後退し続けた戦線後背から逃げてきた大勢の避難民のための。

小国ながらに十年、〈レギオン〉と戦い続けてきた船団国群の、これがその代償。

「連邦や連合王国が、特別なだけだったのね。……他の国はもう、とっくに限界で」

戦い続ける力も本当はないのに、それでも生きのびようとあらゆるものを切りつめて戦って――その果てに力尽きて、空しく磨り潰されて消滅する。

その現実を、今更のように思い知る。

傍ら、同じく祭りを見に来たミチヒがぽつりと言った。

「――でも、お祭りはするのですね」

少女の像を飾りたてる、一輪一輪は慎ましいがとにかく大量の花々。せめてこれだけでもと街中の人が持ち寄ったのだろう。そして笑い声と歓声と、呼びこみの声とたまに怒号。日々の生活も苦しいと。〈レギオン〉戦争に滅亡の縁まで追い詰められていると、如実にわかる街の有り様だ。

それでも歯を食いしばるようにして、どこか必死に笑いながら営まれる民族の祭り。

ミチヒは言う。共和国でのマイノリティだった、エイティシックス。その中でも更に珍しい、大陸東方の極東黒種の血も色濃い容姿で。

「私はお祭りなんて、何も知らないので。――だって、受け継げなかったのです。故郷なんて覚えてなくて、家族は皆死んでしまって、だから、寂しいしそれ以上に、羨ましいのです。こんな風に、苦しくてもやらないとと思えるものがあるのは、それくらい大事なものがこの人たちにはあるのは――羨ましいのです」

大切なもの。何をおいても執着するもの。――己の形を規定する何か。

エイティシックスにはそれは唯一抱えた、戦い抜く誇り以外には……未だ何も。

海辺を離れて街に戻って、けれど喧騒の街もやはりセオには身の置きどころがない。

小さな街なのに人はやたらとたくさんいて、その多くが彼と同じ翠緑種の血筋だ。

翠緑種を含めた緑系種は、大陸南方の沿岸部一帯を勢力圏とする民族だ。その一部が原生海獣を追い、この地に移り住んだのが船団国群十一国のうち七つの船団国の始まりだ。

けれどそのどこにも、血族や知己はいない。この祭りも知らない。

海ではしゃいでいる仲間たちも、その実、いくらかはこの祭りの街にいづらいこともあって海にいるのだろう。

街の外。人の世界のその外側。——八六区と同じ、人ではないものが支配する場所に。
そこでなら受け継ぐものが何もないことを、——寄るべのなさを意識しないでいられるから。
己と仲間だけを頼りに、戦場に生きる。
それはつまり、己以外によりどころがないということだ。この街の住民たちと違って、寄るべなど世界のどこにも、何一つもないということだ。
そのことは八六区を出て何度か自覚したつもりなのに、なぜか痛い。

戦争を終わらせる手段があると知って、戦争終結が根拠のない願望ではなく現実に起きうる可能性なのだと、意識させられたせいもあるだろう。

けれどそれ以上に、……シンが、彼に続いてライデンやリトやアンジュが、未来を目指して進み始めてしまったことが。

シンはもっと、楽に生きてもいいだろうに、といつか言った。兄や先に戦死した仲間たちに、死者という過去に囚われてしまうのではなく。

だから彼が未来を見られたことは本当に良かったと思っていて、だから自分はもう手を離さないといけないのに、……同時にそれは酷く、心もとない感覚だ。

だって、どうしていいかわからない。

寄るべなんかなくて、居場所なんかこの世のどこにもなくて、それでもシンは救いと未来を得ることができたけれど、じゃあ自分はどうすればいいのかわからない。救いなんてそう容易く、だって何が自分にとっては希望とか未来なのかもわからないのに得られるとも思えなくて、でも、得られないならそれこそどうしていいのかなんてわからない。

怖い。

どこまでも離れずついてくる、自分の影から逃げるようにふらふら歩きまわっていたら、いつの間にか基地に戻って、征海艦のドックに入りこんでいた。

数階分ぶち抜きの、〈ジャガーノート〉の格納庫とは比べ物にもならない広いドックだというのに、艦橋はキャットウォークと同じ高さにあってその巨大が改めて知れる。海中に潜み、襲い来る無数の——それこそ〈レギオン〉のように無数の——原生海獣を探知するための対海獣哨戒機と、その露払いを担う艦載戦闘機を遠い碧洋へと運ぶ海上機動基地のその雄姿。

海中に潜む原生海獣の群を探知し、また迎撃するには艦船自身のそれに加え、哨戒機の音響探査装置が欠かせない。そして哨戒機の運用のためには、碧洋の空を塞ぐ原生海獣の最大種、砲光種を戦闘機で釣り出し、排除する必要がある。

原生海獣との闘争の、先陣にして要であるのが、艦載機でありそれを運ぶ征海艦だ。

その艦橋の前、最上部に掲げられた小さな女性の像を見上げていた人が、足音に気づいたか振り返った。金茶の髪と翠緑の双眸。藍碧の軍服に焔の鳥の刺青。イシュマエル。

「……あれ。坊主、機動打撃群の、」

間が空いた。

「……………………………………………えっと」

「僕の名前ならリッカ、だけど」

「おう悪い。俺ら相手を刺青で見分けてっから、顔だけだといまいち区別がつかなくってな」

刺青で？　と怪訝に見上げた。刺青を入れているのはどうやら征海氏族の特徴らしいが、セオの目にはだいたい同じに見える。氏族によって違う意匠だとわかるくらいだ。イシュマエルの焔鳥紋に、エステルの鱗紋。極東黒種が花で、金晶種の蔓草模様に天青種の幾何紋様に。翠緑種と翠水種、金緑種には他に、波紋とか雷鳴紋とか螺旋紋とか。

……イシュマエルと同じ焔鳥紋の翠緑種を、見かけた覚えがそういえばない。

「他の連中と一緒に海、行かねえの？　共和国も連邦も今、海がねえって聞いてるけど」

「行ったよ。でも、……飽きちゃったから」

「街で祭りやってるけど、そっちは？」

「……別に」

何故かイシュマエルは苦笑した。

「お前さん、翠緑種だよな。どこの出なんだ？　共和国に移民する前のご先祖は」

「……？　厳密には色々、混ざってるらしいけど、」

「あー、誤差誤差。そんなこと言ったら誰でもそうだろ。完璧な純血ー、なんて、連合王国やら帝国やらのお貴族様か、共和国だけで充分だ。……おっと、お前さんとこの美人の指揮官さんとか、王子さんとか総隊長の兄ちゃんのことじゃねえぜ」

シンは両親は純血だが本人は混血なので、その例には当てはまらないが。ともかく。

「南の、エレクトラってとこ。……もう二百年くらいは前のことだったと思う」

「ああ。じゃあやっぱ大元は同じか。俺んとこの氏族も、そのあたりからここまで来たから。ざっと千年は前の話だけどまーそこは気分で。おかえり坊主」

まるきり、冗談の口調だった。

それでもセオが咄嗟に抱いたのは――強烈なくらいの反発だった。

この人は同じ色をしているだけの、何のかかわりもない他人だ。

この国は祖を同じくしているだけで、二百年前の先祖の故郷ですらない土地だ。

なによりセオにとって同胞というならそれぞれてんで違う色彩をした、けれど同じ戦場で共に戦い抜いてきたエイティシックスの仲間たちだ。

たかだか同じ色だというだけで、同胞みたいな顔をされるいわれなんてない。

ましてや祖国と故郷と受け継いだ文化と、……オヤジと呼ぶ艦隊司令も――家族もいるのだろう。……自分たちは持たないものを全て、持っている相手に。

「――――」

つい、無言を返してしまったセオに、イシュマエルは飄々と肩をすくめた。

誰かに似ている、そんな気がした。

「そういうとこだぜ。どうにも、からかいたくなっちまうのはさ。……毛ェ逆立てた猫みたいだぜ、お前さんに限らず、エイティシックスって奴はさ。仲間だけで固まって、壁作って片っ端から周りの人間弾いて」

そうでもねえ奴もいるけど、と屈託なく笑って言う。総隊長の兄ちゃんとか副長のでかいのとか征海艦遅いって言いやがったクソガキとか。……シンやライデン、リトのことか。

同じだったはずなのにいつのまにか、変わり始めてしまった彼ら。

ふっと浮かんだ言葉に心が冷えた。

同胞と言うなら、同じ生き方を誇りとしたエイティシックスで。でも。その仲間さえ今は。

「なんつーか。……ちっと割れてきちまったな」

「……そうだな」

いつのまにかセオがいなくなっていて、祭りに興味をひかれたらしいアンジュはともかくクレナが海を見に来もしないのに、当然ライデンは気づいているしそれはシンも同様だろう。

海を見たくなくてこの海岸にいない者と、人の集う街がいづらくてここにいる者と。初めて見る海にはしゃいでいる奴らや、知らない街と祭りを見にいった連中とそれぞれに入り混じって、けれどそこに、断絶がある。互いに何かを違えてしまっている。

絶死の戦場をその最後まで戦い抜く。血でもなく受け継ぐ色彩でもなく、その誇りをこそ絆とした、その誇りを以て同一であったはずの自分たちエイティシックスに、……いつのまにか分裂が生じている。

「だからってお前別に、気にしなくていいんだからな」

その分かたれた一人である、隣の同胞に目を向けないまま言った。

ちらりと血赤の瞳が向くのを、やはり見返すことなく続ける。

「置いてくとか、見捨てるとか、そういうんじゃねえ。そいつのペースと選択があるってだけだ。だから、お前が何選ぼうが、他は気にしなくていいんだからな」

「……わかってる」

この声音はたしかに理解はしているが、納得はしていない時のそれだ。

「けど、そう言って放っておかれるのも辛いなら。おれはずいぶん、助けてもらったと思うからその時は、」

思わずライデンは苦笑する。この馬鹿、まだそんなこと言ってやがるのか。

助けられてきたのはむしろ、これまでずっと。

「そいつはもういいよ。……もう充分だ。我らが死神」

「──ハイハイ。ただいまおじさん」

応じたら、思ったよりもふてくされた声になった。

いらいらしながらセオは別の話題を振る。……そう、なんとも思ってない。怯えた猫みたいじゃない。だからこうやって、普通に雑談とかだってできる。

「外のって、なんのお祭りなの」

「ん？　ああ、船姫の祭り。征海船団の、船の神様の祭りな。この街だと魚雷艇の……」

セオは知らない、技術の発展で消滅した軍用艦船のカテゴリを口にして──首を傾げた。

「…………何だったかな」

「ええ……」

「いやだって、……俺、この街の出じゃねえし」

見上げた先、イシュマエルはセオを見ない。

「聞いてねえ？　……聞いてるわけねえか。船団国群はこの戦争が始まってすぐ、構成国を一国丸ごと放棄して迎撃のための戦場にしたんだ。防御陣地の縦深が足りなくて、だから〈レギオン〉の侵攻経路になった一番東の国をそのままな。それが俺の祖国。クレオ船団国」

「……あ、」

聞いている。派遣前に、レーナに聞いた。

ただ、意識していなかった。祖国を奪われた人の言葉で聞いてようやく、そのこと、に思い至った。

それはまるきり、〈レギオン〉の侵攻に国土の大半を放棄し、放棄した国土に国民の何割かも棄てて、八六区という名の戦死者ゼロの戦場へと変えてしまった、
共和国と。同じ。

凝然と見上げてしまったらしい。イシュマエルはぱたぱたと片手を振る。

「……そんな顔しなくってても、お前らほどヤバい扱いはされてねえよ。銃で脅されたわけでも、何もかも取り上げられたわけでもねえ。持てるもんは持って逃げられたし、逃げた先でも特に区別とかなかった。まぁ住むとこは仮設だったりしたけど、苦しいのは避難した先だって同じだ。……うちの艦隊司令なんか征海艦と艦隊一個、まるまる持って逃げたわけだしな」

冗談交じりに言って笑う。

その艦隊司令という人も、そうだ、言っていた。そいつは死んだ艦隊司令の名前だから、と。

死んだ。……おそらくは、戦死した。

イシュマエルと同じ刺青の者も、作戦を控えたこの基地に一人だって見当たらない。艦隊司令以外ももしかしたら、いや、もしかしなくても彼以外はもう。

全員。

……持っている、わけじゃなかった。

それどころか同じだった。自分たちエイティシックスと。故郷も、家族も、その彼らから受

け継ぐはずの伝統や文化も、何もかも奪われて失ってしまった自分たちと。

だから。

もしかしなくても同じ境遇のエイティシックスを……心配してくれて。

「ごめん。……それと、その」

リトの言葉が蘇る。心配してもらえる。八六区の外では、自分たちでも。

そのとおりだった。

それもエイティシックスと似た境遇の――誇り高い人に出会って。

「……ありがとう」

それは闇の中、まだ遠いけれどぽつりと一つ灯った灯を、目にしたような気分だった。


沈みゆく陽光に照らされて海は無数の鏡を敷き詰めたようで、その煌めきと沈む陽の黄金の光に染め上げられて、眼前に広がる世界は目も眩むような燦然だ。

そこからなら星の丸さが目に見えるよと、破獣艦の艦長だという牡丹の刺青の女性に教えられて登った、街外れの灯台。展望台として開放されたそこからは、たしかに緩く弧を描く水平線と、夕暮れの低い光線が無数の波に反射する燦爛の光景とが一望できる。

粉々に割れた鏡が映しだすような、この世ならぬ金色の焔に燃え上がるような、黄昏の海。

　それはどこか、拒絶めいた美しさだとユートは思う。

　近くには同じことを別の誰かに教えられて来たのだろうシデンとシャナがいて、同じように金色の海を見つめている。同じ部隊だが親しく話す関係でもなく、特にユートは寡黙な部類だ。言葉も視線も交わしもせず、少し遠い体温を拒絶もせずに、ただ並んで知らない夕暮れを見る。

「——征海氏族は氏族ごとに、一個の征海艦隊を編成します。軍の部隊というよりも、巨大な一個の『家』に近い集団です」

　新たに聞こえてきた声に、視線だけを向けた。

　声の主はエステルで、共に上がってきたのは何故かクレナだ。察するに身の置きどころが街にも海にもなくて基地に残っていたところを、エステルが見つけて連れてきたのか。シデンやシャナや、自分と同じように。

　エステルや、ユートに声をかけた女性に限らず、船団国群人は軍人も街の人々も、海やら祭りやらを見せたがったり街の見どころを教えてきたりと、なにかと世話を焼こうとしてくる。亡国寸前で訪れた救援部隊への感謝や、十年ぶりの他国人へのもの珍しさだろうと最初は思っていたのだが、……どうやらそれだけでもないらしい。

　船団国群としても数百年、征海氏族としては数千年に亘り、海洋の覇権を原生海獣と争い続けてきた——言いかえれば数千年にも亘り、敗北を重ねながらなおも戦い続けてきた人々。

　それ以外には何も、何一つ自分たちにはないのだからと、叫ぶように。

「シンパシー、というところか。……俺たちエイティシックスへの」

エステルの話は淡々と続く。

「ですから、イシュマエル艦長を副長の私は兄と呼びます。たとえ血縁がなかったとしても」

「えっと……」

はっきり気おされつつ、クレナはエステルを見返す。ごく軽い気持ちで、どうして明らかに血縁ではないし年下のイシュマエルが『兄』なのかと、雑談のついでに聞いただけだったのだけれど。

「……ごめん。よくわかんない、です」

一応は相手が大佐だと、思い至ってつけたした。

幸いというか、エステルは気にした風もなく小首を傾(かし)げた。

「そうでしょうか。あなたがたエイティシックスと、そう変わらない関係性かと思いますよ」

言われてクレナは一つまばたく。

「……あたしたちと？」

「たとえばあなたと、戦隊総隊長のノウゼン大尉は最初に見た時、兄妹(きょうだい)なのかと思いました。もちろん、血の繋(つな)がりがないのも一目でわかりましたが」

似ていない以前に生まれ持った色彩のまるで異なる、けれど不思議に、同じ眼差しをした少年少女たち。

血は、一目でわかるくらいに繋がっていない。けれど。

「見ればわかるものなのですよ。あなたたちエイティシックスは、……そう、魂とでも呼ぶものの形が一緒です。同じ戦場に生き、同じ墓所を目指して、同じ生き方を是とし、同じ有り様を誇りとする。血の近似ではなく、魂の相似をこそ互いの絆とする。……征海という誇りを一族の紐帯とした征海氏族と、それは同じです」

それはなんだか、震えるように甘美な言葉だった。

熱に浮かされたようにクレナは繰り返す。渇いた果てにひとすくいの清水を、与えられた人のように。

「魂の、相似」

「そうです。それは血の繋がりよりも、祖国を同じくするよりも、損なわれることはない。何があっても」

エステルが言う。金色の光の中、当然のことを語る気負いのなさで。

「だからこの先何が変わったとしても、あの方は私の兄上で――ノウゼン大尉もきっと、何があろうといつまでも、あなたの兄上に変わりはないのでしょう」

「距離も数も、離れてるからざっくりだっていうけど、これだけわかってりゃずいぶん楽になるな。陽動の連中ももちろんうちも」

†

大学の建物を接収した、基地は元は礼拝堂だった場所がブリーフィングルームだ。

古いが色鮮やかなステンドグラスの光が入るそこで大テーブルに広げた資料を見下ろして、イシュマエルは破顔する。観測機母艦の数とおおまかな配置を、シンが確認して記した海図。

「礼の代わりに、帰ってきたら一杯奢（おご）るぜ大尉。船団国群伝統の、海産物の干物でも肴（さかな）にさ」

「…………」

魚でも貝でもなく、あえて海産物と濁したあたりで察してシンは沈黙し、かわってセオがつっこんだ。

「艦長、それってあれでしょ。地元の人が旅行者からかう系の珍味とかでしょ」

「そんなこたねえよ。……原料の生き物が、ちょっとだけおもしろい見た目なだけで」

ずいぶんうちとけたなと、その様子に微笑（ほほえ）ましくレーナは思う。エイティシックスたちと、イシュマエルをはじめとした征海氏族の者たちとは。

船団国群は軍人たちも街の人たちも、気のいい人が多い。そのせいだろうか。

「あ、今夜の夕飯は期待しとけよお前ら。ちょうど祭りの時期だし、お前らが来てくれて助かったんだからって、厨房のおばちゃんたちすげぇはりきってるから」

じゃ、と最後に片手を上げて、イシュマエルはブリーフィングルームを出ていく。つい、笑って見送って、改めてレーナは室内、居並ぶ機動打撃群の大隊長と幕僚たちを見回した。

「それでは。……わたしたちも始めましょう」

つられて笑ってしまった情報参謀や、あっけに取られていたザイシャが表情を取り繕う。

エイティシックスたちがさほどの緊張感もない自然体なのは、これはもういつものことだ。気にせずレーナはホロウィンドウを起動した。

「まず、今回の制圧目標――摩天貝楼の、これが全体図です」

調査船の取得した光学映像を、解析して造り出した立体地図を表示。鉄骨の骨組みだけから成る、どこか生き物の死骸のような、それでいて巨大な、海上の要塞。

「最上部までの高さは推定、一二〇メートル。七基の塔が、中央に本棟が一つ、それを支える柱として六つ。内部は十から十二ほどのフロアに分かれていると推定されます。この要塞の制御機能と最上部の電磁加速砲型を破壊するため、突入担当と砲兵仕様の〈ジャガーノート〉、計三個支隊を投入、攻略します」

兵力を絞るのは、輸送力の問題だ。

〈ステラマリス〉に搭載可能な〈レギンレイヴ〉は一五〇機ほど。本来は征海艦所属の最低限の哨戒ヘリを遠制艦に乗せ換えてなお、それだけしか運べない。

残る戦力は船団国群の前線に、念のための警備として残していく予定だったのだが……。

「リト・オリヤ少尉、レキ・ミチヒ少尉。あなたたちの隊は陸上に残ってください。あなたたちは船団国群前線の機動防御のため、前線後方に控置とします」

あれ、とリトがまばたく。

「俺とミチヒ、攻略組じゃないんです？　それに機動防御って」

「摩天貝楼拠点を船団国群主力の囮とし、拠点での戦闘開始と呼応して〈レギオン〉陸上部隊が攻勢に出る可能性があります。控置部隊にも一定の戦力を残しておきたい」

二人は顔を見合わせて、きっと唇を引き結んで頷く。そういうことなら。

「了解なのです」「任せてください」

「敵編成に、変更がある恐れもあります。対処についてもこの後説明しますので、即応できるよう備えておいてください」

ちらりとヴィーカが視線を寄越した。

「連邦に弾種の追加を頼んだのはそれでか。……〈アルカノスト〉もこの作戦では、俺が指揮する斥候以外は防衛線配備だな？　ザイシャを指揮官に残していくから、合わせて使ってくれ」

輸送可能な総重量に制限がある以上、総合的な戦闘能力で〈アルカノスト〉に勝る〈ジャガーノート〉を要塞攻略の戦力として優先する必要がある。

　続いてシンが口を開いた。

「目標となる〈羊飼い〉は、聞き取れる限りでは二機。電磁加速砲型(モルフォ)と、拠点が工廠(こうしょう)だと――自動工場型(ヴァイゼル)だというならその制御中枢と見ていいと思います。ここからは距離があるので数しかわかりませんが、近づけば正確な位置も知れる。レルヒェたちを斥候に、おれが先導するので問題ないかと」

　淡々と言われたその言葉に、レーナはその指示を思い出して眉を顰(ひそ)める。この作戦の実行にあたり、グレーテを経由して西方方面軍から伝えられた、不可解かつ、無茶な指示。

「敵情分析のため、可能なら制御中枢を奪ってこいと指示が出ていますが、無理はしないでください。……優先度は低いとわたしは判断します」

　シンは一瞬、沈黙したように見えた。

　怪訝(けげん)に思うよりも先に、いつもの彼の冷徹さで頷(うなず)いた。

「了解」

「――シンエイ、」

　宿舎の居室の窓からは海が臨めて、作戦時間に合わせて寝起きしている今、起床時刻でもその海は暗い。

時刻は早朝どころか、未だ深更。寝静まる街の静寂を越え、潮騒だけが通奏低音として耳に届く。絶えることなき〈レギオン〉たちの嘆きにも似た静かな囁きと、その向こうに聞くともなしに耳を傾けていたシンは、開けていた戸口から控えめにかけられた声に視線を向ける。

まだ少し眠そうに目をこすりながら、入ってきたのはフレデリカだ。

「何を見ておったのじゃ？　なんぞ、珍しいものでも見えるのかの」

「ああ……いや。見てたわけじゃなくて」

「〈レギオン〉の、……電磁加速砲型の声を、確認していたのであるか」

眠る街の静寂の向こうの、潮騒の向こうの、――摩天貝楼の〈羊飼い〉と配下の亡霊の声。

軽い足音でフレデリカは横に来て並ぶ。思いつめた血赤の瞳が、海の彼方を見つめている。

「――シンエイ」

フレデリカは今も、シンを愛称では呼ばない。

背恰好の似た彼女の近衛騎士と――キリ、と愛称で呼んでいたその相手と、混同しないための自戒だとは薄々察している。

「シンエイ。……要塞にいる電磁加速砲型は」

一拍。

恐れるような、間が空いた。

「キリヤ、かや……？」

「？　見えなかったんじゃないのか？」

見知った者の現在を、たとえその相手が亡霊と化していても透かし見るフレデリカの異能。聞くまでもなくわかるだろうにと思って問い返し、問い返してから気づいた。

〝見〟ることも、できなかったのか。もし再び、キリヤが見えてしまったらと恐ろしくて。

「お前の騎士じゃない。──声も言葉も違う」

ぱっとフレデリカは顔をあげた。

「帝国人だとは思うけど、少なくともお前の騎士とは別人だ。……エルンストの言う情報源に、なるかどうかはだから、まだわからないけど」

「…………」

沈痛にフレデリカはうつむく。

唇を噛み、まっすぐに見上げて訴えてきた。

「シンエイ、やはり、その時が来たならばすぐにでもわらわを使うべきじゃ。時間をかければそれだけ、死ぬ者が増える。それがいつ連邦に及ぶともしれぬ。その時死ぬのがそなたらでない保証などない。わらわ一人なら小さな犠牲じゃ。じゃから──……」

「駄目だ」

「シンエイ！」

つかみかかられる。体格は、比べ物にもならないからその程度では小揺るぎもしない。

気持ちは、わかるつもりだ。同じ立場に立ったなら自分もそう言うだろうし、……実行したことさえある。己を囮とすれば仲間は助かると考えて、二年前の特別偵察の最後。

だから彼女の焦燥も覚悟も、わかるつもりだ。

それでも。

「一人なら、小さな犠牲だ。……数が少ない方を犠牲にするなら仕方ない。そういう理屈で八六区に放りこまれたのが、おれたちエイティシックスだ」

フレデリカが小さく目を見開く。

見下ろしてシンは言葉を続ける。焦燥も覚悟もわかる。それでもこれは——譲れない。

「お前一人、犠牲になればいいとは思わない。……共和国と同じことを、おれはしたくない」

第三章　イントゥ・ザ・ストーム

余人には慎ましい隊舎の居室も、征海艦の狭い寝台に慣れた彼には広すぎて少し持て余す。

そもそも陸では、落ち着かなくて深く眠れもしない。征海氏族の氏族長の——艦隊司令の〝子〟として幼い頃から艦上に暮らしたイシュマエルには、足元の揺れない陸地はいっそ不自然だ。

だから夜も開ける前に鳴り響いた携帯端末のアラームにも、半コールで応答した。

「……おう」

声だけは寝起きに、わずかに掠れる。

『——兄上。早朝にご無礼を』

「エステルか」

征海艦隊では艦隊司令が父か母、艦長たちが兄姉で総計数千名の乗員は弟妹だ。征海氏族では家門の年長者全員が父母で、生まれた子供はその全員の子だ。一つの家門、一つの街でそれぞれに船を有し、氏族で征海船団一つを編成する、その慣習から生まれた独特の上官への呼称。

イシュマエルがいたのとは別の征海氏族出身のエステルは、だから本当の『妹』ではないが互いに属する艦隊を失い、寄せ集めの征海艦隊を編成した今は彼を兄と呼んで間違いではない。征海艦以外は氏族全員を失った艦長と、艦も氏族の大半も失った副長。その下の弟妹たちも似たようなものだ。〈オーファン・フリート〉には征海十一氏族の最後の生き残りが、出身の氏族も母艦もごたまぜに、それぞれの喪失を抱えたまま肩を寄せあっている。

寄せ集めの、孤児の艦隊。

氏族長である艦隊司令は誰も彼もが征海艦と運命を共にし、あるいは父として部下を逃がすために犠牲となった。

だから〈オーファン・フリート〉に艦隊司令はいない。『長兄』である――征海艦艦長の最後の生き残りであるイシュマエルが継ぐべきだったが、それもなんだか、嫌だった。

『嵐が来ます。――ついに』

「ああ」

ついに――か。

†

夜闇に乗じて、征海艦〈ステラマリス〉は港を出る。

幸い新月、星辰の影以外に照らすもののない闇は深く、それは嵐に鎖されて進む、翌日の夜とて同様だろう。

隠密での出航だ。無線封鎖に加えて灯火管制がされた飛行甲板に、けれどエイティシックスたちの何人かは上がってみる。

〈ステラマリス〉の乗員には出航にあたりそれぞれの仕事があるが、極論すれば輸送される荷物であるプロセッサーにはすることがない。灯を持ち出さず、また船縁に近づきすぎて海に落ちないようにと甲板要員から注意を受けつつ、何人かが甲板から遠ざかる陸地を見る。

深夜の出航だ。本来人は眠っているはずの深更だ。

けれど遠ざかる、岩場の海岸。港街の住民たちがそこに、集まって手を振っていた。

万が一にも察知されないように明かりの一つも持たず、大人だけでなく子供まで親に手を引かれ、あるいは抱かれて。言葉はなく、誰もがただ手を振る。隠密の出航だ。〈ステラマリス〉が警笛で応じることもない。それでも続々と集まり、手を振ってこちらを見つめ続ける。

その姿が妙に、印象に残った。

夜の短い高緯度地方の夏に夜陰に乗じて接近するため、征海艦隊がそれぞれの港を発ったのは作戦前日の夜。

母港からは北東に位置する摩天貝楼拠点にまっすぐ向かうのではなく、北上して集結地点である風切羽諸島で合流。海鳥程度しか棲めない岩の小島の群の中、海水に侵食された断崖の陰にそれぞれ隠れて作戦開始までの一日を息をひそめて待機する。

その〈ステラマリス〉で艦橋最上階、シグナルブリッジをもの珍しくレーナは見回す。これから丸一日の、待機のはじまり。発見されないために可能な限りの静粛を求められることになるが、それは慣れているから気にならない。

最長で半年にも亘る航海を想定した征海艦は内部に礼拝堂や図書室もあって、このシグナルブリッジを含め、待機の間は見学して回ってもいいとはイシュマエルに言われている。

かんかん、と軽快に階段を上る足音がして、顔をのぞかせたのはエステルだ。

「ミリーゼ大佐。甲板に降りてみませんか。面白いものが見られますよ」

「甲板……ですか。いえ、わたしは」

エステルや乗員たちには悪いが、戦争が終わるまで海は見ないと決めたのだから。

それでもつい、ちらりと下方に目を向けてしまってああと気づいた。青い、昏い光。

やっぱり見たい、と好奇心が頭をもたげて、レーナは苦労して視線を引きはがす。だって、約束だから。

戦争が終わってから、二人で見るのだから。

ちょっと来てみろと乗員に言われて甲板に出て、アンジュとダスティンは並んで息を呑む。

星辰の光は眩いようで夜の海を照らすほどではなく、その豪奢な闇の空の下。

「すごい……」

「波が……光ってる……？」

闇色の海が、まるで星屑か蛍の群を閉じこめたように、青い淡い幻のような光の粒子に彩られている。

特に静かに寄せて砕ける波だ。ざあ、と海上を走るたびに、岩壁や舷側で砕けて散るたびに、その軌跡が淡く青く発光する。夜光虫というのだと、連れてきてくれた乗員が言う。

熱のない青い光芒に、言葉もなく二人は見入る。他のプロセッサーも乗員がそれぞれ探して連れてきてくれているようで、飛行甲板のあちこちに海を見下ろす人影がわだかまっている。

「本当に綺麗。……きれいって、大きな声で言えないのがもったいないくらい」

「ここも戦場、なんだものな。……戦争が終わったらもう一度、また見に来たいな」

アンジュはその言葉にどきりとなる。

もちろんダスティンは、ゼレーネに託された情報なんて知らない。ただ根拠のない願望として口にしただけ。終わってほしいと、平和な世界でこそ生きたいと、思っているだけで。

「ダスティン君は……」

自分はまだ、その先を明確には思い描けていない。

ダスティンは、どうなのだろうか。共和国の有り様に義憤を抱いて、祖国の汚名をすすぐためにを離れて、壁の外の戦場に立つを選んだダスティンはその戦場がなくなったら。

「戦争が終わったら、共和国に戻るの？」

「……多分。建て直しの人手がいるだろうから。ただ、その……」

もし、アンジュが嫌なら戻らないけど、と続けてしまってもいいのかダスティンは悩む。嫌なら戻らないと言っていいだろうか、と悩んでいるなとその横顔にアンジュは思う。そしてそれを、指摘してもいいものだろうか。

今も応えられずにいるというのに、たとえば、からかったりしていいものだろうか……。

並ぶダスティンとの距離はダイヤと並んだ時よりも遠くて、……最初に会った時よりもずっと近い。

気まずいようなそのくせ心地良いような、不思議な距離感をアンジュは持て余す。


艦載機の発着艦のための空間である飛行甲板には、柵や手摺なんて設置されていない。視界を遮るもののないその一角に並んで腰を下ろして、セオは隣で子猫みたいに身を乗り出しているクレナに言う。

「……まあ、これはこれで、青い海ではあるよね」

「うん……！」

——行きたいね。南の海の。戦争が終わったら。

一年前の、あの時も電磁加速砲型を追う敵中行のさなか。そう言っていたクレナは目を輝かせて、ぼうと青く光る海を見つめている。

頭上の星屑と同じ、豪奢なようでけれど闇を照らすことはない、幻のような青い光。

ごく淡く波を透かすだけの、光の淡さはむしろ夜の海の昏さを際立たせるようだ。見ていると何だか、その暗い深みの奥から何かが浮かびあがってくるような不安さえあって、言葉はついぽろりと零れた。

「来ちゃったね。……海」

クレナが笑う。

「ちゃった、って。それじゃ来たくなかったみたいだよ」

「うん。……まだ来たくなかった、かな」

シンやライデン、レーナには言いたくない。クレナが相手だから零れた言葉だった。

多分、クレナもそれは同じだから。

「もうちょっといろいろ、区切りがついてから見たかった。僕はどうなりたいのか。どこへ行きたいのか。……その答えが出てから、見たかったな」

「……無理に見つけなくても、だいじょうぶだよ」

クレナが言う。言葉とは裏腹に、心細い子供みたいに膝を抱えこんで。

裏腹に安堵したような、満ちたりた仔猫のような、穏やかな金色の瞳で。

「あたしたちは、仲間だもん。同胞だもん。それはぜったい変わらないから。……そういうものだって、エステル大佐が言ってたよ。だから、大丈夫」

何を違えてしまっても。

同じ生き方を是として選んだ、エイティシックスであることだけは。

「そうかな」

エステルやイシュマエルや、……この国で出会った征海氏族の末裔たち。自分たちと同じ、故郷も家族も戦火に奪われて失くして、けれど誇り高く生きている人たち。

「……そうだね」

会えてよかった。

この国に来て、よかったと思う。

何もかも失くして、誇りしかなくなって、それでも笑って生きている人たち。

同じ生き方をしている人たちがいると、それでも生きられると知ることができた。

それなら自分たちエイティシックスだってきっと、今のままでも生きていける。

「いろいろちょっと、焦ってたけど。……そうだね。きっと、大丈夫だ」

頭上の星屑はかつての八六区の、人工の明かりがなくて夜の闇が深く支配するからこその豪奢さで、眼下に広がるこちらも酷く儚い、蛍のそれにも似た無数の青い光。

八六区にいた頃には何の感慨もなく見上げたその煌めきの幽かさを、それから二年を経た今、シンは少し寂しいと感じる。八六区の戦場もこの陸を離れた大海原も、人の世界ではない。その寂寞が今はなぜか、奇妙に胸に迫る。

全長三〇〇メートルの広大な飛行甲板にはレーナの、彼にとっては見紛うことのない白銀の長い髪は見当たらない。誘ってみようかとも思ったが、戦争が終わるまで海は見ないことにしたらしいとヴィーカに聞いた。海を見せたいと、言った自分の言葉への応えとして。

それは嬉しいが、……それよりはさすがにそろそろ答えてほしいのだが。

その時ふと、艦首近くに立つイシュマエルの背が目に入った。

見ているシンには気づいた風もなく、飛行甲板に膝をつく。そのまま額づくようにして、――おそらくは飛行甲板に口づけた。年老いた母親に口づけるような敬意と謝意で。

「…………？」

なんだろう、と、疑問というほどの強さもなくシンは思う。

シンエイ、と少し離れた先でフレデリカが呼んで、……それきりシンはこのことは忘れてしまった。

†

翌日。

あえて日没前に母港を発った二個の陽動艦隊は、いかにも目的地を偽装する風で〈レギオン〉支配域沿岸へと一旦針路を取った後に転針。それぞれ大きく弧を描きつつ摩天貝楼拠点へと向かい――敵砲の射程に今、踏み入った。

『――ミシア第九艦隊より、アルシェ第八艦隊。作戦開始線に到達。進攻を開始する』

「――了解。聖エルモの加護を」

征海艦隊〈オーファン・フリート〉は無線封鎖中だ。届かない祈りを、エステルはひっそりと返す。……外は二度目の深更、嵐に伴う薄雲で星影はまばらな星の紛れ。作戦開始に備えて艦長たる兄は今は休息を取っていて、その代理として立つ最後の統合艦橋だ。

「〈オーファン・フリート〉各艦に通達。出撃準備。――陽動のどちらかが交戦に入り次第、摩天貝楼拠点へ侵攻を開始します」

「アイ・マム。……兄上には、」

「まだよろしいでしょう。兄上には本艦隊が交戦に入った際、万全の状態で指揮を執っていただき——その上で、見届けていただきたいですから」

†

『アルシェ第八艦隊より、ミシア第九艦隊。デコイ五番の喪失を確認。——交戦開始だ』

†

陽動の二個艦隊が交戦に入り、その彼らを隠れ蓑に、夜の闇を味方に進む征海艦隊の居住区画。作戦域への到達を数時間後に控え、着替えたレーナは船室の入口から廊下を窺う。着替え。そう、〈ツィカーダ〉を装着したわけである。着るのはもう三度目だが、だからといって全く慣れない。その上一回り大きな軍服も、連合王国から戻ってすぐに用意させたのだがうっかり忘れてきてしまったのである。

とはいえこの体の線のくっきり出る衣装で、征海艦の乗員たちの前に立ちたくもない。これから隊長格とのブリーフィングもあるから、シンとも顔を合わせてしまう。

今のうちにアンジュか、それともシャナあたりに勤務服を借りよう。思ってレーナは誰もいない廊下を見回す。

レーナより長身の彼女たちの軍服なら〈ツィカーダ〉の上からでも着られるだろう。その条件にはシデンも入るのだが、彼女に借りるのはやめておいた方がよさそうだ。なんとなく。

頭だけを突き出して廊下の端までを窺って、逆側に目を向けたらシンが立っていた。

こきんとレーナは硬直する。

凝然と、わずかに目を瞠ったままシンは立ち尽くしている。

〈ツィカーダ〉だけをまとったレーナを見下ろして。

紫銀色の疑似神経線維が外付けの疑似脳として膚を覆う、覆うだけで支えてくれないからいろいろ揺れてしまうし体の線もくっきりばっちり出てしまっているそんな彼女を見下ろして。

そういえばシンは。

そのせいで以前にも、アンジュとダスティンが彼に気づかずいい雰囲気になる大事故が起こっているのだが。

足音を立てずに、歩くくせが。

なんとももの凄まじい、長い長い沈黙の後。

「――連合王国でヴィーカから受領したという〈ツィカーダ〉について」

シンは言う。ふつふつと憤りがこみあげるのを押しこめた、険しい、凍てついた眼差しで。

「何故かおれには情報が一切回ってこないから妙だとは思っていたのですが。……道理で聞いても誰も何も答えないし、レーヴィチ基地ではレルヒェがやたら謝っていたわけですね」

それは、そうだろう。

レーナだってもし自分が着たのでなくても、こんなもの説明したくもない。

「マルセルに至っては尋ねると俺はまだ死にたくないとか言いながら逃げていって。……手心を加えずに、きっちり問い詰めておくべきでしたね」

「手心って……マルセルは特士校の同期なのでしょう？　あんまりいじめては……」

「レーナ。話をそらさないでください。今マルセルはどうでもいいです」

あっシン、もしかしてすごく怒ってる。

鼻先が触れあいそうになるくらいにつめよられて少しのけ反りつつ、現実逃避気味にレーナは思う。こうもあからさまに機嫌が悪いのは初めてだ。新鮮だし、ちょっとだけ嬉(うれ)しい。

「いえ、その、とりたてて隠していたつもりはないんですけど……有用は有用ですし。ちょっと…………………………あんまりにも恥ずかしいだけで」

ふー……と長く、内圧を下げるような吐息が一つ。

音もなくシンは踵(きびす)を返(かえ)した。

「わかりました。ヴィーカを始末して海に放りこんできます」

「シン……!?　何言ってるんですか！」

「拳銃は格納庫に預けてありますが、研いだシャベルがあれば充分です。若い頃はそれで敵兵を仕留めたこともあると、神父様が言っていました」

「あの神父さま、子供に何てこと教えてるんですかっ⁉　じゃなくて！　シャベルなんて征海艦にあるわけないでしょう⁉」

いくらなんでもシャベルでは自走地雷にすら勝てないので（対人型自走地雷が内蔵しているのは有効射程五〇メートルの指向性散弾地雷だ）、〈レギオン〉との戦闘に赴くシンにシャベルでの戦闘方法なんぞ教えこむ理由は全くない。

あとレーナのツッコミも、それはそれでずれている。

「なら、そのまま海に蹴落とします。それでも充分でしょう。外洋は人を放りこんだらだいたい沈むから、うっかり出た死体の隠滅にはもってこいだとイシュマエル艦長が」

「シン！」

「……ん、」

作戦開始前の最後のブリーフィングに備え、臨時の会議室とされた艦橋一階のフライトデッキ・コントロールルームで、ぞわ、とヴィーカは身を震わせる。

「なんだ、妙な悪寒がするな」

レルヒェが小首を傾げる。

「船酔いですかな」

「というよりも、誰かが俺の墓を掘ってる感じだ。悪い予感がする」

聞いていたクレナが口を挟んだ。

「連合王国の作戦であたしとかアンジュとかレーナとかに着せたあのエロスーツが」

ヴィーカは形の良い眉を品よく寄せる。

「〈ツィカーダ〉だが」

アンジュが続けた。

「殿下は冗談のつもりだったんでしょうけど着た側としては全然笑えないセクハラスーツが」

「……まあ、たしかにその誹り(そし)も免れ(まぬが)ないか。それでいいから続けてくれ」

半眼でシデンまで加わった。

「素直なのはいいけど、だからって何の罪滅ぼしにもならねぇド変態スーツが」

容赦なく駄目押しされて若干へこんだ顔をしたヴィーカには構わず、クレナは言う。

「とうとうシンにばれたんでしょ」

「ああ……」

小さな呻き(うめ)とは裏腹、たいして焦る(あせ)でもなく大仰にかぶりを振った。

「それはまずいな。情報漏れはどこからだ？」

ちらりと見られて、マルセルが慌ててぶんぶん首を振る。

「いやあの、俺が言うわけないだろ殿下⁉　うっかり口滑らしたら、まずノウゼンにぶっ殺された上に殿下にもぶっ殺されるんだぞ⁉」

「よくわかっているな、マルセル。実際、卿が口を滑らせたならノウゼンの手にかかった後、俺が直々に蘇生させてもう一度頭から皮をはいでやるところだ」

「ッ…………⁉」

「殿下……。それを〈シリン〉を設計なされた殿下が仰せられると、冗談に聞こえませぬゆえ控えられた方が……」

真っ青になったマルセルを憐れんでか、レルヒェがそっとフォローを入れる。

いつもどおり面白おかしい主従プラス一を、機嫌の悪い猫みたいに見たままクレナは言う。

「で、今は王子殿下が〈ステラマリス〉から蹴落とされるか、補修用だって積んである斧で頭割られる寸前みたいになってるんだけど。……どうすんの殿下」

「なに、問題はない。どうせ聖女のようなミリーゼが俺のような蛇ですら庇ってくれるのだろうし、ミリーゼに待てと言われれば、ノウゼンもとりあえず止まるだろうからな」

「………」

まあ、レーナのことだからそれはそうなのだろうし、シンもきっとそうだろうけれど。

「王子殿下。次の作戦とかで誤射してもいい？」

こいつ一回、軽く死んどけばいいのにとクレナは思った。

早足に歩み去りかけるのを、片腕を両手でつかんでおもいきり踏ん張る、という力業で、どうにかレーナはシンの引き留めに成功する。

なお〈ツィカーダ〉を薄く纏った だけのほぼ素足の爪先が、軍艦の無骨な廊下では傷ついてしまいそうでシンがそれ以上進めなくなったのが勝因。

「………………。なら、せめて着ていてください。除装するまで返さなくていいです」

ばさっと乱暴に勤務服の上着をかぶせられて、頭からひっかぶされたそれをもぞもぞと肩がけに羽織りなおしつつレーナはシンを見上げる。

まだ微妙に不機嫌な、それでいて気を削がれてしまったらしい、血赤の双眸と目があった。

「………………」

そのまま変な沈黙が落ちる。気まずいのとも違うが、なんだか間がもたないというか。

するべき話はこれではないと、気づいてしまったというか。

少し迷うような間があって、結局シンが口火を切った。

「……初めて見る海が戦場になってしまったのは、残念でしたね」

その言葉にレーナはびくっとなる。

海を見せたい。――あなたと共に、海を見たい。

一月前の、舞踏会の夜の、花火の下。預けられたその願いから繋がる言葉が、レーナが未だ応えられずにいる言葉だ。

「ええ……。その……」

要するに。

さすがに一か月も経つし、もうじき作戦が始まるし、こうして雑談もできる程度には気まずさも薄れたのだからそろそろ応えてくれませんかとシンは言外に言っていて。

レーナもそれは察しているのだが、いざ意識してしまうとまたしても言葉が出てこない。

「で……でも、綺麗でしたから！　わたし、初めて見ました」

結局大変どうでもいい、愚にもつかない雑談として返してしまった。

当然小さくため息をつかれた。レーナは更にあわあわする。

「えっと、その、……そういえばシン、異能の制御、連邦軍から提案が来ていたの、受けたそうですね。シンのお母さまの実家に、協力を仰ぐって。その、今はどんな感じなんですか？」

「……………。しばらくは面談だけです。まずは信頼関係がないといけないから、と」

「そうなんですね……でも、早く制御できるようになるといいですね。きっとその方がシンも、楽になるでしょうから。ずっと心配だったんですよ？」

「…………」

「えっと。あの……――え、」

わたわたと言葉を探していたら、いきなりぐい、と強く抱き寄せられた。

え、と目を見開いている間に、唇が重なる。

一月前の夜とは反対に、今度はシンの方から。

噛みつくようなキスだった。

渇望と、衝動と、ある種の餓えが入り混じった、知らない獰猛さの口づけだった。

レーナは頭が真っ白になる。

時間が巻き戻ったように、あの夜のように胸が高鳴って、頭に血が上りすぎて混乱して。レーナはまだ知らない、男のひとの獰猛が少しだけこわくて。

けれどそれ以上に触れあう熱の甘美さに、どうしようもなく酔いしれて。

求められるままに求めて。互いの血の熱さを分けあって、それはどこか溶けあうように。

時間は今度は、一体どれくらい経ったのだろう。

唇が離れて、自然と息をついた。は、と再び、混じる吐息。

耳まで真っ赤になって、レーナは硬直する。まさかこんな不意打ちを喰らうなんて思ってもみなかったから、混乱してしまってどうしていいのかわからない。

「一か月前は不意打ちされて、驚かされたのでお返しです」

見上げた先、シンはなんだか、子供みたいな拗ねた顔をしている。

「レーナの答えは、……答えるつもりになってくれたら、教えてください」

†

外洋の高い波を切り裂き、二隻の斥候艦を先頭に、征海艦を中心とした輪形陣で進む征海艦隊〈オーファン・フリート〉は、やがて嵐の勢力圏内へと侵入する。

厚い重い、不吉な黒い雲が空を覆う。叩きつけるような豪雨が白く視界を霞ませ、まばたきのたびに風向きの変わる風が、雨滴を紗幕と舞い狂わせて装甲された飛行甲板にうちつける。艦を取り巻く波は鋭角に尖り、うねる海流が艦体を上下に揺さぶって軋ませる。

摩天貝楼拠点への残り距離、一八〇キロ。

†

征海艦の艦橋は、航海の指揮と艦隊全体の戦闘の指揮を執るための統合艦橋が二階層をぶち抜く形でおかれて操船の要員と指揮統制の要員が詰め、さらに今回の作戦では機動打撃群の指揮官であるレーナと管制要員が予備のスペースを使う。

もう五年も前、最後にクレオ征海艦隊として戦場に出た時よりもずいぶん人数の多い統合艦橋を、その最奥で感慨深くイシュマエルは見る。

統合艦橋の窓は戦闘に備えて装甲板に塞がれ、代わりに展開された無数のホロスクリーン。映る船外はいよいよ強烈に吹き荒れる、雨と風と荒れ狂う波。強風圏から、暴風圏へ。風速実に三三メートル超、颶風と呼ばれる定義上の最大風速が吹き荒れる破壊の渦の中へ。

圧搾空気の抜ける音で背後の扉が開いて、目を向けるとレーナだ。

何故か今日に限って連邦軍の鋼色の、それもどうもワンサイズ大きな男性用の軍服を着て、少しだけふわふわと、頼りない足取り。

艦の外の、おそらくは体験したこともない大嵐に息を呑んで、それでようやく我に返って、銀の瞳がぴりっと緊張感を取り戻す。

「艦長、そろそろ最終ブリーフィングを」

「おー、了解。……エステル。指揮を――……」

「兄上」

遮って蔓模様の刺青の通信士官が言う。その鋭くどこか冷えた、金晶種の金色の目。

「――ミシア第九艦隊です」

「……もう、か。早かったな」

その声のわずかに、低い響き。

レーナはその横顔を振り仰ぐ。冷えて硬い翠緑の瞳は、傍らのレーナを振り向かない。

「……出してくれ」

「了解」

通信士官がコンソールを操作。ミシア艦隊からの通信が統合艦橋に響き渡る。

連邦がレイドデバイスを供与したはずなのに、知覚同調(パラレイド)ではなく無線で。


『――壊滅寸前のアルシェ第八艦隊、聞こえるか！』


はっとレーナは目を見開く。

無用の混乱を防ぐため、軍の無線交信は定形化されている。どれほど混乱に陥っていようともこんな馬鹿げた言い回しで、通信相手を呼ぶことなどありえない。

アルシェ第八艦隊への通信ではなく、〈オーファン・フリート〉に聞かせるための放送だ。〈レギオン〉に傍受されても問題ないように――万一にも第三の艦隊(オーファン・フリート)の存在には気づかれないように、アルシェ第八艦隊への通信に見せかけた。

『こちらはミシア第九艦隊、快速艦〈アストラ〉。旗艦〈エウロパ〉にかわり交信している！――電磁加速砲型(モルフォ)の砲撃により、〈エウロパ〉は轟沈(ごうちん)。艦隊の残りは快速艦三隻！　そちらは今もフリゲート二、快速艦一のままか⁉』

轟沈(ごうちん)。旗艦が。それどころか七隻と八隻で構成されていたという陽動艦隊が、どちらももう半分以下に。

思わずレーナは息を呑む。

それから傍らのイシュマエルの、艦橋の征海氏族たちの凍てついたような平静さに驚いて、それでようやく、それと悟った。

『戦力不足により、観測機母艦掃討の任務は断念。最優先任務を続行する。敵の残弾数推定は現時点で六五、ッ……今六四。可能な限りゼロに近づける！』

最優先任務。……すなわち征海艦隊を摩天貝楼に届かせるため。その時間を稼ぐために。何隻沈もうと、艦隊の全滅と引き換えにしても、——電磁加速砲型の砲撃を引きつける。

『聖エルモの加護を、アルシェ第八艦隊。——航海星の下に！』

『——アルシェ第八艦隊、了解。こちらも同様だ。聖エルモの加護を。航海星に』

通信が切れる。

呆然と、レーナはイシュマエルを振り仰ぐ。たしかに、陽動とは言った。言っていたが。

「最初から、陽動艦隊は、」

「……聞かせるつもりはなかったんだけどな。こいつは俺たち船団国群の、船団国海軍の問題で、あんたら機動打撃群には関係のねえ話なんだから」

嘆息してイシュマエルは言う。焔の鳥を模したような、左目の縁の刺青。

「ああ。最初から陽動の連中は決死隊だ。参加してるのも損傷艦か練習艦、そんでホントなら退役してるはずの爺さん婆さんたちだ。こんな生還率の低い陽動に、残り少ないまともな艦なんか船団国群はもう出せない」

　だからレイドデバイスも、与えられたけれど持ってはいかずに――……。

「船団国群が生き残るには、何としても電磁加速砲型（モルフォ）を倒さないとならない。何としても〈ステラマリス〉を、そこまで届かせないといけない。そのためには犠牲だって払うさ。……陽動艦隊が全滅したら、次は〈オーファン・フリート〉の破獣艦（はじゅうかん）が――弟たちが囮（おとり）になる」

　凝然（ぎょうぜん）となるレーナとは裏腹、淡々とイシュマエルは言う。目元に刺青（いれずみ）の入った顔で。属する船団、乗りこむ船、両親の血筋を示すのだという、焔（ほのお）の鳥のような刺青（いれずみ）の顔で。

　同じ模様が全身至るところに刻まれて、それは征海氏族の誰もがそうなのだという。

　海で死んだ者の遺体は、海の生き物や波の力に崩されて時に顔の判別もつかなくなる。だから古来、海を生活の場とした者は固有の刺青（いれずみ）や模様の服で身元の証明を図ってきた。その証明を、どこか一か所ではなく全身に。

　顔がわからないどころの話ではない。原生海獣（クジラ）との戦いで死ぬというのは、まともに死体も残らない死に方をするということだ。肉片一つしか回収できない、それほどの激戦が当たり前だったということだ。

　その壮絶を運命（さだめ）と、呑（の）みこんだ顔で。

「……戦争なんだ、どうやったって犠牲は出る。一方的にこっちが的にされる超長距離砲を、屑鉄（くずてつ）どもが持ち出すのを許しちまったなら猶更（なおさら）な」

一年前の大攻勢で。

連邦は大量の巡航ミサイルで飽和攻撃を仕掛け、電磁加速砲型(モルフォ)を大破に追いこんだ。百キロを数分で駆け抜ける地面効果翼機(ランドクラフト)を投入し、一個戦隊をその喉元まで送りこんだ。

高価な巡航ミサイルを保有する国力も、独力で地面効果翼機(ランドクラフト)を開発する技術力も持たぬ小国の船団国群が同じく射程四〇〇キロの敵砲撃域突破を実行するなら、人血を以て(もって)贖う(あがなう)しかない。

それを非道と、糾弾するだけなら簡単だけれど。

「……すみません」

「……なんであんたが謝るんだよ」

うつむくレーナに、イシュマエルは笑って首を振る。

天の底が抜けたかのような豪雨で、ホロスクリーンに映る艦外の情景はほとんど白いほどだ。圧(お)し潰すような圧迫と何か、おおきな存在の悪意さえ、感じてしまう暴風雨。

「けど、まあ。それなら聞いちまったついでに、……もうちょっとだけ知っていってくれ」

俺たちのことを。

〈オーファン・フリート〉はさすがに、当初の予定どおりに持ってきたレイドデバイスに一度指を触れて起動させる。艦内放送のマイクを手に取った。

三〇〇メートルの艦の隅々にまで届く艦内放送。知覚同調(パラレイド)の対象は、征海艦隊(せいかいかんたい)の全構成艦の艦長と副長、通信士官に。

「各位。こちらは〈ステラマリス〉艦長、イシュマエル・アハヴだ」

返る声はない。けれど艦の全体、征海艦を動かす血潮である乗員たちの謹聴の気配。

「本艦隊は現在、敵本拠まで直線距離一八〇キロの位置にある。陽動艦隊二個は敵砲と交戦中、残念ながら壊滅寸前だ。我ら〈オーファン・フリート〉が戦端を切るのも、予定よりも早まると予想される」

頼もしくそれを感じつつ、まずは部下でも征海氏族でもない彼らに声をかけた。

「エイティシックスたち。摩天貝楼拠点に着いてからがそっちの出番だ。しばらく揺れるが、ビビんなくていい。むしろ滅多にないアトラクションだと思って楽しんでってくれ。征海艦は――この艦だけは、沈めない」

何度も言った言葉だ。

旗艦の艦長であり事実上の艦隊司令である自分の責任において、必ず果たさねばならない役目だ。自国を守るのに、他国の軍のそれも少年兵の力を借りることになった。無論、その母国である連邦が、善意だけで機動打撃群を寄越したはずはない。けれど自分たち船団国群が、自国の失態にまきこんでしまったこどもたち。

絶対に生きて帰らせないといけない。何としても彼らだけは、無事に陸まで送り届ける。

そのために自分と〈ステラマリス〉が、おそるべき生き恥を晒すとしても――……。

「乗員各位。――征海氏族十一氏族、その最後の生き残りの妹たち、弟たち。仮初めの兄についてきてくれたことにまず礼を言う。ありがとうな。――そして祖国のため散ると、覚悟を決めての船出に敬意を」

〈ステラマリス〉ただ一隻を敵拠点に届かせるため、囮となると定められた征海艦隊の十一隻。救難艦は後背に控えてはいるが、嵐の海、そして要塞でさえも保たぬ八〇〇ミリ砲が相手だ。救助が間にあう保証などない。この嵐の海の中、死体さえ港には帰れないかもしれない。

人跡未踏の碧洋で戦い死ぬこそ、征海氏族の誉れだけれど。

そう。

「最後の敵は、原生海獣じゃなくて屑鉄どもになっちまったが誉れある死であることに変わりはねえ。先に逝った艦隊司令たちが泣いて悔しがるような航海としよう。土産話をたっぷりと聞かせてやろう。千年語り継がれるような、勇猛と果敢を見せてやろうぜ。……これこそが、」

千年後、顔も知らぬ子孫たちは語るだろう。

もはや征海艦も征海艦隊も、その雄姿を想像すらできなくなっていたとしても、語るだろう。

「我らが船団国群がかつて有していた征海艦隊――その最後の征海航海だったと言われるように」

え、と背後、控えていたレーナは目を見開く。

眼前、無言のまま拳を突き上げ、隣同士その拳をうちあわせている船団国群の士官たちの背が信じられない。

最後？　かつて有した？

それではまるで征海艦隊そのものが。船団国群でももうこの一群だけしか残っていない征海艦隊が。この作戦で永遠に失われてしまうとでも言うかのような――……。

知覚同調越しにヴィーカが言う。艦橋一階のフライトデッキ・コントローラールーム、この作戦では艦載機の運用予定がないから臨時の会議室としたそこで待つ彼。

『――航空母艦は、』

征海艦の元となった、航空機の海上プラットフォームは。

『軍艦では最大の火力投射能力を持つが、それ一隻では極めて脆弱な艦種だ。周囲を護衛と警戒、防空を担う駆逐艦と巡洋艦に固められて初めて、制空戦闘に専念できる。……護衛を失えばたやすく撃沈される。征海艦隊でもそれは同じ、ということだろう』

征海艦だけが生き残っても、僚艦が失われたなら征海艦隊としては終わり。戦時下の今、限界まで減耗した今、本来なら船団国群程度の国力では建造も運用もできない高価な破獣艦や遠制艦は、もう造れない。

そして征海艦隊が失われるならそれは、レグキード征海船団国群がその国号にまで掲げた、征海の誇りもまた失われるということだ。

本当に何もかも、誇りさえもなげうってでも、祖国を生きながらえさせるために。

その小国の――力なき無惨(むざん)。

まるで感じさせずに、イシュマエルは言う。

楽しみにしていたハイキングに、弟妹を率いていく兄のように。

笑いあいながら支配域へと消えていった、特別偵察のスピアヘッド戦隊のように。

「お前たちの戦いと死は俺が見届ける。俺と〈ステラマリス〉が語り部(べ)となる。百年たって爺(じじい)になっても、最後の息でまで語ってやるさ。そんで千年後には〈ステラマリス〉が、彼女だけが征海艦隊(せいかいかんたい)と征海氏族の存在、船団国群のかつての誇りのありかを、記念碑として証立(あかした)ててくれてるだろうよ。だから、各位。思う存分カッコよく、ド派手に、……散ってこい」


「……それで、見送りが」

艦載機の状況を把握するための管理卓(ウイジャボード)が中央に置かれた、臨時のブリーフィングルーム。

その室内で沈鬱とシンは呟(つぶや)く。

深夜の出立にもかかわらず、街の全員が出てきたかのように海岸に集い、いつまでも手を振っていた見送りの人々。

彼らも、あるいは船団国群の国民全員、そうと知っていたのだろう。

この作戦が、唯一残った征海艦隊(せいかいかんたい)の最後になると。

征海船団国群が国号に冠した征海の誉れを——今日を最後に、失うのだと。

征海艦隊は無線封鎖中だが、この作戦では艦長、副長と通信士官は連邦から供与されたレイドデバイスを使用し、艦を隔てた通達も知覚同調で即時伝達される。イシュマエルの言葉はそのまま、周りを固める三隻の遠制艦と一回り小型の六隻の破獣艦、二隻の斥候艦にも伝わる。

夜闇と風雨の帳の中、辛うじて見える左舷側前方の遠制艦〈ベナトナシュ〉の艦橋でシルエットが動く。最低限の計器の光だけを光源にした航海艦橋で艦長と副長らしき影があろうことかハイタッチしている様子を〈ステラマリス〉の艦橋五階、フラッグブリッジでクレナは見る。

どうして、と、呆然となる頭の片隅が思った。

どうして。誇りを。自分たちを形作るその最後の欠片まで、失くしてしまうその時だというのに。

あたしたちと同じだと、言ってくれた人たちが。どうして。

笑って。

変わらないと言われた、同胞との絆。

あれは、もしかして。何もかもを失ってもそれでも仲間は残るからと、あの時エステルはそう言うつもりで。

「……そんなの、」

この〈ステラマリス〉を含め、ナビガトリア級征海艦の艦首は密閉されたエンクローズド・バウだ。格納庫にもその傍らの待機室にも風雨は入りこまないが、音だけはわずかにくぐもりつつも響いてくる。

雨滴というよりはもはや礫を叩きつけるかのような硬い雨音、高く低く、幾千の笛か古の蛮族の鬨の声のように鳴る風の唸り。絶縁体である大気を、けれど無理矢理に引き裂いて走る稲妻の、破砕音にも似た凄まじい雷鳴。

人の本能に刻みこまれた、無条件に恐怖を覚えさせる太古の暴威の音だ。天の怒り、神や怪物の咆哮だと、長きに亘り人が信じてきた大音響だ。

準備を終えた待機室の中、プロセッサーたちは知らず息をひそめて見えない天を窺う。嵐の経験こそ誰にもあるが、この遮るものの一つもない大海原での暴風雨。

それ以上に先ほど艦内放送で初めて知った事実に、普段は無意識に胸の底に押しこめている不安と疑念をひきずりだされてしまって。

戦い抜く、誇り。……それしか未だ持てずにいるのが彼らエイティシックスだ。それさえあれば戦い抜けると、他の何をも求めず戦場に立つのがエイティシックスだ。

その彼らには最後に残った誇りさえ、放り棄ててなお戦える征海氏族の、船団国群の有り様は信じられない。それさえ失くして、唯一おのれの形を定める誇りさえ失くして、どうしてなおも戦えるというのか。どうしてなおも、……生きられるのか。

自分にはできない。何もかも奪われて、最後に残った誇りさえ失くしてしまったら――もう自分の形を保てない。

その最後に残ったその誇りさえ、……時にこんな風に容易く、あっけないくらいに奪われてしまうものなのだとしたら――……。

海を知らぬ彼らは未体験の、激しい上下動が足元から突き上げる。

大時化の海だ。波の力で持ち上げられ、突き落とされる上下の揺れは終わることなく繰り返される。〈ジャガーノート〉の過酷な機動に適応し、その上作戦前の緊迫の中、無様に酔うことはないけれど、自分たちがいるのが鉄板一枚隔てただけの、広大無辺の奈落の上だと思い知らされてしまう揺れ。

思い至ればそれは、酷くこころもとない感覚だ。

不変の支えなどどこにもない。立っているつもりのその足場は、本当は脆く不確かだ。これまで何度か、思い知らされてきたことだ。八六区の戦場で。雪の要塞で。この青い奈落の戦場でも。

何度も思い知らされてしまうくらいに――誇りなんて本当は、不確かだ。

毀たれないものなどない。失われない保証なんて、……この世界には何一つない。

その恐怖が歴戦の、少年たちの言葉を奪う。怯えた子供のようにいつしか誰もが——怒り狂い啼き叫ぶ、天を見上げて息を殺した。

マイクを戻して息を吐き、今度こそイシュマエルは艦長席を立つ。

「エステル、ブリーフィングの間指揮権を預ける。……待たせたな、ミリーゼ大佐」

「了解、兄上」

「いえ……あの、イシュマエル艦長、」

振り返った先、今度はなんだか泣き出しそうな顔をしているレーナに、苦笑した。

「だから、そんな顔しなくていいさ。ほんとに。……たまにそんな国もあったよなくらいに、思い出してくれれば御の字って話だ」

統合艦橋で話すことではない。ブリーフィングのため集まった者たちも待たせている。だから廊下に出、歩きながら続けた。

「元々ろくな産業もない小国が、無理して分不相応な征海艦隊なんて抱えてたんだ。戦争が長引いて何もかも苦しくなって、維持できなくなるのは時間の問題だった」

軍艦特有の狭い階段を下り、艦橋一階へ。足早にすれ違った乗員が、敬礼して道を開ける。

「それが今日だったってだけの話で。最後って言ってもちゃんと役割果たしての最後なんだからまあ、まだマシってもんさ」

「――マシなわけないでしょ」

フライトデッキ・コントローラールームの扉に手をかけたその時、背後から声がかかった。

振り返ってイシュマエルは片眉を上げる。階段の前、彼の目からは成長途上の少年の体軀にあまりに無惨と見える重い鋼色の搭乗服を纏って、わずかに息を切らして、立っていたのはセオだった。

「リッカ少尉――……」

たしなめようと口を開きかけたレーナを制して、イシュマエルは向き直る。先入っててくれと、半ば無理矢理その細い背中を押しこんでから扉を閉めた。

そのイシュマエルなりの、気遣いにも気づかずにセオは言う。

「故郷を取られて、本当の家族だってその後失くしたんでしょ。その上誇りまで棄てることになって――どうしてそれを受けいれられるのさ⁉」

少なくとも自分ならできない。エイティシックスの誰もができないはずだとセオは思う。

帰るべき故郷もなく、守るべき家族もなく、受け継いだ文化もない。戦い抜く誇り以外に、自分の形を規定するものが何もない。

だからその誇りさえ奪われることを――自分も仲間たちも、何より嫌い、……恐れている。

それなのに。

同じく故郷を失い家族を失い、その上征海という誇りさえ戦火に奪われようとしているイシュマエルは——この征海艦隊の乗員たちは、どうしてそれを受けいれて。

あまつさえ、笑って。

「……そうだな」

どこか必死なその叫びを、正面から受け止めてイシュマエルは頷く。

少し考えて、口を開いた。

「〝ニコル〟は……あの原生海獣の骨は元々、俺の故郷の総督宮殿に飾ってあったもんだ」

突然何の話かとセオは訝しむ。ニコル。基地のホールに飾られていた原生海獣の骨。

「戦争が始まって国土を放棄することになった時、艦隊司令は征海艦隊に詰めこめるだけの避難民と、どうにかニコルも積んで港を出た。戦争は多分、すぐには終わらねえ。祖国には長いこと帰れなくなるだろうから、だからニコルが……祖国の象徴が一つでも残っていれば皆の心のよりどころになるだろうって」

クレオ船団国所属の征海艦隊は、象徴として残ることはできないだろうと、艦隊司令はその時にはすでに覚悟していた。旗艦〈ステラマリス〉も、艦隊に属する征海氏族の子供たちさえ。

その予測は、残念ながら正しかった。十年にも亘る〈レギオン〉との激戦で、艦隊司令もクレオ征海艦隊所属艦も、海の底に沈んでしまった。

どうにか生き残った〈ステラマリス〉の乗員も去年の大攻勢で、防御陣地帯の穴を埋めるために慣れぬ陸戦に出、そして散っていった。

今やニコルと〈ステラマリス〉、そしてクレオ征海艦隊唯一の生き残りであるイシュマエルだけが、祖国の存在した証で――〈ステラマリス〉とイシュマエルもこの作戦で役目を終える。

その、喪失に、けれど。

「今ニコルが置いてあるあのホールは、本当は彼女のためのものじゃない。元々あそこには、あの街が代々受け継いできた魚雷艇の、その最後の竜骨が飾ってあったんだ」

報いてくれた、人たちがいた。

「俺たちのために、船団国群全体のために祖国を失った俺たちのために、自分たちの誇りをしまいこんでまで譲ってくれた。あの街も故郷。あの街が今は、俺の故郷だ。――そう、得られるんだ。たとえ何もかも失くしちまっても、生きてりゃいつか、同じくらいに大切なものが。嘘でもよりどころに、なってくれるものが」

言葉とは裏腹。イシュマエルはどこか消えいるように、茫漠と広がる海に溶けて消えてしまいそうに、儚く笑った。

「船団国群の歴史は、敗北の歴史だ。原生海獣だけじゃない、隣の大国二国に侮られて蔑ろにされて多少まともな土地は全部切り取られて、それでも残った国土と征海艦隊を維持するのに媚びへつらって生き延びた。……何百年も奪われて、負け続けて生きてきた。負けて失っても、生きないといけない。元々それを、思い知ってるのが船団国人だ。だから……また何か、目指せばいいってことも知ってるんだ」

「——それで結局何も、得られないまま死んだらどうするのさ」

駄々をこねる子供みたいに、首を振ってセオはその言葉を否定する。悲鳴みたいな声になったけれどそれを止められない。

「奪われてばかりで、失くしてばかりで、……それで結局、かわりの何かなんて手に入らないまま死んだら——何も報われないまま死んだらどうするのさ⁉」

戦隊長みたいに。

未来も家族も捨てて、その挙句に戦死して。祖国からは愚か者めと嘲笑われ、子供にさえもその選択と死の意義を疑われて、……死の間際にさえ許さないでくれと言うしかなくて。

同じ八六区で戦いながら、最期まで仲間の一人も得られず、孤独のままに。

戦隊長。——どうしてあなたは、そんな戦場でそれでも。

イシュマエルは笑う。

「そんなの、……自分に恥じないなら上等だしそれで充分だろ」

馬鹿みたいに陽気で、馬鹿みたいに強かった。戦隊長と同じ表情で。

「そうでもしないと、俺は艦隊司令に申し訳が立たない。艦隊司令は死んだのに、俺と氏族を守ろうとして死んだのに、……俺がうつむいて生きたら、無駄死ににしちまう」

†

「――兄上、指揮をお返しします。……陽動艦隊は十五分前に両方とも通信途絶。最後の通信は、『残り四五発。幸運を』です」

「了解。……次は、俺たちの番だな」

敵、残弾数四五。残り距離、一四〇。

†

ぎりぎりまで作戦指揮官と状況を共有するため、戦隊総隊長であるシンとその副長であるライデン、ユートとその副長は艦橋五階、フラッグブリッジで待機する。

とはいえ分厚い対爆硝子(ガラス)の窓の外は、絶えず叩(たた)きつけられる雨の飛沫(しぶき)でほとんど何も見えない。敵に見つからないために灯(ひ)を消して暗い室内。

かっ、と窓そのものが発光するような、強烈な雷光が天地の間の色彩を純白に変える。間髪(かんはつ)いれず、氷山の崩れ落ちるがごとき至近の雷鳴の大音響。互いに鉛色に染まって境もわからぬ空と海の、おそらくは雲のあわいを紫の稲妻が駆け抜ける。

それは古代、天を征く竜ともたとえられたそのまま、どこか神話の生き物のような有機的な軌跡で。黒い曇天に、高空の大気に走る罅の形状を以て。

「……おい、」

呼びかけたともつい声が漏れたともつかぬ、呆然としたライデンの声に目を向けて、それでシンも気づく。

雷光が消えても、ぼんやりとした外の明るさが消えない。

月や、ましてや太陽の、闇を払う明かりではない。星明かりのような、雪明かりのような、夜光虫の放つ青光のような、闇に溶けこむばかりの淡い光。

たとえ直撃したとて雷に破られるものではないと知りつつ、本能的な用心深さで窓に歩み寄り、外を窺って息を呑んだ。

光っているのは、〈ステラマリス〉そのものだった。

船体の縁。飛行甲板の一段下、左右に置かれた四〇センチ連装砲二基とその砲口。おそらくこの艦橋も。艦首も見えぬはずの闇の中、帯電したそれらがぼうと発光している。

熱もなく燃える、蒼い鬼火のように。

鬼火を灯に、破れた帆と折れたマストで永劫海を彷徨うという幽霊船のように。

幻想めいた、その光景。

——あるいは世界さえ、幻にすぎないのかもしれない。

人の歴史も、誇りも。人が生きることそのものさえ。人が価値があると、自分たちが大切なものだと抱えたものは、全ては無意味な幻想にすぎないのかもしれない。

きつく拳を握りしめた。脳裏をよぎった空虚を、その一連で押し殺した。

……そんなはずがあるか。

そんなことが　あってたまるか。

乱暴に扉が開かれて、乗員の士官の一人が顔を覗かせる。

「坊主ども！　そろそろ摩天貝楼拠点近郊の海域だ！　準備を！」

「――了解」

真っ先にシンが、ついでライデンたちが足早に出ていく背中を、かっ、と轟いた雷鳴が見送る。

その光景は統合艦橋のレーナの目にも映る。

「これは……」

天空を裂く雷鳴が伝染したかのような、仄白い蒼い光。熱のない炎のようにゆらゆらと、瞬いてゆらめく。

珍しい事象ではないのか、この暴風と大波の中ではそれどころではないのか。艦を進ませるイシュマエルたちは見てもいない。ひっきりなしに鳴る警報と灯るアラート。怒号のように指示が飛ぶ。

陽動の二個艦隊は全滅し、観測機母艦は潰しきれないままの侵攻だ。海に慣れた征海氏族でも普段は避けるという波の荒い海域を、あえて進路と選んで〈オーファン・フリート〉は進む。観測機母艦は既に滅びたらしい他国の商船や漁船の流用で、波の荒い遠洋向けに作られていないそれらはこの海域には入れない。原生海獣の領域には距離のあるここでも、高高度を飛ぶ警戒管制型は撃墜されるから飛べないし観測機も高度を取れない。被発見の可能性は低い。

その海域も、やがて抜ける時が来る。

残り距離、一一〇キロ。

輪形陣の外周、六隻の破獣艦が舵を切って円を広げる。先行する二隻の斥候艦が横隊の幅を開けて索敵範囲を広げる。ソノブイを投射。逆探されやすい対空レーダーは使わぬまま、観測機母艦の接近に備える。格納庫に移動したシンから、低空への〈レギオン〉の――観測機進出と接近の報告が入る。

輪形陣の外周を進む破獣艦から知覚同調が繋がる。今は亡きベレニ征海艦隊の、最後の破獣艦。〈ホクラクシモン〉。

『――兄上。〈ステラマリス〉各員。そろそろ参ります。どうぞ、いく久しくお健やかに』

〈ホクラクシモン〉の艦長は女性でまだ若い。陸に二人の子供と征海氏族出身ではない夫を残した、その彼女が軽やかに笑う。

『そして武運を、エイティシックスたち。――いつか平和になったら、今度は遊びにきてね』

〈ホクラクシモン〉が針路を変更。東に向かう艦隊から面舵を切って離れ、南下を開始。少し遅れて破獣艦〈アルビレオ〉がその後に続く。

艦影が波の向こうに消え、充分に距離の開いたところで対空レーダーを起動。無線封鎖を解除。調子のいい歌を全帯域で、どうやら艦長以下の乗員全員が歌いながら進んでいく。――遥か碧き碧洋を進む船乗りの、冒険の歌。叶わなかった夢の。

レーダーも無線も、全方位に無差別に電波を撒き散らす。逆探の恐れがあるから――〈レギオン〉に発見される恐れがあるから封鎖していたそれらを、全て解放して。

やがて波の大山の向こう。もはや艦影も見えぬ遥か遠くで、多連装ロケット砲の無数の火線が、焰を噴いて空へと駆け上った。

†

観測機の一機が、新たに接近する艦のレーダー波を探知。

船団国群が摩天貝楼拠点と呼ぶ、海上拠点の最上階。報告を受けて電磁加速砲型はその巨大な八〇〇ミリ砲を旋回させる。

《コラーレ・ワン、了解。射撃を――》

敵艦――あるいは敵艦隊の予測位置、その少し先に照準を合わせたところで、それを検知。〈レギオン〉最大の威力と射程を有する電磁加速砲型は、自衛のための対空レーダーを保有している。そのレーダーに。

《主砲、射撃キャンセル。対空防御》

無数の飛翔体の反応を、捕捉した。

連動する八門の対空回転式機関砲が自動で飛翔体を照準し、射撃。飛来したロケット砲弾のそのほとんどを叩き落し。

《――迎撃不能と判定》

すり抜けた一発を被弾。

至近距離で作動したキャニスター弾の、その子弾の雨が電磁加速砲型へと叩きつけられる。

船団国群のロケット砲は、命中精度が極めて悪い。それを補うための多連装、そして複数基の一斉射だ。数百にも上る飛翔体の群が、空を埋める焔の紗幕のように殺到してくるのだからそれは対応しきれない。

爆発反応装甲が作動し貫徹こそ防いだものの、次に同じ場所に被弾すれば今度は無傷ではすまない。――早急に排除する必要がある。

《コラーレ・ワンより観測機母艦。指定座標へ》

弾道を逆算し、多連装ロケット砲を搭載した敵艦の位置を算出。ごぅ、と風を切って主砲の照準をその方角へ。

照準。

《弾着観測を要請。――砲撃開始》

†

「――〈ホクラクシモン〉、〈アルビレオ〉、通信途絶。撃沈された模様」

囮の破獣艦が反撃を受けている間に、〈オーファン・フリート〉本隊は更に距離を稼いでいる。文字通りに身を賭しての時間稼ぎを破獣艦の弟妹たちが全うしたのを合図に、少し前に今度は右舷側後方から離れていった、二隻の破獣艦から通信が入る。

『続けて〈アルタイル〉、〈ミラ〉、いって参ります』

『それではお先に、〈ステラマリス〉』

更に一度、砲撃を引きつける囮として今度は斥候艦二隻を本隊から切り放して、艦隊の残りは〈ステラマリス〉の他は遠制艦三隻と破獣艦二隻。残りの距離は四〇キロ。

壁のように立ちはだかった大波を避け、開けた視界に今度は白く霧の壁。そろそろ夜は明けるはずだが、この海域で朝霧が見られることはほとんどない。近づけば霧の静けさもなくもうもうと立ち昇るそれは、海水温が上昇して発生した水蒸気だ。——海上にぽつりと孤立して在る摩天貝楼拠点の、ここがおそらくは動力源。熱源である海底火山のその上だ。水蒸気の発生は、その熱が海中に漏れ出てしまったものか。

北の大気に冷やされて白く煙りつつ、水蒸気は見えざる渦を描いて高空へと上昇する。その源となる白い紗幕を艦首で切り裂き、貫いて征海艦はなおも進む。

霧の帳を突破。摩天貝楼拠点まで残り三〇キロ。艦砲の射程。

『——遠制艦、破獣艦全艦、照準合わせ。……いっそここで撃ち落としても構わん、撃て！』

生き残った五隻が射撃を開始。

搭載する全砲門、全ロケット砲を全弾発射。その爆炎と弾幕を以て電磁加速砲型に身を引かせ、また〈ステラマリス〉から注意を逸らすための全力の射撃だ。

一方的な射撃に晒されてきた憤懣をぶつけるように、散っていった二個陽動艦隊、破獣艦と斥候艦の戦友たちへの弔砲とするかのように、轟雷の激しさで砲声は鳴る。瞬く間にたちこめる、砲煙がこの暴風にもかかわらず艦の周囲にわだかまる。

その灰色の霧を切り裂いて、迅雷が飛来。

音を置き去りに、衝撃波を纏って斜めに墜落してきた八〇〇ミリ砲弾が、斥候艦にかわり前衛を務める破獣艦〈ティコ〉の甲板にまともに着弾。上部甲板、複数層に亘る整備甲板と居住区画、艦底近くの機関部までを串刺しに貫通、より強固な装甲のなされた艦底でようやく止まり、そこで炸裂。

叩きこまれた膨大な運動エネルギーと爆薬の爆轟に、〈ティコ〉は一撃で前後真っ二つにへし折られる。断末魔のあがきのように天を指した艦首と艦尾が、次の瞬間揺り戻ってきた横波にあおられて波の下へと叩き落とされる。その大波を踏み越えて、後続する本隊が進攻する。

霧の紗幕と風雨の帳に霞む、遥か彼方。黒々と暗い海と空とに溶けこんでしまいそうな鉄色の切っ先が——高い波の向こうについに、わずかに覗いた。

「——目標を視認、出番だ！　準備しろガキども！」

飛びこんできた士官が、ついにその指示を格納庫に響かせる。甲板要員の操作の下、先陣を切って要塞に突入する、その最初の隊がエレベーターで飛行甲板へと上がる。

脚を畳み、小隊六機が一度に登る。その一機である〈アンダーテイカー〉の中、シンは猛烈な風の唸りと、彼にとってはもはや馴染んだ、霹靂のごとき〈羊飼い〉の絶叫を見上げる。今なお砲撃を繰り返す電磁加速砲型の、ただ一機で万軍がごとき鬨の声。

人ではなく艦載機を甲板に上げるためのエレベーターは飛行甲板の舷側にあり、波や風を防ぐ壁や天井などは元よりない。格納庫を出るなり吹きつける、ほとんど横からの猛烈な風雨。

一階層を上昇して飛行甲板まで上がれば、それらはいよいよ強くなる。海上は遮るものはない。一〇トンを超す〈レギンレイヴ〉でさえ、吹き飛ばされる恐怖を拭えぬ大嵐だ。

吹きさらしの飛行甲板で、軽量の〈レギンレイヴ〉が不用意に高い姿勢をとると転倒しかねない。慎重に脚部のロックを解除し、半ば這うような低い姿勢でエレベーターを降りて艦首側、船体に平行に伸びる発進用滑走路を艦の進行方向へと進む。滑走路を越え、艦首の手前に伏せるように待機。

雲そのものを光らせる直上の稲光が、叩きつけられ跳ね返る雨滴に反射して視界は白く眩む。茫漠と眼下に広がる黒い海の、その底深く沈んだかのような暗さと轟音と圧迫感。

黒雲渦巻く天が海面、豪雨に白く沸きたつ甲板が海底だ。陽光を遮る厚い雨雲と視界を塞ぐ豪雨に世界は昏く、無数の雨粒が飛行甲板を打つ轟音は、永遠に止まらぬ波のさざめきのように鳴りやまない。

そして何より天そのものが堕ちてきたような大質量の水と大気のもたらす、息苦しいほどの、畏怖を覚えるほどの圧迫感。

実際〈ジャガーノート〉の外に出たなら、この暴風雨に生身を晒したならきっとまともに息もできない。それほどの水と風が装甲一枚隔てた外で荒れ狂っている。

その向こう、天を摩して聳える鋼鉄の塔が霞むように見えた。

Illustration:I-Ⅳ

頂上、雲に鎖された夜の空を背景に、なお黒い巨影がゆっくりと身を起こす。敵砲への防御だろう、鉤爪状に湾曲した金属柱群が貝の硬い殻のように頭上を覆う天蓋の下から進み出る。蒼い光学センサを鬼火と光らせ、一対の槍にも似た砲身に淡く紫電を灯らせて、それがたしかにこちらを見据える。

傲然と。冷然と。

ばさりと音を立てるように、燐光を帯びた二対の銀の翅が天に広がる。

電磁加速砲型。

『残り距離五、敵推定残弾数一！』

『そら撃ってこいよこの野郎！』

砲戦はなおも続く。

最後の破獣艦を失いつつも、征海艦隊は最後の五〇〇〇メートルを疾走する。三隻ともに生き残った遠制艦、その一隻である〈バシリスコス〉が増速して突出、二門の四〇センチ砲を連射しながら摩天貝楼拠点へと突き進む。砲撃に加えてサーチライトをつけ、レーダーと無線の出力を最大にして、全帯域で撃て撃てと絶叫してまで己に照準を向けさせようとした〈バシリスコス〉の、その愚直な突撃の進路に電磁加速砲型の砲口が望み通りに向けられる。

鉄塔の頂上で閃く、アーク放電の雷光。——この至近距離では秒速八〇〇〇メートルの初速を誇るレールガンの弾体は、マズルフラッシュを目にすると同時に着弾する。

その超高速の射線を、あろうことか〈バシリスコス〉は取舵をいっぱいに切って躱す。

電磁加速砲型に宿る亡霊の照準の癖を、この砲戦だけで見てとった神業そのものの回避機動。

最後の八〇〇ミリ砲弾が波を抉る。同心円状に広がる大波を〈バシリスコス〉の、続く遠制艦〈ベナトナシュ〉、〈デネボラ〉の砲撃が越える。残弾があった場合に備えた爆炎と衝撃波がひととき要塞の塔、最上部の巨砲を円蓋の下に退がらせ、そのセンサを塗り潰す。

その下を最大戦速を維持したまま、〈ステラマリス〉がまっすぐに駆け抜けた。

摩天貝楼が迫る。

今や視界に収まりきらぬ、その威容が統合艦橋からも見てとれる。

水中から垂直にそそり立つ、それ一つがビルディングを数棟束ねた太さのコンクリートの柱。六本のそれが六角形を描くその上に、その柱を頂点とする六角柱状の要塞が高く天を衝いて聳えている。

鱗のように構造物の外周を覆うのは半透明の太陽光発電パネルで、うちつける雨の雫で真っ白に濁って内部は見えない。全高は実に、一二〇メートル。どこか海に棲むという神話の巨竜を思わせるその形状。どこまで登ろうとも終わることのない悪夢のように、延々と重なる。

要塞の基部、六本のコンクリートの柱のその一つに接近。

操舵手は一体、どういう腕と度胸をしているのか。速度も緩めずそのままつっこみ、柱に舷側を擦りつけるように横づけする。そのくせ金属の悲鳴は一つも立てないおそるべき精密さで、切り立つコンクリートの断崖に——接岸した。

その光景は飛行甲板で待機するシンたちには、ほとんど自殺行為そのものと映る。みるみる迫りくるコンクリートの絶壁に知らず息をつめ、目を見開いたまま無意識にその時に備える。衝突する、その直前で征海艦は直前でわずかに舵を切り、艦首傍の舷側を横づけにする形で要塞に接岸。——ここなら柱の基部が邪魔で、少なくとも突入部隊が登る間は敵の砲撃も受けづらい。

——作戦開始。

かちりと意識が切り替わる。雨滴に叩き伏せられたかのように伏せていた〈アンダーテイカー〉を、ほとんど無意識に立ちあがらせる。——その時には自然の暴威への畏怖も圧迫も、戦闘に最適化された意識の中から消し飛んでいる。

レーナの号令が飛ぶ。

『砲兵戦隊、射撃開始。——スピアヘッド戦隊、進出なさい！』

第四章　ザ・タワー（アップライト）

軍艦としても巨大な征海艦(せいかいかん)は、海面から飛行甲板までの高さも二十メートル近い。コンクリート柱に支えられた要塞の、その最下層底面がすぐ頭上に来る高さだ。鉄骨の梁(はり)を格子に組んだ、鋼鉄製の巨大な蜘蛛(くも)の巣。

一口に鉄骨と言えど、高さ百メートル超の巨大な要塞を構成する梁(はり)だ。一本は〈ジャガーノート〉の横幅ほどもあり、格子の隙間は〈ジャガーノート〉どころか戦車型(レーヴェ)が容易(たやす)く抜けられるほどだ。最下層の迎撃部隊を砲兵に薙(な)ぎ払(はら)わせ、次いで先陣を切ってスピアヘッド戦隊が進出。ワイヤーアンカーをそれぞれ梁(はり)にひっかけて跳躍し、リリースしたアンカーを回収しながら、その梁(はり)の上に着地する。

摩天貝楼(まてんかいろう)拠点内部には複数のフロアが連なり、この作戦では便宜上、そのフロアを三つずつまとめて階層(レベル)A(アガテ)からE(エルゼ)と呼称する。その〝第一層(アガテ)第一フロア(ワン)〟、要塞最下層のフロアに立って、シンは頭上に広がる要塞、その内部を見上げる。

外から見ても巨大な建造物だったが、内側に侵入してみるとその途方もない広さがよくわかる。基地一つ、工廠（こうしょう）の一つが一フロアに丸ごと収まる広大さだ。

三本の梁（はり）が正三角形の各辺を成し、その三角形が無数に連なって格子状のフロア床面。要塞全体は上から見て六角形の形状だ。支える柱は、基部のコンクリート柱からそのままの太さと数で六本。六角形の頂点の位置に、こちらは金属の構造材をむき出しに遥（はる）か頭上まで伸び上がる。垂直の構造材とトラス構造のそれを組みあわせた複雑な、幾何学的な形状の素通しの柱だ。

要塞の壁面もまた、半透明の発電パネルの下は垂直の構造材が規則的に立ち並ぶだけで、風雨こそ通さないものの外からの光は淡く通す。明けたはずの夜は、陽光が嵐に阻（はば）まれてこの海上からは未（いま）だ去り行かず、わずかな光が屈折の関係か、摩天貝楼（まてんかいろう）拠点内部を青く染める。まるで薄明だ。太陽は沈んだが夜の闇も訪れない、昼と夜の狭間（はざま）で大気さえもが仄暗（ほのぐら）く冷たいあおいろに染まるひととき。

その群青（ぐんじょう）にやはり正三角形の格子状の各階層フロアが、重なりあってレースの模様を黒々と刻む。全ての構造材が〈ジャガーノート〉を載せ、あるいは取りつかせて充分な巨大さだ。眩暈（めまい）のするような、白日夢のような海上楼閣の威容。

最上層の電磁加速砲型（モルフォ）に弾薬や消耗部品を補充するためのものか、複々線に相当する幅のレールが弧を描いて、最下層フロア（アガテ・ワン）の西の端から頂上、頂上階（レベル・エルゼ）へと各フロアを貫く。

その影と亡霊たちの悲嘆、永遠の薄明と幾何学模様の影絵を背景に。

ざ、と〈レギオン〉特有の鉄色の影が、無数に、一斉に立ち上がった。

「──死神殿。予定通り、我ら〈アルカノスト〉が斥候をつとめまする」

言いおいてレルヒェは〈チャイカ〉を飛び出させる。〈アルカノスト〉の一群が続く。

上のフロアに上るための足場は、レールの他は要塞中央部を二重の螺旋を描いて上るこれも鉄骨製の階段だけだ。当然どちらも敵が待ち伏せている。特にレールは、遮蔽物がまるでないから進めば上から狙い撃ちにされる。だから本来の足場ではない足場、壁面の構造材やフロアに点在する支柱を軽量を生かし、垂直の移動の多いこの作戦のため増設したワイヤーアンカーを絡めて一直線に駆け上る。

無論、〈レギオン〉も黙って見てはいない。第一層第二フロアに〈アルカノスト〉が駆け上り進出、直後に彼女たちを取り囲むかたちで近接猟兵型の一団が降りたつ。

その背後では対戦車砲兵型がずらと砲口を並べて立ちあがるところで、防衛部隊の主力は近接猟兵型と対戦車砲兵型の二種であるようだ。足場の悪いこの要塞で、重量級の戦車型や重戦車型は運用しにくい。軽量、かつ運動性能の高い近接猟兵型と火力の高い対戦車砲兵型が、この地形ならば有効だ。

他の〈レギオン〉どもの目となる斥候型が、その陰に潜んで複合センサでこちらを映す。シンの異能で、〈レギオン〉の位置はある程度分かる。

だから斥候の自分たちの役目は、位置は聞き取れても何がいるかまでは判別できないシンの代わりに、その場にいる敵が何かを見分ける目となること。そして敵戦力を、後続のエイティシックスたちが進出するまでに可能な限り減耗（げんもう）させることだ。

「――まずは目を潰す。……優先して斥候型（アーマイゼ）から狩る」

突入する〈ジャガーノート〉二個支隊を揚陸させて、〈ステラマリス〉は摩天貝楼（まてんかいろう）を離れて一〇キロ先、戦車型（レーヴェ）の戦車砲の射程外へと後退する。征海艦（せいかいかん）は脆弱（ぜいじゃく）な艦種だ。〈レギオン〉に乗りこまれて破壊されたら、突入部隊が退路を断たれてしまう。

そう、陸からは遥（はる）かに遠く孤立したこの海上の要塞で――海を渡る唯一の手段である〈ステラマリス〉はこの作戦最大の弱点だ。

摩天貝楼（まてんかいろう）の頂上、第五層（レベル・エルゼ）。弾薬切れに追いこんだはずの電磁加速砲型（モルフォ）が円蓋（えんがい）を出て身を乗り出す。最大の俯角（ふかく）を取った八〇〇ミリレールガンが雷鳴轟（とどろ）く空を背景に蒼白（あおじろ）い稲妻を纏（まと）う。

砲撃の予兆。

狙うは――今まさに遠ざかる、八〇〇ミリ砲弾にはまるで無力で無防備な〈ステラマリス〉。

「……そりゃそうだ。俺だってそうする」

ぼそりとイシュマエルが吐き捨てると同時。

摩天貝楼を三方から取り囲む位置に展開し、待ち構えていた遠制艦三隻が主砲、四〇センチ連装砲を斉射した。

海中に潜む原生海獣の群を想定敵とするが、小国ゆえに高価な誘導兵器の数を揃えられない征海艦隊所属艦の主砲は水上艦や陸上施設の破壊ではなく数十キロ先への爆雷の投射と散布を目的としている。水上目標への艦砲射撃の精度はさほど高くはない。——が、大型種をも仕留めるために一トン近くも重量のある爆雷内蔵砲弾を三〇キロ先まで、秒速七八〇メートル超の超音速で投射する主砲である。装甲をぶち抜く目的で作られてはいないとしても、その秘める破壊力は絶大だ。

〈ステラマリス〉を砲撃するため遮蔽の円蓋を出、荒天に身を晒した電磁加速砲型に三方から砲弾が迫る。至近で外殻の信管が作動し、内蔵する爆雷を射出。対大型種用の爆雷が、横殴りに電磁加速砲型へと叩きつけられる。多くは本体の装甲に弾かれ、けれど砲身基部に一つが直撃。

長いレールの一方が、根元からへし折れて吹き飛んだ。

『——電磁加速砲型の砲身の破壊に成功。……やはり、一度に射撃可能な弾数はこの一年で増やしていましたね』

頭を出した瞬間に僚艦が砲撃する想定だったとはいえ、囮（おとり）となった征海艦（せいかいかん）の中だ。さすがに緊張したのだろう、銀鈴の声はまだ少しだけ強（こわ）ばっていて、だからシンは意識して平静な声で応じる。〈アルカノスト〉に続いて上った、第一層第二フロア（アガテ・ツー）の攻略の最中。

一つ一つの部材の超重量から短縮の難しい弾薬の装塡、整備の時間はともかく、装塡弾数や砲身寿命は改良が可能だ。去年の大攻勢時の百発という限界が、この作戦でもそのままだと考えるのは楽観がすぎる。

「ええ。ですが声はまだ消えていない——まだ撃破には至っていません。残弾を残している以上、砲身換装が完了次第、やはり〈ステラマリス〉への射撃が再開される」

つまりはそれまでに拠点の制圧と、電磁加速砲型（モルフォ）の撃破を完了させねばならない。工廠（こうしょう）と目されていた摩天貝楼（まてんかいろう）だが、実際には全てのフロアが空洞で、拠点の制御中枢と思われた二機目の〈羊飼い〉も電磁加速砲型（モルフォ）と同じ最上層（レベル・エルゼ）にいるらしい。撃破目標が同じ場所にいるのはいいが、……電磁加速砲型（モルフォ）ではない二機目の正体は未（いま）だ不明だ。

「換装完了までの、予想時間は」

作戦完了までの——〈ステラマリス〉を撃たせぬまでの、タイムリミットは。

『この一月の、船団国群への砲撃のインターバルは最小で六時間。……同程度と見てください』

積載重量の限られる中、分析のための演算能力を持ちこむのにレーナの〈ヴァナディース〉とヴィーカの〈ガデューカ〉、どちらを優先するかも検討されて、万一の場合の火力の高さを決め手に運びこまれた〈ガデューカ〉の中。

斥候として先行する〈アルカノスト〉を管制しながら、その〈アルカノスト〉とのデータリンクを通じて共有される摩天貝楼（まてんかいろう）拠点内部の光景にヴィーカは目を眇（すが）める。先刻までこの場を埋めていた〈ジャガーノート〉は出撃し、がらんと広い〈ステラマリス〉の格納庫。

建築途中の骨組みだけのような、立ったまま朽ちた巨獣の白骨のような、この異様な形状の要塞。

……建造の目的は何だ？

それがわからない。工廠（こうしょう）とザイシャは言ったが、工廠（こうしょう）らしき設備はない。これから運びこむつもりだったのがその前に発見されただけ、なのだろうか。よもや電磁加速砲型（モルフォ）の砲陣地としてだけの要塞でもあるまい。それならそもそも、こんな遠洋に作る必要がない。

目的が見えない。出所もわからぬほど大量に投入された鉄材の、それだけの投資を〈レギオン〉にさせたにしてはこの要塞の価値は低い気がする。

いや。

「出所については、わかりきっているか」

阻電攪乱型(アインタークスフリーゲ)の電磁妨害(ジャミング)に鎖(とざ)されて、多くの国家、勢力圏は未(いま)だ連絡が取れていない。生存さえも確認できぬままだ。

たとえば大攻勢で滅びたとしても、――その声は連合王国にも連邦にも伝わらない。

滅亡を確認できていないのは、……どの国も滅亡していないこととイコールではない。そう、ゼレーネも言っていた。大攻勢とて失敗した戦線ばかりではなかったと。

「……ミリーゼの予測、当たるかもしれんな」

大火力と軽量の代償として機動力が低く装甲の薄い、待ち伏せ専用の兵種である対戦車自走砲の役割に違(たが)わず、各フロアごとに濃密な火力ポケットを構築し、進出と同時に猛砲火を浴びせてくる対戦車砲兵型(シュティーア)。足元の奈落にも一切の恐怖なく飛び渡り、垂直面をワイヤーの支えもなしに疾走して飛び掛かり、一対目の脚部の高周波ブレードで斬りつけてくる近接猟兵型(グラウヴォルフ)。

何よりもこの第一層第三フロア(アガテ・スリー)からは遥(はる)か高い第五層(レベル・エルゼ)、底面に群れ集う阻電攪乱型(アインタークスフリーゲ)の銀の紗幕(しゃまく)を割って降り注ぐ、電磁加速砲型(モルフォ)の六連装回転式機関砲の機銃掃射。

知覚同調(パラレイド)で共有する、シンの聞く〈レギオン〉どもの嘆きの群の中に電磁加速砲型(モルフォ)の絶叫が高まるのを聞き取り、ライデンは〈ヴェアヴォルフ〉を急停止、後方へと飛び退(すさ)らせる。寸毫(すんごう)置いてその鼻先を、機関砲弾の弾道が斜めに斬り裂く。

一撃でへし折られた鉄骨の梁が、接合部で外れて落ちていく。

弾速が速く弾体の巨大な、〈レギンレイヴ〉どころか〈ヴァナルガンド〉でさえも真上から喰らえば貫徹される四〇ミリ機関砲弾だ。本来は対空兵装であるそれが、電磁加速砲型と〈ジャガーノート〉の間に幾重にも重なる鋼鉄の梁の隙間を戦闘機械の精密さで縫い、赤熱した豪雨として叩きつけられ、また装甲ごとフェルドレスを斬り裂く鉾として薙ぎ払われる。

一呼吸で数百発の弾薬を消費し、それゆえに砲身も機関部も過熱しやすい回転機関砲は長時間の連射はできないが、射撃の間隔が思ったよりも開かない。一年前の電磁加速砲型が有した六基から——最終的に〈アンダーテイカー〉たった一機に全て削り切られてしまった数から、対空機関砲をいくらか増やしたらしい。

視界の端、僚機の一機が登攀しかけた垂直の支柱から飛び離れるのが目に映る。シンの率いるスピアヘッド支隊に属する〈ジャガーノート〉の一機。

真下に高周波ブレードの切っ先を向け、まっすぐに支柱を滑り降りてきた近接猟兵型の吶喊を回避したところだ。ワイヤーアンカーを上層の梁に絡ませ、柱を蹴り離れることでその突進の軌跡を外れる。目標を失い、そのまま空しく滑り落ちていく近接猟兵型の背を、〈ジャガーノート〉は吊り下がったまま照準し。

直後に上層の梁に伏せて潜んでいた自走地雷が、その〈ジャガーノート〉に飛びかかった。

近接猟兵型に注意が向いた隙をつく、完璧なタイミング。

『っ……!?』

そこまでをたまたま、ライデンは見ていた。だから間にあった。

間一髪で、〈ヴェアヴォルフ〉が掃射。一塊のまま飛翔した重機関銃弾が自走地雷の横っ腹を殴りつけ、そのまま真っ二つにへし折って吹き飛ばす。

ついで滑り落ちていった近接猟兵型を、同様に寸前で危機に気づいたらしい〈アンダーテイカー〉が砲撃して撃破。背部のミサイルに誘爆して爆散。

さすがに虚をつかれたのか、〈ジャガーノート〉の光学センサはその爆炎を見つめたままだ。

『……悪い、二人とも。助かった……』

「いや。気をつけろよ」

一方でこちらは無言のまま、頷いたらしいシンが指揮下の全隊とそれからユートに知覚同調を繋ぎなおす。しん、と静謐な、それでいてよく通る声が戦場を渡る。

『各機。敵迎撃部隊に自走地雷を確認。小型で見落としやすい機種だ。データリンクをあてにしすぎるな。警戒を厳に』

本来なら言うまでもない当然の注意を改めて促して、静謐な声音のまま、ふと、彼らの死神は言い添えた。

『作戦時間はまだある。――悠長にもできないけど、焦る必要もない』

第一層第三フロア北東ブロックの最後の敵小隊を撃滅し、ついに第一層の制圧が完了。シンの率いるスピアヘッド支隊にかわってユート指揮下のサンダーボルト支隊が第二層へと進出。第二層第一フロアの攻略を開始。その間にアンジュの〈スノウウィッチ〉を含め、スピアヘッド支隊は消費した弾薬の補給を行う。

警戒の部隊を第一層第三フロアに残し、一旦第一層第二フロアまで下がった彼女たちの下へ、〈ジャガーノート〉に追従するためワイヤーアンカーを四基増設された〈スカベンジャー〉たちがよじ登る。……真っ先に到達したファイドが、さっそく〈アンダーテイカー〉にいそいそ駆けよっていたりする。

この要塞は水平方向にこそ広大だが、垂直方向には頂上階から最下層階まで一〇〇メートルあまり、キロメートル単位の有効射程を持つ対戦車砲や重機関銃、対戦車ミサイルには至近距離の範疇だ。まして本来は対空砲である、四〇ミリ回転機関砲にとっては。

戦闘を交代し、補給と休息の時間といえど気は抜けない。油断なく上方に光学センサを向ける〈ジャガーノート〉の群の中、ふと、シャナが口を開いた。

『――さすがに少し、考えてしまうわね』

征海氏族たちに思い知らされてしまった、けれど考えてみれば当たり前の事実。

誇りなんて、いつ。どんなにそれが大切でも。

『あんなに目の前で、それも堂々と失くされてしまうと。同じようになったら、私たちエイティシックスはどうなるのか。……あの人たちのように、それでも笑えるのかしら、って』

む、と眉を寄せたらしいクレナが切り捨てる。考えることを拒否するように、必要以上につっけんどんに。

『……シャナ。そんなの、今考えることじゃないよ』

『なら、いつなら考えるのかしら』

切り返されてクレナが言葉に詰まる。

半ば思考に沈んだ声音で、シャナは言う。

『私たちはこれまで、考えなさすぎたんだと思うわ。もし私たちが誇りを失うとしたら、それは戦えなくなる時でしょう。戦い抜いた末路だってレーヴィチ要塞の、あの〈シリン〉の死骸の山だとはもうわかっているけれど、……そもそも戦い抜くことさえできなくなるかもなんて考えたことはなくて、それはこの作戦でそうなってもおかしくはない。そのことを私たちは……考えないといけなかったんじゃないかしら』

『つっても、だからって今考えることじゃねえぜ、シャナ。気になるのはわかるけどよ』

呆れたようにシデンが割りこんで、アンジュも頷く。言うとおり、ここは戦場だ。余計なことを考えている暇はない。

けれど懸念してしまうのももっともで、そして多分、シャナの言うことこそが本当は、正しいのだろうから。

戦い抜くと。そのためには戦闘に必要ない思考や感情を眠らせて、……そういいながらいつのまにか、戦場で生きる以外を考えずに。

「そうね。後で考えましょう。……それこそこの作戦が終わったら、海を見ながらでも」

その時には後でなんて、……言い訳のできない時間を選んで。

機体重量に比して出力の大きい、〈レギンレイヴ〉のその高出力と高機動性はこの要塞では水平方向の移動には少し過剰で、持て余すなと〈アンダーテイカー〉を駆りつつシンは思う。

摩天貝楼拠点内部はどのフロアも、水平の足場が梁しかない。連続する三角形の三辺以外は巨大な奈落がぽっかり口を開けている状態だ。梁の上をまっすぐ疾走する分にはいいが、横に飛ぶ時には隣接する斜めの梁に正確に着地しないとならないし、その梁までの距離はいちいち確認しないとわからない。

下手に普段の感覚で跳躍すると足場を跳び越し、自ら奈落に飛びこむ破目になりかねないし、制動距離も梁の幅の都合で取りにくいから、どうしても小刻みな短い跳躍が基本になる。〈レギンレイヴ〉の本領たる飛燕の如き疾走が、この戦場では発揮できない。

だが、垂直方向の移動にはその高出力と高機動性が大きな武器だ。

視界の端、鉄骨を組んで編みあげたような、要塞全体を支える柱の中。敵がいると彼の異能はすでに把握していたそこに、鉄色の巨体が立ちあがる。それ自体凶器のような、鉄杭（ぐい）じみた八脚。装甲に厚く鎧（よろ）われた砲塔。特徴的で威圧的な、嫌というほど見慣れた一二〇ミリ滑腔砲（かっこうほう）。戦車型（レーヴェ）。

……ほとんど固定砲の運用になりはするが、とりわけ頑丈な構造のここなら重量級の戦車型（レーヴェ）も配置できるか。

素通しとはいえ、戦車型（レーヴェ）が配置できる空間があるとはいえ、構造材が複雑に絡（から）み合（あ）う柱の中だ。爆発させるのはまずいかもしれない。

放たれた高速徹甲弾（APFSDS）を避け、足場としていた梁（はり）から自ら転げ落ちるようにして一つ下の第三層第一フロア（カルラ・ワン）へ。戦車型（レーヴェ）を含め、機甲兵器の多くは上下へと砲を向けるのが苦手だ。俯角（ふかく）が取れず、照準できない下方から〈アンダーテイカー〉は接近。ほとんど一息に最高速度に至る急加速で、戦車型（レーヴェ）の潜む柱へと達する。

疾走の速度を殺さぬまま垂直の構造体に脚をかけて、そのまままっすぐに駆け上がった。

戦車型（レーヴェ）の砲塔が回転、振り向けられた砲口を構造材を蹴りつけての斜めの跳躍で避け、別の構造材を更に垂直に疾走する。瞬く間（またたくま）に戦車型（レーヴェ）の上方に占位。トラス構造の隙間を身をひねって抜け、狭い場所に潜んだがゆえに逃げられぬその砲塔に飛びついた。

兵装選択。脚部五七ミリ対装甲パイルドライバ。——撃発（トリガ）。

激震。

電磁パイルを叩(たた)きこまれ、痙攣(けいれん)した戦車型(レーヴェ)が一拍おいて頽(くずお)れる。伝わった振動にか、外壁のパネルがびりびりと鳴った。

断末魔の絶叫が途絶えたのを確認して、それからつい、ふ、と一つ、息をついた。

脚を踏み外せば真っ逆さまに落ちる、高所の戦場での戦闘だ。普段よりもやはり、神経を使う。今はようやく第三層(レベル・カルラ)、第三層第二フロア(カルラ・ツー)まで進出。頂上階(レベル・エルゼ)までは残り四フロア。

頭上のフロアの連なりを見上げると、意識のどこかが揺らされる気がする。いつまでも明けも暮れもしない薄明の青色の中の、重なる無数の幾何学模様。外壁を覆う半透明のパネルと正確な六角柱の筒状の要塞の形状も相まって、万華鏡(まんげきょう)の中にでも迷いこんだような光景だ。

果てのない連続を、その果てのなさを認識しきれない己を、突きつけられた気分になる。

所詮、目の前にあるものさえ本当は全ては認識できない、……羽虫と同じ、己の矮小(わいしょう)を。

……人間なんて、この世界には。

ふっと醒(さ)めた、八六区で染(し)みついた思考が脳裏をよぎり、頭を振って追い出した。……〈ステラマリス〉で聞いた、イシュマエルの言葉のせいか。この作戦を最後に、征海という民族の歴史と誇りを失う彼ら。エイティシックスだっていずれそうなるかもしれないと、まるで突きつけてくるかのように。

そんなつもりではあの艦長は、なかったのだろうけれど。

青い空間と、影絵の頭上と足下の幾何学模様。鉄色をした無数の〈レギオン〉。

進んでも進んでもまるで変らぬ光景に、セオはなんだかくらくらしてくる。今、どこまで進んだ？　いったいいつから、どれだけの間戦っている？

無数の鏡が連なる鏡の地獄に、迷いこんだようだ。延々と続く、虚像の空間。

こんな場所で、こんな、自分がどこまで進んで、何を目指して、どこに向かっているのかもわからなくなるような空間で。自分の形も今にも見失ってしまいそうなこんな世界で。

僕は。

『――ノウゼン、第四層（レベル・ドーラ）だ。交代しよう』

『ああ、頼む』

気づくと隣にサンダーボルト戦隊が駆け上ってきていて、ああ、次のフロアに向かわないとセオは思う。そのサンダーボルト戦隊と、それを中核としたサンダーボルト支隊を率いるユートが不意に、知覚同調（パラレイド）を繋（つな）いでくる。

『――リッカ？　交代だ、下がってくれ』

「えっ」

聞き返して、それでようやくセオは我に返る。指示を、聞き逃した。

「……ごめん」

各フロアの制圧は、三階層ごとにシンが率いるスピアヘッド支隊とユート指揮下のサンダーボルト支隊が交互に担当する。弾薬や燃料の補給の必要があるし、何より人の集中力はそう長時間続かない。シンと同じスピアヘッド支隊に属するセオは、当然、サンダーボルト支隊の戦闘の間は交代で下がることになる。

すこし慌てて進路を開けたセオに、ふとユートが続けた。

『どこかの伝承では、人を超越しようとする者は塔を上るそうだ』

「……は？」

『世界の果てにある塔だ。螺旋の階段でできていて、段を上るごとに感情や欲、悪心や懊悩を切り捨てる。頂上にたどりつく時にはおよそ人間の全ての苦悩を脱ぎ捨てる』

いきなり、何の話を。

「ユート……もしかして、動揺してる？」

言ってから気づいた。

逆だ。動揺しているのを自覚させるための、無駄話だ。聞いてしまった。作戦中にする話じゃないよと切り捨てるでもなく。

……螺旋の階段を、上るごとにあらゆる苦悩を切り捨てる。

それはまるで幸福の記憶を、圧倒的な敵機や死闘、死そのものに対する恐怖や悲憤を。生き物として当然の生存の欲求さえも削ぎ落としながら戦い続けた。

かつてエイティシックスが閉じこめられた、八六区のような。

ユートが言う。ひた、と見据える、光学センサの無機質な眼差し。

『ああ。さっきの話のせいだろうし、この塔はそれを思い出す』

それは本当に、……ユートのことなのだろうか。

鏡越しに鏡像と、話をしているような。セオ自身は封じこんだつもりだった動揺や疑念を、
ユートが映し出して口にしているかのような感覚をセオは覚える。

『八六区でその話を聞いた時、少し考えた。もし上ったのがエイティシックスなら、戦い抜く
誇りは切り捨てられず残るのか。……それとも誇りさえも、切り捨てられてしまうのか、と』

いずれ、死ぬ時に。今、死ぬとしたら。戦い抜いた誇りはせめて、この手の中に。

それとも。——それさえ、征海氏族たちのように。

こぉん、と、海が鳴る。

†

†

「――ん、」

下から聞こえた気のする声に、シンはまばたく。

人の声とも、今までに聞いた〈レギオン〉の声のどれとも異なる嘆き。機械の言葉でも人の叫喚でもない。似た音も知らない、ただ異質な。

下。

「海の中……か？」

突入部隊の現在の進出位置は第四層(レベル・ドーラ)、その最下層の第四層第一フロア(ドーラ・ワン)。サンダーボルト支隊が戦闘中で、シンと彼の指揮下のスピアヘッド支隊は第四層(レベル・ドーラ)制圧が完了次第の第五層(レベル・エルゼ)――電磁加速砲型(モルフォ)の待ち受ける頂上への進出に備え、第三層(レベル・カルラ)で最後の補給を受けているところだ。

制圧ずみの第三層(レベル・カルラ)に敵影はないが、頭上の第四層(レベル・ドーラ)に未(いま)だひしめく敵機の群と、第五層(レベル・エルゼ)の底面に冬眠する蝶(ちょう)のように群れ集う阻電攪乱型(アインタークスフリーゲ)。何よりその銀の翅(はね)が邪魔でここからは見えない、頂上階(レベル・エルゼ)の電磁加速砲型(モルフォ)を警戒しつつ、過ぎてきた下へと意識を向けた。

この嵐の中では見通せない、そうでなくても遥(はる)か底まで見透かせるほどには浅くない、暗い深い海。地上とは異なる形の世界。光と大気ではなく水と闇が支配する、血の冷たい生き物の。声は今は、聞こえない。……気のせいだとも思えないけれど。

「レーナ。……海の中の索敵はできませんか？　何か、いるように聞こえます」

「海の中、ですか？　――確認します」

応じてレーナはイシュマエルに目を向ける。

手短に要望を伝えると、ソナーには現状、反応はないがと首を傾(かし)げつつも頷(うなず)く。大気中よりも電波が減衰しやすい水中では、レーダーは役に立たない。音の反響を利用して遠い敵艦や深海に潜む原生海獣(クジラ)の位置を暴き出すソナーが、海中では索敵の主流だ。

指示を受けたソナー室から応答が返る。

『兄上。原生海獣(クジラ)が歌っています。かなり遠いですが……そのせいでは？』

「……マジか」

イシュマエルは小さく呻(うめ)く。今度はレーナが小首を傾(かし)げる傍(かたわ)らで、苦く天を仰いで呟(つぶや)いた。

「こんな鼻先でドンパチやってりゃそりゃ気にも障るだろうが……。今は来るんじゃねえぞ。頼むから」

「原生海獣、ですか？　……さすがにその声と、〈レギオン〉を誤認するとは思いませんが……」

レーナを経由して返った答えに、シンはまばたく。

自分の異能が捉えるのは、物理的な音ではなく死してなお残る亡霊たちの、生前最期の言葉や思惟だ。生き物である原生海獣の鳴き声と混同するとも思えないが。

さりとて違うという確証もない。原生海獣の声とやらは船団国群で初めて海岸を訪れた際、遠く幽かにだが聞こえていた。彼らの棲まう碧洋はあの海岸からは数百キロも彼方だ。その声がけれど陸まで届くなら、あるいは原生海獣の発する『歌』は音というよりも〈レギオン〉の嘆きに近いものなのかもしれない。

「──了解。ですが、引き続き警戒を」

『ええ。それは元より。──その、……大尉たちこそ、気をつけて』

早口に、わずかに抑えた声でつけ加えられた言葉に一つまばたいた。

『侵攻ペース、予定よりずいぶん速いです。……もし、何か焦っているなら』

「……ああ」

電磁加速砲型（モルフォ）との砲戦が始まる前の、イシュマエルの話か。

時間はあれから、数時間ほど経（た）っていてだから誰もが表向きには落ち着いているが、実のところ何人かが今も動揺したままなのには指揮を執るシンも気づいている。だから意識的に周辺への警戒を促していたのだが――狭窄（きょうさく）した視野のまま戦わないように繰り返していたのだが、それでも慎重は欠いて見えたか。

「了解。作戦ももう大詰めで、疲労の出る頃合いです。……気をつけさせます」

『あの、決してあなたの指揮を責めてるわけでは――……』

「それはわかっています。……大丈夫ですよレーナ。少なくともおれは」

そう心配しなくても、連合王国の時のようには惑ったりしない。

むしろ、寄る辺などなくても生きていけると示してくれたようなものだ。おそらくイシュマエルはそのつもりもあったのだろうし、……そう思える程度には自分の中で、何かが変わっているのだと思う。

だから心配するべきなのは、この作戦では自分ではなく。

少し考えて、無線を全員に切り替えて話をつづけた。

「――例の、原生海獣（クジラ）の骨――ニコルでしたか。実は、戦争が始まる前に見たことがあるのですが」

突然の話題の転換、それも作戦には無関係な雑談だ。不審げにレーナが頷く気配。

『……ええ、』

「この戦争がなかったら、もしかしたらそれがきっかけで、研究にでも進んでいたかもとは思いました。子供の頃は、そう、人並みに怪獣の類は好きだったので」

レーナも察したらしい。あえて澄ました、からかう口調を作って応じてきた。

『知ってます。……シンが八六区で何度も何度も送ってきていたでたらめな戦闘報告書、最後の方は書くことに困ったのでしょう。昔のアニメの怪獣と戦ってましたから』

予想外の、そしてすっかり忘れていた話で返ってきた。

思わずシンは変な呻きをあげてしまう。そうだった。そういえば。

どうせハンドラーは読まないからと毎回使い回していた件の報告書は、真剣に書くつもりなど欠片たりともなかったので本当に内容がでたらめなのである。書いた当時は従軍直後で十一歳かそこらだったこともあって、……今から思うとなんとも、頭を抱えるような代物だ。

『報告書、今はちゃんと書いてますか？』

「書いてます。というか、読んでるでしょう。まさか紙飛行機にでもしてるんですか」

『いつまでも飛んでいるものは、内容が薄くて軽いダメな報告書と判断してます』

「ひどいですね……」

こちらは戦隊と隊長格だけに繋いだ知覚同調の向こうで、何人かが失笑。合わせて緊迫がわずかに緩む。……我ながららしくない、無駄話の甲斐はあったか。

『……気をつけて』

「ええ」

らしくないやりとりに、けれど思惑通りのせられて笑ってしまいながらセオは言う。必要以上の緊張や気負い、動揺は作戦には悪影響で、そういう時に軽口や笑いは有用な対策だ。けれどまさか、鉄面死神のシンと生真面目なレーナが。

彼らに加え、最前にはユートにも似たような、無駄話で気を逸らさせようとされたことは思い出さなかったふりをした。

「ちなみになんだけど。シン、リトと同じこと言ってるからね」

微妙に間が空いたのは、どうやら顔をしかめたから、らしい。

「行けば？　研究。今からでも、リトと一緒にさ」

『……研究はまあ、悪くないかもしれないけど。リトのお守りはもうごめんだな』

「ひっど」

くすくすと笑い、そのまま続けた。

「シンは、さ」

軽口の続きとして言おうとした。

多分、うまくいかなかった。

「本当にこの作戦——来てよかったの？」

ちらりと〈アンダーテイカー〉の光学センサがこちらを見る。

その向こう、同じ色彩の、けれど同じ無機質さはずいぶん払拭された血赤の瞳を思った。

シンは変わった。

生きていたいと、思うことができた。……幸福になりたいと願えるようになった。

戦争で分かたれてしまった、会ったこともない祖父母に、会おうと思えた。

かつて八六区の戦場で、誰をも救うのに誰からも救われない死神だったはずの彼を唯一救ってくれた泣き虫のハンドラーに——共に生きたいと、想いを伝えることができた。

未だどこにも歩きだせない、自分とは違って。

「まだ僕たちと一緒に来たりなんかして。まだ戦争なんかしてて。プロセッサーのままで本当にいいの？　だってもう——戦わなくてもいいんじゃないの？」

言いながら気づいた。

違う。

戦わなくていい、じゃない。戦わないでほしい、だ。

だってもう、戦わなくてもいい。戦い抜く誇り以外何もないわけでも、戦場以外に生きる場戦場になんて立たないでほしい。

征海艦隊の人たちがそうなったように、鼻で笑うみたいに容易く、あっけなく奪われてしまう。

それがどれだけ大切でもどれほど必死に抱えていても、イシュマエルが、戦場にいたら、奪われてしまう。戦場になんて立たないでほしい。

それなら戦わないでほしい。

所がないわけでもない。


思い知らされた。——八六区を出て、いつの間にか忘れてしまっていた。

最期まで戦い抜くという、……それしかない、誇り。

そんなものは不確かだ。いつ奪われるとも知れない。奪われないものなんてこの世界にはない。むしろそれしかないからこそ、——理不尽に奪われるのがこの世界の道理だ。

それならせめて君は。君だけでも。

奪われる前に。また何もかも失くす前に。

戦隊長みたいに失くす前に。

「戦争なんか、君はやめて。……忘れてもいいんじゃないの」

エイティシックスにとっては侮辱でさえある、少なくともセオ自身が言われたならきっと酷く憤ったろうその言葉に。

シンは小さく、苦笑するみたいに笑ったらしかった。

『セオ。……今、誰と話しているつもりになっていたんだ？』

ぎくりとセオは硬直する。

シンに戦隊長を重ねていたのを。本当は戦隊長に言いたかったことをいつのまにか、彼に問うていたと見抜かれていた。

知覚同調（パラレイド）はいつのまにか、切りかえられてどうやら自分一人とだけ繋（つな）がっている。

『そうだな。言うとおり、戦わなくてもいいんだと思う。誇りしかないとはもう言わないし、戦場以外に居場所がないとも、もう思わない。……けど、戦わないと行きたいところに行きつけないし、……それ以上に自分に恥じるようには生きたくない』

――自分に恥じないなら、上等だろ

――そうでもしないと、俺は艦隊司令（オヤジ）に申し訳が立たない。

『だから――……』

不意に知覚同調（パラレイド）の対象が一人増えて、無機質なまでに平坦（へいたん）な声が言った。

『ノウゼン。第四層（レベル・ドーラ）、制圧完了した』

ふっとシンが口を噤（つぐ）む。

次の瞬間知覚同調（パラレイド）が繋（つな）ぎなおされる。セオ一人から、彼の指揮下の全員に。

応じる声はすでに彼個人ではなく、機動打撃群戦隊総隊長としての。

どこか。遠いような。

『了解。――各位。これより頂上階（レベル・エルゼ）、電磁加速砲型（モルフォ）の攻略に入る』

†

敵部隊がついに、眼下に進出。――敵部隊の交戦距離まで、踏みこまれた。

その様に電磁加速砲型（モルフォ）は――その内部に潜む亡霊は歯噛（はが）みする。この防衛機能の使用は、拠点の運用目的を鑑（かんが）みれば避けるべきなのだが。

仕方がない。完成前に、破壊されでもしたら元も子もない。

《コラーレ・ワンよりコラーレ・シンセシス。――防衛機構を最小限使用》

†

視界の端、爆発ボルトが作動する。固定されていた鉄骨の梁（はり）が全て落ちる。

要塞頂上（レベル・エルゼ）の一つ下、第四層第三フロア（ドーラ・スリー）の、レースか万華鏡（まんげきょう）のような床面のその全てが。

「なっ……!?」

そこにアンカーをかけ、今しも第四層第三フロア（ドーラ・スリー）へと進出したところだった〈アンダーテイカー〉はひとたまりもなく落下する。同様に第四層第三フロア（ドーラ・スリー）に展開し、彼らの前進を援護していたユート指揮下のサンダーボルト戦隊機も。

続けてその下、第四層第二フロア(ドーラ・ツー)もまた爆発ボルトが作動して崩落。

第四層第一フロア(ドーラ・ワン)の僚機が慌てて柱の傍(そば)に寄り、また第三層(レベル・カルラ)に飛び降りて着地のための空間を開ける。鉄骨の雨を辛(から)うじて避けつつ、第四層第二フロア(ドーラ・ツー)の壁面に身軽な〈アルカノスト〉だけが取りついて残る。

第四層第三フロア(ドーラ・スリー)の梁(はり)の上に飛びあがった、その瞬間の崩落だ。体勢が悪い。〈アンダーテイカー〉の姿勢を空中で制御し、どうにか第四層第一フロア(ドーラ・ワン)の梁(はり)の一つに着地する。

「っ……!」

高機動戦闘用に開発され、〈ヴァナルガンド〉に比べ強力なショックアブソーバーを搭載した〈レギンレイヴ〉とはいえ、予期せぬ崩落と墜落だ。跳ね返った衝撃に一瞬、意識が持っていかれる。〈アンダーテイカー〉の脚が止まる。

周囲の〈レギンレイヴ〉もまた、無理に梁(はり)にアンカーを絡(から)ませて吊(つ)り下(さ)がり、あるいは着地した際の衝撃に息を詰まらせる。

人間であるがゆえに避けられぬ、致命的な棒立ちの無様。

その隙を狙い、阻電攪乱型(アインタークスフリーゲ)の銀の紗(しゃ)を悠然と割って回転式機関砲が覗(のぞ)く。本来は対空兵装である八基のそれが、遥(はる)か下方の海面へと向けられる。

空と海の狭間(はざま)、無様に脚を止めた四足の蜘蛛(くも)の群へと。

更に周囲、要塞の外壁に添って何かが降下するのをシンは聞き取る。フロアの崩落の間に凍結を解除し、目覚めた何か。レーダーにも光学センサにも捉えられない、けれど彼にはそこに亡霊がいると聞き取れる、機械仕掛けの亡霊の――……。

アドレナリンの作用で遅く感じる、けれどほんのまばたきほどの時間。とてもではないが避けられない。目だけが虚しく、モーターで回転を始める機関砲を見上げ――。

『――ダーリヤ』

『御意に』

直後に第四層第三フロアから、〈アルカノスト〉八機が自ら飛び降りた。

〈ジャガーノート〉と回転機関砲の射線上に割りこむ軌道で落下する。〈アルカノスト〉の機体はとりわけ小さいが、機関砲弾の広がりきらない銃口の至近。充分に〈ジャガーノート〉を庇える位置で。

『みなさま。それではまた、次の戦で』

回転機関砲が掃射。

四〇ミリ機関砲弾の莫大な破壊力に引きちぎられて、〈アルカノスト〉の華奢な機体がコクピットの〈シリン〉ごとずたずたに引き裂かれる。自爆用の高性能爆薬に誘爆し、数機が爆散。

強烈な衝撃波と爆炎が、機関砲弾に続いて要塞の外周から斉射された熱線を吹き飛ばし――辛くも回避行動に移った〈ジャガーノート〉の白い装甲を朱く照らした。

墜落した〈ジャガーノート〉はどうにか、機銃掃射からも続く熱線の射爆からも逃げのびた。

見上げて思わずほっと息をつき、それからレーナは苦く唇を引き結ぶ。それでいいと彼女たちは言うけれど、……レーナとしては慣れていい犠牲だとは思いたくない。

「……ヴィーカ、すみません。助かりました」

『構わん。あれらの役目だ』

戦闘は未だ続行中だ。無駄に時間を使うなと言外に含めた短い言葉だけが返る。

「今の罠は」

『次はない。何度もできるならそもそも、〈ジャガーノート〉が突入した段階でやっている』

……見解は同じ、か。

この摩天貝楼拠点はレールガンの砲陣地だ。それも高い塔の形状をし、時に猛烈な嵐にも吹きさらされる、遮るもののない海上だ。横の力に耐える梁を落とせばその分横風に弱くなる。レールガンの命中精度を維持するために、それは許容できない悪条件だ。

そう容易く、フロアは落とせない。

『むしろ第二派、不明機の攻撃の方が厄介だろう。……そちらの解析は受け持つ。ヴェーラ、ヤニーナ、〈ジャガーノート〉が避けられない時は自己判断でカバーに入れ』

人間ではない〈シリン〉だが、単純な行動ならハンドラーの管制なしにも実行できる。小隊長格の機械仕掛けの少女たちに自律行動を命じて、ヴィーカはどうやら、解析のために〈ガデューカ〉のシステムを立ち上げたらしい。

『レルヒェ。一旦下がれ。〈ツィカーダ〉展開。……すべて見ろ』

吹き荒れた爆風に、阻電攪乱型の弱い蝶の翅は煽られて草のなびくように一斉に天をさす。その織りなす紗幕が一瞬だけ剝ぎとられる。

電磁加速砲型の威容がひととき〈レギンレイヴ〉の前にさらけ出される。

基本的な形状は、一年前にシンが間近に見たままだ。天に広がる、銀糸を編んだ二対の翅。黒い荒天に鬼火のようにぼうと浮かぶ、蒼い光学センサ。装甲モジュールを連ねて竜の鱗のような漆黒の装甲。全高十一メートルの見上げるばかりの巨軀。そして何より特徴的な一対の、今は片方がまだ折れたままの槍のような砲身。

雷鳴轟く天空と荒れ狂う風雨と相まって、海から出でて天に挑む悪しき竜のような。

唯一異なるのは、二対の翅の間から伸びる四対八本の鋼鉄の脚だ。

銀の巣の中心に座する蜘蛛の、長く妖艶な脚のような。病んで羽の抜け落ちた鳥の翼のような――その先端に四〇ミリ回転機関砲を煌めかせるガンマウントアーム。

機関砲が回転する。照準がそれぞれに別の〈ジャガーノート〉に向く。

掃射。

斜めに薙ぎ払われた徹甲弾の嵐を、今度は避けて〈ジャガーノート〉は散開。〈ジャガーノート〉が乗るにぎりぎりの幅の鉄骨だが、同じ三角形のパターンだ。第一層からこの第四層までの戦闘でそろそろ慣れている。

シンもまた小刻みな跳躍を以て〈アンダーテイカー〉を退避させ、掃射が終わると同時に制動。反撃のため電磁加速砲型に照準を合わせて。

頂上階の底面、何もない――それどころか声も聞こえぬ虚空から突如火線が吐き出された。

「っ⁉」

射撃をキャンセル、横の別の梁に飛び移って〈アンダーテイカー〉は一直線に迫るその致死の槍を逃れる。更なる攻撃の予兆である電磁加速砲型の鬨声。脚を止めぬまま更に別の梁へと跳躍した瞬間、元いた梁が明後日の方向から四〇ミリ機関砲弾の射撃を受けて落ちる。

続けてこちらも姿は見えぬまま、こちらは呻吟と嗚咽の声をあげて滑り降りてきた敵機の群が、〈アンダーテイカー〉を取り囲む位置へ占位。空間を水平に、格子に刻むように、朱く煌めく熱線を射爆。――自動工場型の子機にして護衛機、攻撃子機型。

「ちっ……」

ワイヤーアンカーを下方、第三層第三フロアの梁にひっかけ、巻き取って垂直落下する形で回避。一つ舌打ちを零して虚空を見上げた。攻撃子機型もそうだが、回転機関砲の射撃もその幾つかは見えなかった。こちらもやはり。

傍(かたわ)ら、セオが小さく呻(うめ)く。

『光学迷彩……！』

可視光を含めた電磁波を散乱させ屈折させる阻電攪乱型(アインタークスフリーゲ)を纏(まと)い、高機動型(フォニクス)が実現していた光学的、電波的な〈レギオン〉の『透明化』技術。……同じ技術を高機動型(フォニクス)以外の他の兵種も、ついに応用してきた。

回転機関砲の射撃の高熱に、攻撃子機型(ビーネ)の熱線に焼かれた蝶(ちょう)の翅(はね)の灰がはらはらと降る。頂上階(レベル・エルゼ)底面の鉄骨に群れなす阻電攪乱型(アインタークスフリーゲ)の一部が舞い降り、灰の生まれる元で唐突に消える。……迷彩を織りなす群れと合流して燃えて欠けた分を補う。

反撃のために機銃を向け、……けれど撃てず、逆に回転機関砲に照準されて飛びのきながらライデンが苦く零(こぼ)す。

『駄目か。……面倒な巣に籠(こも)りやがって』

電磁加速砲型(モルフォ)が鎮座する頂上階(レベル・エルゼ)と一つ下の第四層(レベル・ドーラ)の間、射爆の後に攻撃子機型(ビーネ)が逃げこんだ先である頂上階(レベル・エルゼ)底面は、そこだけ幾重もの鋼鉄の梁(はり)が、鉄格子(てつごうし)か防壁のように複雑に張り渡されている。直線的に飛ぶ戦車砲、機銃弾の射線はこれでは、ほとんどとれない。

『……攻撃子機型(ビーネ)も射爆の時以外は、出てこないつもりね。厄介だわ』

続けてアンジュが嘆息する。

嘆きの声が聞こえる以上、光学迷彩に隠れていようがシンには攻撃子機型(ビーネ)の動きは追える。追うことはできるが……数が多すぎる。射爆の都度全員に警告を出すのはさすがに無理だ。加えて電磁加速砲型(モルフォ)の回転機関砲については、機銃一つ一つに制御系があるわけではないのでこちらは動きさえ看破できない。

……回避のタイミングだけは、どうにか警告できるか。

半端(はんぱ)に見える分、どうしても注意を引かれてしまう迷彩のない八基の回転を見据えつつ、この戦闘では文字通りの命綱となるだろうワイヤーアンカーの表示に、異常や警告がないことを目の端に確かめた。

攻撃子機型(ビーネ)の動きは、全ては追えない。機関砲に至ってはその動きすらまるで見えない。

それでも回避さえさせられれば——戦力は維持したまま時間を稼ぎ、情報を集められれば、その時間で。

「——レーナ」

「……ええ。光学迷彩についてはわたしが」

連邦軍服の下にまとう〈ツィカーダ〉を、淡く紫銀に仄光(ほのびか)らせてレーナは頷(うなず)く。元々そのために突入部隊の機数を減らしてまで、連れてきた砲兵仕様機だ。

ただ、要塞を覆う外壁パネルが思いの外に頑丈で、砲兵仕様の〈ジャガーノート〉の八八ミリキャニスター弾程度では破壊できない。頂上階上部(レベル・エルゼ)の遮蔽、大型の砲弾を防ぐための円蓋(えんがい)はすり抜けるだろうが、それだけでは火力が足りないだろうから――……。

傍(かたわ)ら、イシュマエルとエステルが小声で交わす会話が耳に入る。

突入部隊の苦戦に、何もしてやれず歯がゆいのだろう。データリンクで共有されてホロスクリーンに映し出される要塞内部の映像を見ながら、早口に小声に。

「――援護射撃、〈ステラマリス〉の主砲カマしてやっても駄目かな」

「おそらく貫徹には足りません。それにあの至近です。友軍誤射にもなりかねないかと」

「〈レギンレイヴ〉のペラい装甲じゃ、誤射じゃなくても四〇センチ榴弾(りゅうだん)はマズそうだしな

……主砲以外ならどうだ？」

「破竜砲を？　この距離と、風の中で？」

「……悪い。もっと無理だな」

風。……風！

ぱっとレーナは顔を上げた。外側からは、難しくても。

「艦長、ご協力をいただきたく。……〈ステラマリス〉の主砲を貸してください」

レーナの案を知覚同調(パラレイド)越しに聞き終えて、続けてヴィーカは言う。〈チャイカ〉の光学センサで記録させた攻撃子機型(ビーネ)の射撃パターンを、〈ガデューカ〉のホロウィンドウに映して。

「こちらの解析にはもう少しデータがいる。ノウゼン、クロウ、すまんがしばし耐えろ」

エイティシックスの彼らが、いまさらこの程度の無茶な注文に不満を覚えるはずもない。シンもユートもそれが当然のように返答すらせず、代わりのようにレーナが続ける。

『解析次第反撃に移ります、報告を。――シン、ユート』

命じる前に歴戦の、八六区の号持ちたちはさらりと応じる。

『……先に回転機関砲と攻撃子機型(ビーネ)を、でしょう』

『回避を優先しつつ、そのつもりで配置しておく』

それでもいつ、見えざる弾幕と射爆に晒(さら)されるかわからない極限の緊張、加えて足場に常に注意を払いながらここまで登攀(とうはん)し、意識せぬままに降り積もっていた神経の疲労。

退路を誤って射撃を喰(く)らい、すぐ近くの僚機の存在を失念して衝突し。あるいは脚を踏み外し下層へと墜落して。戦死者と負傷脱落者の数は次第に積みあがる。その様子に〈ガンスリンガー〉の中、クレナはきつく歯噛(はが)みする。

自分の役目は、仲間やシンを危うくする敵機の排除だ。それこそこんな網の目をも掻(か)い潜(くぐ)り、電磁加速砲型のような高価値目標を仕留めるのが、狙撃砲を装備する〈ガンスリンガー〉に期待される役割で――シンの傍らで戦い続けるために自分が研いだ技能だったはずだ。

そのはずなのに、電磁加速砲型に照準を合わせることさえ、未だクレナはできていない。

気ばかりが焦る。

見えない射撃が、とにかく厄介だ。合計するとどうやら二四基あるらしい回転機関砲の波状攻撃と、要塞外周から水平の格子を描いて、中央から全方位に放射状に、頂上階の底面全体から垂直に、一方向から斜めの角度でランダムに照射される攻撃子機型の熱線と。

どちらも数が多く、射撃範囲も広いから回避に専念せざるを得ないし、シンもどうしても警告が先になる。鋼鉄の梁の巣に籠る間は、なまなかな砲撃では通らない。反撃が、できない。

じりじりと焦燥が腹の中を焦がす。

あたしは、同胞なのに。シンと同じ――いつまでも同じ、エイティシックスなのに。

戦い抜く者　なのに。

それは失われない。

そう教えてくれた人が、今日彼ら自身の誇りを失うことは思い出さないふりをした。

シデンの〈キュクロプス〉を追おうとしていた回転機関砲の照準が、――不意に静止して〈ガンスリンガー〉に切り替わる。暗い砲口に睨みつけられてようやく、クレナはそれに気づく。

「っ、ブラフ……!?」

息を呑んだ。回避は、間にあわない。ただ襲い来る衝撃を予期し、無意識に身を強張らせた。

転瞬。

叩きつけるような八八ミリ戦車砲の砲号と共に、回転機関砲の側面に着弾。

火を噴いて回転機関砲は機能を停止。次の瞬間には昆虫が脚を自切するようにパージされ、煙の尾を引いて落ちていく。

撃ったのは――〈アンダーテイカー〉。シン。

『大丈夫か？　クレナ』

聞き慣れた彼の静謐な声が問うてくる。ほっとクレナは息をついた。

なんだろう、安堵のあまりに涙さえ出てきた。

そう、きっと大丈夫だ。

どんなことだって、きっと今みたいに何とかなる。彼女の死神はこんな風に、――決して自分を見捨てないでいてくれる。

だから。大丈夫。

「うん！」

珍しく露骨なブラフに引っかかった〈ガンスリンガー〉への援護が、間一髪だが間にあったのを確認してシンは小さく息をつく。

彼の異能が捉える嘆きは、物理的な音声ではない。レーダーの探知結果のようにまとめてデータリンクで全機と共有することはできなくて、それをもどかしいと初めて感じた。

〈レギオン〉の位置が聞き取れても、攻撃のタイミングを計れても、それだけでは全員は助けられない。それが嫌だと、強く思った。

フレデリカと同じだ。

奇跡に頼りたくはない。それ以上に彼女を犠牲にしたくもなくて、――けれどその結果、仲間が死ぬのも容認したくない。

エイティシックスが死ぬのは当たり前だと――もう思いたくない。

無茶なことを、言っているとはわかっている。

都合のいい奇跡を、誰より願っているのは自分自身だ。

それでも諦めたくはない。誰も犠牲にならない道を、叶うならば選びたい。

八六区をもう、……自分たちは出たのだから。

じりじりと胃の腑を焦がすような時間の果て、ついに解析完了の報告がヴィーカから上がる。

データリンクを通じて統合艦橋のホロスクリーンに、摩天貝楼拠点の〈ジャガーノート〉各機に転送される。

一瞥してレーナは小さくうなずく。

「ヴィーカ、火力拘束、および面制圧機の指揮権を一時そちらに預けます」

『了解。――該当する各機、聞いていたな。今送った通りに照準を設定しろ』

「シン、ユート。前衛の指揮はそのまま。突入のタイミングは任せます」

『了解』

「砲兵戦隊。次弾装填。弾種――対人散弾」

火に弱いアルミ合金装甲の〈レギンレイヴ〉がそれと乱戦になる可能性も考慮し、焼夷弾に加えて持ってきた弾薬だ。

最後に傍ら、彼女の指揮下にはない征海艦隊の指揮官を見やった。

「イシュマエル艦長」

「ああ、任せろ」

シンとユート、双方から配置完了の報告が入る。

ホロスクリーンに摩天貝楼拠点を見据えて一つ息を吐き、レーナはその言葉を通信に乗せた。

「――作戦開始」

砲身の磨耗ならまだしも、折れた砲身の換装には、さすがに時間がかかる。

敵部隊の排除は、未だ完了できぬままだ。

†

対空レーダー以外のあらゆるセンサと、有する三対二四基の回転機関砲を下方に向け、指揮下の攻撃子機型(ビーネ)と阻電攪乱型(アインタークスフリーゲ)の指揮を執りながら熾烈(しれつ)な射撃を繰り返す電磁加速砲型(モルフォ)は、ふと、その高速の機関砲弾の奏(かな)でる叫喚の狭間(はざま)に違う音を捉える。

聞こえるはずもない、ささやかなノイズ。

斥候型(アーマイゼ)以外の〈レギオン〉のセンサは、さして性能が良いわけではない。その例にもれず、電磁加速砲型(モルフォ)のセンサもまたその火力に比して貧弱だ。眼下の戦闘にさえほとんどマスキングされてしまう、何も聞こえないはずの聴音センサが。

遠く、こぉん、と鳴く音を、幽(かす)かに捉えた。

†

凛とレーナは声を張る。一つ息を吐き、ホロスクリーンに摩天貝楼拠点の威容を見据えて。

「作戦開始。――〈ジャガーノート〉、全機退避」

「撃ェッ！」

イシュマエルの号令に続き、〈ステラマリス〉の主砲、四〇センチ連装砲四門が射撃。

生身で至近にいたならば負傷どころか内腑を潰されて即死しかねない、猛烈な衝撃波が飛行甲板を駆け抜ける。距離が近くて煽られた砲兵仕様の〈ジャガーノート〉の悲鳴が届く。

砲弾は〈ステラマリス〉の艦首方向、摩天貝楼拠点のその上方へと突き進む。

秒速八〇〇メートルの高速を以てほぼ真上へと飛翔し、時限信管が作動。

外装が弾け、炸薬の爆轟に弾き飛ばされた小型種用の――と言っても数メートルから十数メートルの巨体と装甲鱗を持つ怪物を狩るための――爆雷が第四層の外装パネルに食らいつく。

爆雷の炸裂に――ひとたまりもなく広範囲に亘ってへし折られる。そう。

「――八八ミリ榴弾には堪えられても、四〇センチ榴弾には耐えきれない。そして、」

割れて砕けた外装パネルが、その勢いのまま内側へと吹き飛ぶ。

竜の身を鎧う鱗のように、拠点内部を風の暴威から守り抜いていたその破片が――これまで防がんとしてきた暴風と共に。

嵐の風がまともに吹きこむ。一気に侵入した猛烈な風に、摩天貝楼拠点の内圧が瞬間的に上昇する。

「この嵐の風圧なら――内側からなら吹き飛ばせる！」

逃げ場を求めた風圧が次の瞬間――無傷の外周パネルをも第四層（レベル・ドーラ）の全周に亘（わた）り、ほとんど爆発にも似た威力で吹っ飛ばした。

砕けた青い破片が要塞周囲の海に驟雨（しゅうう）と降る。猛烈な風が、今や素通しとなった第四層（レベル・ドーラ）を吹き荒れて上方へ。……光学迷彩を織りなす阻電攪乱型（アインタークスフリーゲ）の弱く脆（もろ）い蝶（ちょう）の翅（はね）は、この暴風に抗し得ない。エネルギー総量こそ大きいものの、質量そのものはごく小さなビーム粒子がこれもやはり風に負けて収束できずに吹き散らされる。

その間隙（かんげき）をつくようにして。

「砲兵戦隊、斉射！」

〈ステラマリス〉の甲板上、砲兵仕様の〈レギンレイヴ〉一個戦隊が斉射。

対人散弾を内蔵したキャニスター弾は外装パネルを剝ぎ取られた第四層（レベル・ドーラ）側面から、あるいは放物線を描いて頂上階（レベル・エルゼ）の更に上方に、上下から電磁加速砲型（モルフォ）とその宿る要塞頂上へ迫る。空中で炸裂（さくれつ）して霰（あられ）のような散弾を金属の雨として、あるいは逆しまに天へと昇る槍（やり）として頂上階（レベル・エルゼ）へと叩（たた）きつける。

電磁加速砲型（モルフォ）の頭上を守る頂上階（レベル・エルゼ）の天蓋は大口径弾の直撃を防ぐため、それでいて対空砲の射線を遮らぬために、下に連なる各フロア同様に鉄骨を編んで作られている。四〇ミリ砲弾を通すその隙間は、――より細かな対人散弾など雨粒同様に素通しにする。

フェルドレスとしては最低限の〈レギンレイヴ〉の装甲には無論、装甲歩兵の強化外骨格(アーマードスケルトン)のそれにさえろくに利(き)かない対人散弾だ。当然電磁加速砲型(モルフォ)の堅固な装甲には効き目などない。

だが、非装甲の——軽量を保つためには装甲など施しようがない、脆弱(ぜいじゃく)な阻電攪乱型(アインタークスフリーゲ)には。

散弾の豪雨と、鉄骨の檻(おり)では防ぎきれない衝撃波に翅(はね)を引きちぎられ、摑(つか)まる足を破壊されて阻電攪乱型(アインタークスフリーゲ)の群は僚機の機体上に留まる術を失う。頂上階底面(レベル・エルゼ)に蝟集(いしゅう)していた同類もろとも、暴風に吹き上げられて吹き飛ばされる。連続して叩(たた)きこまれる榴弾(りゅうだん)の衝撃波が、上空から新たな阻電攪乱型(アインタークスフリーゲ)が舞い降りてくるのを防ぐ。

光学迷彩に隠れる無数の攻撃子機型(ビーネ)が、十六門の回転機関砲が——ついに露呈した。

「火力拘束、面制圧仕様各機、照準補正！」

続けてヴィーカの指示が飛ぶ。艦砲射撃の後は要塞の中と外、同時の作戦進行が必要となる。レーナ一人で両方の指揮は取れないから要塞内部、その半分の指揮を彼が受け持つ。

機関砲か散弾砲、多連装ミサイルを装備した〈レギンレイヴ〉はそれぞれが別の砲撃範囲を割り当てられて、その砲口の先、暴風にあおられた銀の翅(はね)が吹き散らされる。射線の先の何割かで、潜んでいた攻撃子機型(ビーネ)がその姿を現す。

〈ジャガーノート〉を貫くだけの熱線の発振には、莫大(ばくだい)なエネルギーが必要となる。

けれど〈レギオン〉にしては小型の兵種である攻撃子機型は、保有できるエネルギー量もまた小さい。補給もなしに連続で、射爆するなど不可能だ。

使い捨てのエナジーパックを交換している様子はない。それなら外部からの——おそらくは要塞からの供給。見えないだけで有線接続されているか、それとも砲撃時のみ接続する形か。いずれにせよ射撃可能な射点の位置は、ランダムなようで限られる。

〈チャイカ〉の観測を元に解析し割り出した、攻撃子機型の射撃位置は攻撃子機型そのものの総数よりもはるかに多い。だから攻撃の瞬間その射点にいるとは限らないけれど、射点のどこかには必ずいる。

　だから割り出した射点のその全てに〈ジャガーノート〉の砲撃範囲を割り当てれば。

光学的・電波的には何もいない梁の接続場所や柱の陰に据えた砲口の、その幾つかの先で風景が剝がれる。光学迷彩に身を隠した攻撃子機型が、その迷彩を剝ぎ取られてさらけ出される。名前の通りの翅のない蜂を思わせる、六脚の形状と〈レギオン〉特有の鉄色。針のかわりに腹に抱えた熱線の発振装置と光学センサを青く煌めかせ、一対の脚の昆虫めいた鋭い先端を梁の接続や柱の陰に紛れて設けられた穴へと深く差しこんでいる。

　射点の固定。——すなわち要塞からのエネルギー供給のための電源口の位置。

端子となる脚部を指しこみ、身を固定していた攻撃子機型は咄嗟に逃げられない。

小型で機体重量が軽く、その分だけ風の影響を受けやすい彼らがこの暴風の中、一瞬身動きを封じられたことも幸いした。

『掃射！』

四〇ミリ機関砲と、八八ミリ散弾砲。共通して持つ格闘アームの重機関銃。その織りなす低い唸りと噛みつく咆哮、高い叫喚の合唱が、摩天貝楼拠点に轟いた。

その機を狙い待機する、〈アンダーテイカー〉の眼前でもやはり阻電攪乱型の光学迷彩は引き裂かれてはがされていく。銀色をした蝶の翅が吹き散らされる。

電磁加速砲型の有する回転機関砲が——実に三対二四基ものそれを支えるガンマウントアームが、ついに全て剝き出しとなる。

照準を合わせた先に攻撃子機型のいなかった、火力拘束の〈ジャガーノート〉が即座に照準を切り替えて射撃。まずは射撃のために伸ばされていた二対、ついで〈ガンスリンガー〉を含めた狙撃仕様の〈ジャガーノート〉が、格子の奥に潜む残る八基を吹き飛ばす。

榴弾の炸裂と、散弾と機関砲弾と戦車砲弾の無数の発射焔。攻撃子機型の誘爆の焔。

第四層全体を赤黒く塗り潰すその業火に、電磁加速砲型はセンサを塞がれて立ち尽くす。

転瞬その爆焔を抜けて、駆け上がった〈アンダーテイカー〉がその眼前に躍り出た。

二フロア分の床面を失った第四層を、壁面を足場と蹴りつけ、アンカーを柱の接合部に絡めてほとんど一息に駆け抜ける。複雑な檻（おり）か格子（こうし）のような頂上階（レベル・エルゼ）の底面を、高周波ブレードで文字通りに斬り開いてついに頂上階（レベル・エルゼ）へと到達した。

ごぉっ！と吼（ほ）えた機械仕掛（じか）けの亡霊の断末魔は、二つ。いずれも電磁加速砲型（モルフォ）の中からだとシンは聞き取る。おそらくは電磁加速砲型（モルフォ）本来の制御中枢と、一年前より数を増やし、自由度も引き上げた回転機関砲とガンマウントアームの制御用のサブ中枢。

壊れたオルゴールの鳴るように死の瞬間の思惟（しい）を、その怨嗟（えんさ）と呪詛（じゅそ）とを繰り返す。

帝国万歳（ハイル・ライヒ）。帝国万歳（ハイル・ライヒ）。帝国万歳（ハイル・ライヒ）。帝国万歳（ハイル・ライヒ）——……。エルンストの予想したとおりの、ゼレーネが言ったとおりの、旧帝国の帝室派の残党。

切り開いて躍り上がった、位置は電磁加速砲型（モルフォ）の至近。三〇メートルもの砲身ではたとえ砲が無事だったとしても射撃は不可能な、超長距離砲の死角のその中だ。砲塔の後ろに二対、天に歯向かうように広がる放熱索の翅（はね）が崩れる。ばらりとほどけて近接格闘用の導電ワイヤーと化し、先端の鉤爪（かぎづめ）を〈アンダーテイカー〉に向けて雪崩（なだれ）落とそうとする。近接戦闘能力には劣る電磁加速砲型（モルフォ）の、最後の切り札。

けれどそれは。

一年前にもう、一度見た。

ほどけて翅（はね）の形を失い、それでも導電ワイヤーは未（いま）だ天を衝（つ）くように広がった形だ。〈アンダーテイカー〉からは少し距離がある。その距離を詰めるよりも先に砲兵の放った焼夷弾（しょういだん）が到達。発生した火焔がワイヤーを燃え立たせて無力化する。通電能力を失い、落ちくるワイヤーを横からブレードを撃ち当てて叩き落とし、〈アンダーテイカー〉を砲塔の真後ろ、一対目の翅の間のメンテナンスハッチの上へと着地させる。

一年前に倒した、最初の電磁加速砲型の。――制御中枢として取りこまれたフレデリカの騎士が、潜んでいた場所へと。

振り落とそうというのだろう、酸を浴びた百足のように暴れまわるのはその時と同じだ。兵装選択を脚部、五七ミリ対装甲パイルドライバに変更。四基同時に撃発。

激震を代償に機体と射線を固定。舌を噛みそうな振動に耐えつつ、再度兵装選択を切り替えて今度は主砲、八八ミリ戦車砲に。

トリガを引いた。

悲鳴のように電磁加速砲型がのけ反り、硬直したのは一瞬。

殴りつけるように真後ろへと、折れた砲身が旋回する。

「ちっ……」

避けてシンはパイルをパージ、軽量の〈ジャガーノート〉には致命的な重量である砲身の薙ぎ払いを避けて、電磁加速砲型の背から飛び降りる。

檻(おり)のような交錯をすり抜け、第四層第三フロア(ドーラ・スリー)の壁面にアンカーを引っかけて取りついた。

……外した、か。

破壊したのは、ガンマウントアームと回転機関砲を制御するサブ中枢だったらしい。——制御系の位置を、一年前とは変更してきたようだ。

しんと見上げる〈アンダーテイカー〉を、電磁加速砲型(モルフォ)は傲然と見下ろす。

兵装を全て失い、身を守る僚機も全滅させられて、それでもなお〈レギオン〉最大の巨砲の威容と威厳を以(もっ)て。

その負う空の明るさに、嵐が去ったと気がついた。

塔全体を覆う、逆巻いて渦巻く風の薄灰色の壁はまだ完全に薄れてはいないけれど、強風に特有の低く高い唸(うな)りはずいぶん和らいだ。上空、戦闘の間に夜が明けていたと気づける程度には、雲の厚さを減じた空も。

その空を背景に、電磁加速砲型(モルフォ)は佇(たたず)む。ぞわ、と折れた砲身内部に、霜が成長するようにぎんいろの流体金属が湧き出す。

風が止(や)む。

上空の風は強いらしい。少しずつ渦巻く速度を緩めていた黒い雲が、寄り集まる力を失ってざあっと散り、舞台の背景が切り替わるような劇的さで蒼(あお)い色彩が雲の緞帳(どんちょう)の向こうに現れる。

その、鮮やかな紺碧(こんぺき)。

鉛色に鎖されていた天と海とその狭間を眩く照らす。

その蒼穹が暗転した。

「っ……!?」


突如、見上げる視界を塞いだ闇に、咄嗟にライデンは目を閉じる。

闇の正体は激烈な光だ。光学スクリーンが過負荷で瞬間ダウンするほどの、支援コンピュータの補正も一瞬間にあわない想定外の光量が空を焼いて薙ぎ払ったのだ。

あまりの眩さに、闇よりも強く視界を塗り潰して。文字通りに光の速度で。

音もなく。

恐ろしく長い、けれど刹那の無音の白闇の後、やはり唐突に光は消える。補正が入り、光学スクリーンが復活して、それでも視界は少し皓い。夏の強い陽の下のように、どこか現実味のない白昼夢の中のように、白く眩む空。

けれど何かがおかしいと、その蒼穹を見上げてどこか呆然とライデンは思う。

最前までは鉛色に鎖されていた、嵐の去った今は輝きのあまりにいっそ暗いような紺碧の、要塞を織りなす鉄骨の格子(こうし)に罅割(ひびわ)れた空。……そう、その鉄骨だ。眼前を塞ぐ無数の格子(こうし)だ。

鋼鉄で組まれた要塞の、その頂上――第五層(レベル・エルゼ)が丸ごと全て、焼かれて焦げて激しく陽炎(かげろう)を立ち昇らせていた。

「……な、」

そして頂上階(レベル・エルゼ)の中心に、最前の威圧などもはやなく無力に頽(くずお)れたもの。

誰かが呻(うめ)く。

『電磁加速砲型(モルフォ)――が』

砲身を半ばで飴細工(あめざいく)のようにねじ曲げられ、作動すらできずに焼けてしまった爆発反応装甲が脱落してその下の装甲板をむき出しにして。塗装が全て蒸発してしまったその金属光沢の銀色は、表面が焼けて白い。

総身が金属で密度が高い分、超高熱の中でも熔(と)けるということはなかったようだけれど。

奇怪な木々のように変形した鉄骨の狭間(はざま)、焼けてうずくまる電磁加速砲型(モルフォ)は動かない。

光学センサの光芒(こうぼう)は消(き)え失(う)せ、擱座(かくざ)も明らかに頽(くずお)れて。

嘆きの声は――聞こえない。

見上げたままライデンは呻(うめ)く。ようやくまともに、声が出た。

「何だ、ありゃ……」

一瞬。たった一瞬だ。

その一瞬で電磁加速砲型が、虫でも潰すように破壊された。その様にレーナは愕然となる。

「な――……」

イシュマエルが呻く。深い戦慄と、神話の怪物にでも出くわしたかのような畏怖に。

「砲光種……！　よりにもよって！」

翠緑の瞳はスクリーンの最奥、激光の飛来した海原の彼方を見据えてまばたきもしない。

問う目を向けたレーナを見返すことなく、応えたとも独りごちたともつかぬ口調で続ける。

「原生海獣どもの、一番でかい種類だ。戦闘機でも爆撃機でも、ああやってレーザーで撃ち落としちまう。〈レギオン〉だって真っ向勝負はできない、掛け値なしのバケモンだ」

「原生海獣……これが、」

人の手の及ばぬ碧洋の深みに住まい、今なお海を支配する。人が大陸の外に出ることを何千年にも亘り、拒み続けてきた生き物。

縄張り意識の強い――あるいは領有という概念のある彼らは、彼らの領域である碧洋に侵入されることを極端に嫌う。侵入者を全力を以て拒絶し排除し、接近するものを威嚇する。

それは〈レギオン〉も人も、区別することなく。

この要塞がある場所は、その彼らの領域である碧い深い碧洋の、そのわずかに一歩だけ手前だ。要塞も征海艦隊も領域を侵してはいないが、境界線付近での戦闘だ。気難しい彼らにはさぞ、気障りだったことだろう。

その潜む彼方を見据えたまま、イシュマエルが歯を軋らせる。竜殺しの征海船団国群。竜殺しを名に負い、海の制覇を目標と掲げながらついに叶えることのできなかった、数千年に亘り敗北を喫し続けてきた征海氏族の末裔の憎悪と無念を以て。

「……俺たちは結局、あいつらには勝てなかった」

「――――」

「ソナーには……まだ見えないか。だが確実に近くにいる。縄張りを侵されると思って威嚇に来たのか。嵐が去って、……嵐に霧も吹き飛ばされたこの一瞬に」

思い出す。進攻の途中、踏み越えた厚くかかった霧の海域。

摩天貝楼拠点のエネルギー源は海底火山と推定されていて、その熱源から熱が漏れてしまって副次的に発生したものだろうと、その時には思った霧。

そうではなかった。〈レギオン〉たちは意図的に、あの霧の楯を生み出していたのだ。

レーザーは水で拡散する。霧を厚くはりめぐらせている間は、砲光種には攻撃されない。

それがなければ遮るもののない大海原の中、遥か遠くからも目に映る――直線的に飛来するレーザーなら遠くからも狙い撃てるこんな場所に、砲陣地を維持するなどできるはずもない。

その霧の楯(たて)が、けれど、嵐の去る一瞬には風の刃に持ち去られる。その時間を。

「嵐を。……奴(やつ)らも待ってやがったのか」


予想だにしなかったその光景を、愕然(がくぜん)と見上げて立ち尽くしたのはしばし。

我に返ると同時にそのことに気づいて、セオは血相を変える。

「……シン⁉」

〈アンダーテイカー〉は。……電磁加速砲型(モルフォ)に近接し、照射の瞬間には頂上階(レベル・エルゼ)のすぐ近くにいたはずのシンは。

見回した頂上階(レベル・エルゼ)に、〈レギンレイヴ〉の白い機影はない。そのことが恐慌(きょうこう)を加速させる。

仲間の生死が不明の時には、知覚同調(パラレイド)を確認するのがエイティシックスの常だ。互いの意識を介して聴覚を共有する知覚同調(パラレイド)は、相手が意識を失ったか、戦死してしまえば切断される。繋(つな)がっているかを確認すれば少なくとも、無事か否(いな)かの判断はつく。

その知覚同調(パラレイド)を確認することさえ、咄嗟(とっさ)に思いつかなかった。

それくらい酷(ひど)く、自分でもおかしいくらいに動揺していた。

『——一度飛び降りてなかったら、巻きこまれたな。……危なかった』

だからさすがに少し動揺の色を刷いた、けれど恐慌しかけたセオにしてみれば小面憎いくらいに静穏な声が知覚同調越しに聞こえた時には、大きく息を吐いてしまった。

がしゃりと重い足音を立てて、〈アンダーテイカー〉が第四層第一フロアへと——セオやライデンたちのいる階層へと降りたつ。照射の瞬間、咄嗟に第四層第二フロアまで退避したか何かで単に〈ラフィングフォックス〉の視界から外れていただけだったらしい。

「もう……冷や冷やさせるのやめてよね……」

言葉とは裏腹、沸き上がったのは心底からの安堵だった。

信仰にも似た。

大丈夫だ。シンは、こんなことでは死なない。

戦隊長みたいに、死んだりしない——……。

知覚同調を通じ、光線の正体がレーナからもたらされる。今のが、原生海獣。その最大種たる砲光種の攻撃だと。

「あれが……原生海獣」

『あんなバケモン……だってのかよ……』

初めて見る、そして想像以上の異質な脅威だ。さしものエイティシックスたちも動揺と畏怖はぬぐい切れない。

視線は自然と、光線の飛来した遠洋の彼方に集まる。水平線を越えた先、星の丸みに隠されて〈ジャガーノート〉の光学センサでは捉えられない距離。そこにいる、こちらに害意を持つ、見たことのない何か。

あの一瞬、空一面を薙ぎ払い焼き尽くした光線を、放つことのできる何か。

意識して一つ息を吐いて、シンは頭上の電磁加速砲型の残骸にもう一度目をやる。焼かれて表面が変色し、海風に晒されてすでに冷え始めたのか今は陽炎も立たないその、無力な残骸。声は聞こえない。戦場で七年をすごしてもはや見慣れた、擱座した——『死んだ』兵器に特有の沈黙。

制御中枢の奪取は——これだけ焼けてしまってはさすがに、厳しいか。

仕方がない。

「電磁加速砲型は沈黙。当初の作戦目標は遂行したと判断する。……降りよう」

『急いだほうがよさそうだな。相手は獣だ。どういう理屈で攻撃してくるかもわからん』

珍しくいとわしげに呟いたユートに、頷いて。

その時。

†

《コラーレ・ワンよりコラーレ・シンセシス》
《コラーレ・ツー、喪失。コラーレ・ワン、機体大破》
《砲光種の射爆を確認。脅威度・極大。当該砲光種は接近中》
《プラン・シュヴェルトヴァールの防衛は不可能と判断。――プラン・シュヴェルトヴァールの自己保存行動を推奨する》

†

銀の粒子が雪崩れ落ちる。

遥か天空から、摩天貝楼の中央をすり抜けて暗い海面へと。

月光を静かに散乱させるにわか雨のような、滴り落ちる砂時計の砂のような、光の粒子の正体は銀色の蝶だ。〈レギオン〉中央処理系を構成する、流体マイクロマシンの分裂した群。機体が大破するたびに中央処理系を蝶の群に変じさせて逃走する高機動型の、その銀の群と同じ流体の蝶。

寄り集まって、そのためにか再び声が響き渡る。帝国万歳(ハイル・ライヒ)。帝国万歳(ハイル・ライヒ)。――レーザー照射直前に高空へ逃れ、阻電攪乱型(アインタークスフリーゲ)に紛れていた……

「……電磁加速砲型(モルフォ)、」

その中央処理系。

復活したその怨嗟(えんさ)に視線を撥(は)ねあげたシンの眼前で、蝶(ちょう)の群は揚力を生むための羽根を畳み、摩天貝楼(まてんかいろう)の鋼鉄の編み目の隙間を流星のように墜落していく。空気抵抗で緩く螺旋(らせん)を描く落下の軌道、その軌道の果てで寄り集まり、溶けあって一塊のぎんいろの雫(しずく)となる。

水滴が水面に落ちた時のように、押しのけた海水を冠のように伸び上がらせて要塞の真下の海中に没した。

一秒にも満たぬ、その流星。

「海に落ちた……墜落したのか？　――いや、」

眼下。流星の沈んだ海の底から、嗷(ごう)と絶叫が立ち上る。

知覚同調(パラレイド)を通じ、それはシンと繋(つな)がる全てのプロセッサーの耳に届く。

機械仕掛(じか)けの亡霊の、生前最期(さいご)の断末魔の思考。戦場で果て、葬(ほうむ)られることなく連れ去られた戦死者の、その脳構造を複写して思惟(しい)の欠片(かけら)を取りこんだ〈レギオン〉が繰り返す嘆き。

鉄色をした、巨影が浮上。一対の槍(やり)のような鋭い剣尖(けんせん)が海面を割る。三〇メートルはあろうかという長大なそれが、ぐわりと伸び上がって天頂を――まっすぐに〈ジャガーノート〉の立つ第四層を指す。

滴り落ちていった、流体マイクロマシンの銀の蝶。電磁加速砲型の制御系の。全長三〇メートルの、一対の槍状の砲身。──要塞を登る最中、海底に聞こえたような気がした声！

あれは。

「各機！　第四層から退避！　──下に降りろ、砲撃が、来るぞ、、、！」


転瞬。
レ、、ールガ、ンが咆哮した。

視認など不可能な速度で砲弾が駆ける。放電の稲妻が周囲の海にまるで罅のように皓く疾る。海面から、遥か天上へ。逆しまに堕ちた星は摩天貝楼、第四層を斜めに貫通する。

口径八〇〇ミリ、初速毎秒八〇〇〇メートルの大質量と超高速。それも速度が減衰しない──運動エネルギーが失われない至近距離だ。射線上にあった鉄骨は全てが枯れ枝のようにへし折られる。破片として吹き飛んだものは貫通して飛び去る砲弾と共に要塞外へと投げ出されるが、繋がる梁や支える壁を半端に失った鉄骨は、残る接合部から脱落して墜落する。

間一髪、第四層を逃れて第三層、さらに下の第二層にまで散開した〈ジャガーノート〉の頭上へ。

『ッ……！』

咄嗟に身を縮め、無傷の柱へ身を寄せて、〈ジャガーノート〉はその致命の礫をどうにかやりすごす。不吉な風切り音で墜ちていった鉄骨が、海水を大きくはね散らかして海へと没する。

少しでも余裕のある者は第二層まで降下し、戦隊や小隊をこのひとときばらばらにしてでも散開することを最優先とした、各員のその判断が功を奏したかたちだ。

破壊半径の広い榴弾が降り注ぐ戦場で、密集していると全滅する。刹那の逡巡が生死を分ける戦場では、多少不可解な警告だろうと聞き返すのはタイムロスだ。八六区の戦場で長く生きたエイティシックスにその教訓は染みついている。危機に際してはむしろ散らばり、警告にはまず従う、その無意識の癖がこの時も彼らに味方した。

海中の敵機はなおも浮上する。

吠え猛る叫喚は知覚同調を通じ、頭蓋にびりびり響くようだ。

そして。

†

《コラーレ・ワン、回収完了》
《制御系損耗——二八パーセント。戦闘起動に影響なし》
《コラーレ・ワン、コラーレ・シンセシスとの接続完了》
《プラン・シュヴェルトヴァール、統合制御回路、起動スタンバイ》
《プラン・シュヴェルトヴァール——起動》

†

刃のような艦首が、ついに波を割って飛び出す。

急浮上の勢いのまま斜めに海面を突き破り、その巨体は一瞬、地上数十メートルの位置にいる〈ジャガーノート〉を見下ろす高さまでそそり立つ。空中に晒された艦底に、折りたたまれた無数の脚。艦首近くに左右に四対並んだ光学センサが、敵機を映して青く煌めく。

満載排水量十万トンを下らぬだろう巨軀が、次の瞬間海面へと雪崩れ落ちて猛烈な水柱と海面の割れる轟音を上げた。

〈ステラマリス〉よりなお、一回りも巨きい。装甲の鉄色に鈍く輝く上部甲板と舷側。一部は艦首と艦尾に、多くは甲板中央付近にずらりと砲身を煌めかせる四〇ミリ対空回転機関砲。両舷に並ぶ、一五五ミリ電磁加速式速射砲。数基ずつの対空砲で速射砲を守りつつそれぞれの射線を確保するため、階段状に折り重なって配される。

そしてこの無数の砲で構築された城塞の中央、全ての対空砲と速射砲に守られて天守閣のように聳える二つの砲塔と、そこから伸びる一対の、全長三〇メートルもの槍状の砲身。この巨体の上にあってなお遠近感が狂って見える——八〇〇ミリ口径レールガン。

二門もの。

こちらも射線の確保のためだろう、艦尾側の砲塔は艦首側のそれよりも高く、電磁加速砲型をも上回る一五メートル近い高さを有する。海面から甲板までの高さこそ〈ステラマリス〉より低いものの、艦橋最上階までの高さならばわずかに上回る大きさだ。

誰かが呻く。慄然と。呆然と。

『なに、これ……!?』

『まさかこいつも——この船も〈レギオン〉なのか……!?』

甲板上から滝のように流れ落ちる海水の幕はそのままに、ざあ、と二門のレールガンの砲塔から銀糸が伸びる。

瞬く間に自ら編み上げられ、翅脈だけで象られた蝶の翅の形状を織り成す。その全体に淡く燐光を纏い、天を覆うようにばさりと翻って広げられる。

放熱索展開。レールガンの——戦闘起動。

全容を現したその巨艦は鯨波のように、産声のように、流体マイクロマシンの制御系に捕らえた戦死者の断末魔で咆哮した。

『まだ死■■■嫌だ■■■■■■ね俺ない■■■■■痛が支え君■■■■■■の母さ■■
るとこ■■■■ろへ助けん■■■■い熱■■■■■て■■■■■■■い■■■■
■君のとま■■■助だ死ね■■■痛■■■■■■■■■けいて嫌■■■■■■ない熱■
■■■■■■い母■■■■■■■だ俺が■■■■■■■支さ■■■■■■■んころへ■える
■■■■■■——————————!!』

『っ、くうっ……！』

知覚同調と酷いノイズがかかったままの無線の双方から、シンが苦鳴を噛み殺すのが微かに聞こえた。

発言者本人の声か、体に響くほどの轟音しか同調先には伝えない知覚同調越しでなお、この霹靂の絶叫。それなら異能の持ち主であるシンにとっては、この異様な叫喚はどれほどの。その苦痛に心を寄せつつ、レーナとて耳を塞ぎ、のしかかる音圧に耐えるのに精いっぱいだ。

絶叫を、聞き取れない。

正確には、聞き取れる言葉と聞き取れない言葉が入り混じって言葉の意味がつかめない。

何人もの声が、別人同士の声が、けれど一つの声帯と喉と口で同時に発声された。そんな声。

人間の声ではなかった。

生きた人間の脳を複数、ばらばらに切り刻んでランダムに入れ替えて、つぎはぎのそれを元の頭蓋の中に入れでもしたかのような。戦死者の意識が、人格が、自我が幾つも繋ぎあわされて混じりあったかのような混声合唱。

「この声は、一体……!?」


イシュマエルにとってはただでさえ慣れぬ知覚同調に、エイティシックスたちさえも苦鳴を漏らし、身竦むこの激烈の狂気だ。思わずレイドデバイスごとむしり取り、一気に下がった血に軽い眩暈を覚えながらも、統合艦橋のホロスクリーンにそれを見上げる。

「戦艦……！　いや、」

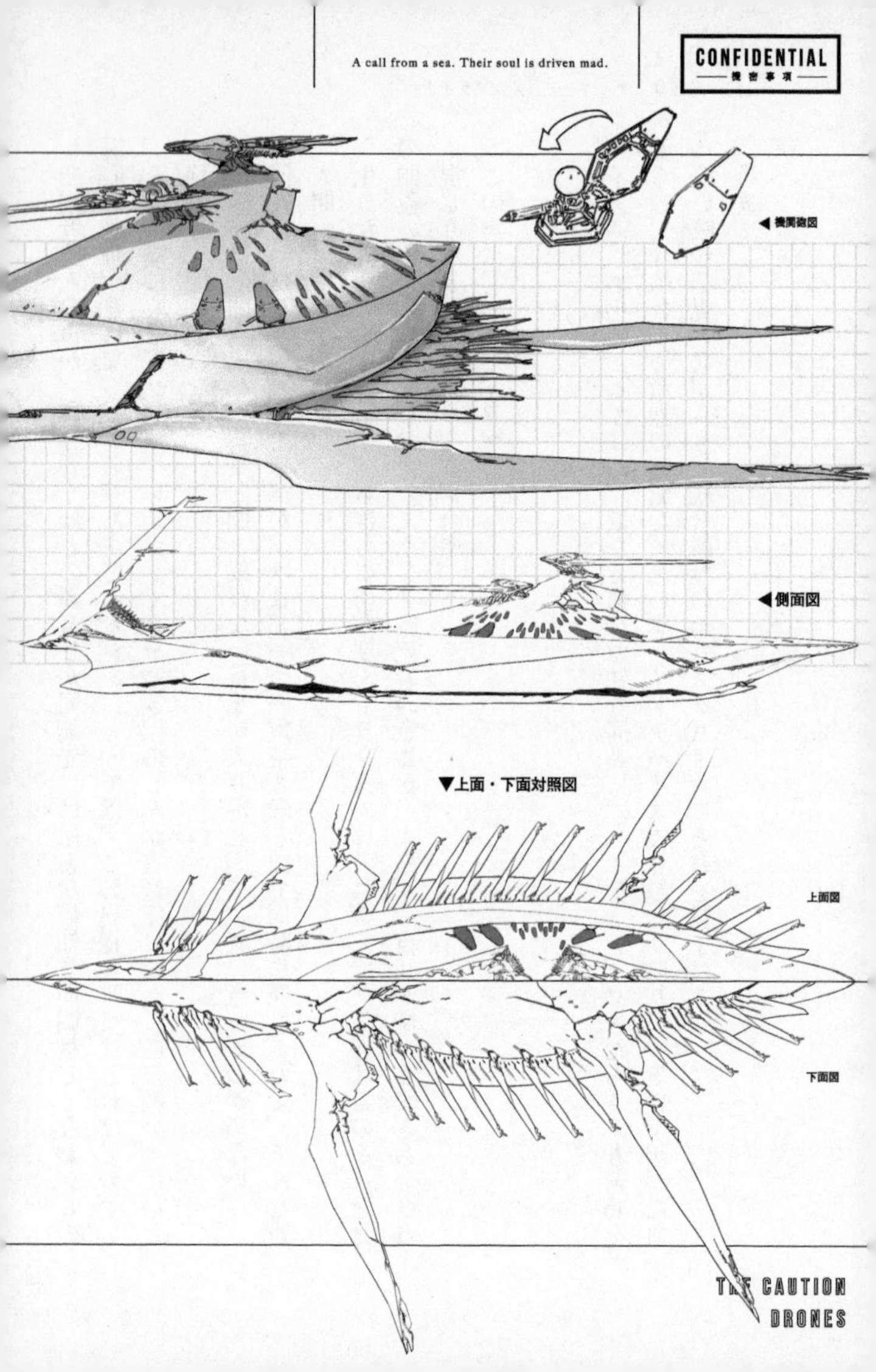
A call from a sea. Their soul is driven mad.
CONFIDENTIAL
機密事項
◀機関砲図
◀側面図
▼上面・下面対照図
上面図
下面図
THE CAUTION
DRONES

THE CAUTION DRONES

[〈レギオン〉要注意戦力]

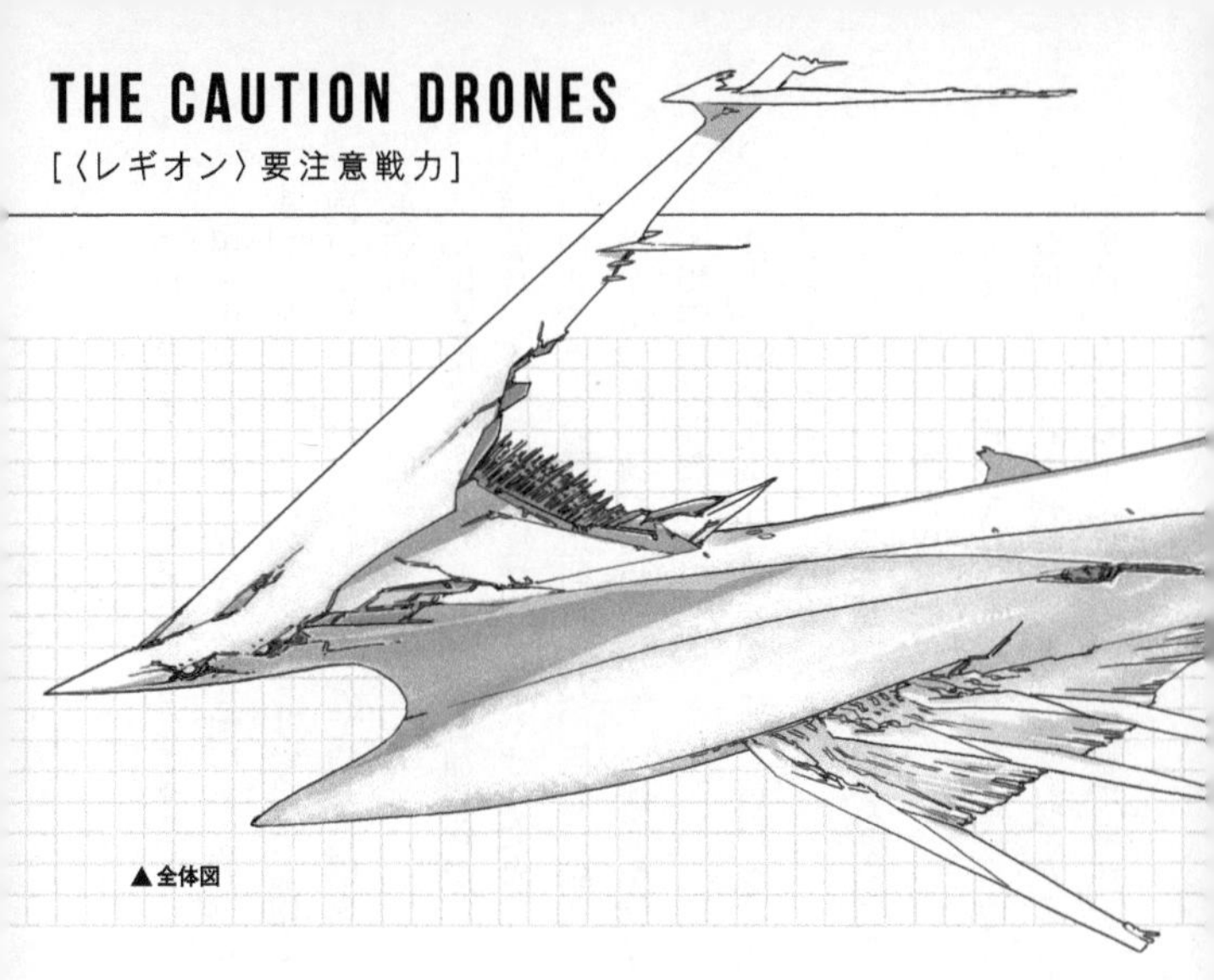

▲全体図

[ノクティルカ]

電磁砲艦型

[ARMAMENT]

主砲：800mmレールガン×2
副兵装：155mm電磁速射砲×22
　　　　40mm対空電磁回転機関砲×54

[SPEC]

[全長] 300m以上（推定）
[満載排水量] 10万トン以上（推定）
[動力] 原子炉（推定）
[巡航／歩行速度] 不明

海上要塞を囮として秘密裏に建造されていた〈レギオン〉の秘密兵器。

1機でも連邦の戦線を崩壊させるほどの脅威であったレールガンを2機搭載。また海上移動はもちろん、複数の脚部を有するため陸上移動も可能だと推測される。船の構造上本来は必須な「大量の乗員」用のスペースが不要であることから、その全てが装甲ないし弾薬庫化していると思われ、攻撃型の〈レギオン〉としては間違いなく過去最大最悪の存在である。

ここで逃してはならない。必ず撃沈せよ。

こいつはそんな、生易しいものですらない。

甲板中央、そそり立つような砲塔上で傲然と斜めに天を睨めあげる二門の八〇〇ミリレールガン。加えて二二門の一五五ミリ電磁速射砲と五十基あまりの対空電磁機関砲。そう、有する砲の全てが一対の槍状のレールで砲身を構成したレールガンだ。威力は無論、射程においても火砲のそれを上回る。

小国程度なら――たとえば電磁加速砲型ただ一機にさえ滅亡の縁まで追い詰められた船団国群なら、このただ一隻で焼き尽くせる大火力。

加えて浮上の瞬間垣間見えた、巨艦の艦底。

脚があった。泳ぐためではなく、海底や陸を歩くためのそれが。つまりおそらくはこのまま

――揚陸が可能だ。

陸上を移動するのはさすがに難しいだろうが、……海岸付近までの進出なら。

させてたまるか。

「〈ステラマリス〉より各位。不明艦を電磁砲艦型と呼称――……」

この海は、征海氏族の海だ。

たとえこの作戦で征海艦隊も、征海の誇りも失われるとしても我らが海だ！

鉄屑風情に我が物顔で、泳ぎ回られてたまるものか。

「敵性存在として処理。――この場で撃沈する！」

突然知覚同調の対象が一人増える。

『――殿下！』

ぴりっとヴィーカは片眼を眇める。ザイシャ。陸の戦場に残してきた彼の副長。普段はさておき戦場においては極めて有能な、彼女がこのタイミングで連絡すべきと判断したなら。

「出たか」

『は。〈レギオン〉陸上部隊が攻勢を開始、増援を確認しました。敵増援は』

その彼女が、けれど一瞬。戦慄に声を詰まらせた。

『――高機動型。その量産機です』

†

船団国群の泥濘の戦場に、火の雨が降る。

機動防御のため防御陣地帯の後背に控えた〈ジャガーノート〉、その砲戦仕様機がばらまく八八ミリ焼夷弾の雨だ。

戦車砲弾としても榴弾砲弾としても、あまり一般的な弾種ではない。ナパームの焔は、機甲兵器には効果が薄い。無人機である〈レギオン〉にもそれは同様だ。その焼夷弾がけれど、雨のように降り続く。

その焔の雨に、戦場の一角が燃え落ちる。

薄紙のような阻電攪乱型の蝶の翅は、焔に弱い。容易く火がつき、可視光の散乱能力を失いながら燃え落ちてその下に隠れたものをさらけ出していく。

銀翅の残骸を振るい落として、そいつは姿を現す。猫科の獣を思わせる俊敏な四肢。鳥の羽にも似た重なりあう銀の装甲。蜥蜴の逆棘のように背に伸びる一対の高周波ブレード。忌々しいそいつが——そいつらが次々と。続々と。

『レーナの予想通り、なのですね』

「量産型の高機動型が投入されるかも、か。……でもまさか、ほんとに当たるなんて」

同じ防衛線とはいえ目視できない程度の距離はある、それぞれの戦場でトーチカの陰からそいつらを見つめて知覚同調越しにミチヒとリトは言いあう。

機体は、やや大型化したか。連合王国から装備していた流体装甲はそのまま、けれど火砲はまたしても持たぬ。唯一の固定兵装は、いくつもの関節を持ち自由度の高いアームとその先端の高周波ブレード一対に置き換えられて、制御の複雑なチェインブレードはオミットしたらしい。……量産にあたり、複雑にすぎる機能は不要と判断したか。

それとも火砲と同様、想定外の破壊を敵機にもたらしやすいチェインブレードもまた、量産化にあたっての彼らの役割には不向きとされたのか。

「目的は〈首狩り〉、ってとこまで、どうも当たってるみたいだし。……どうやったらこんなの、見てもいないのにわかるのかな」

　つい、唸るような声が出た。

〈首狩り〉。戦死者の脳構造を取りこむことで自身に課せられた寿命の枷を外し、性能強化をも成した〈レギオン〉が、さらなる高性能の処理系を求めて生きた人間を狩り集める行為。連邦でも連合王国でも、なにより八六区では日常的に、目にした機械じかけの亡霊どもの非道。

　高機動型の隊列のすぐ後ろには、普段は戦闘中にはまず出てこない回収輸送型が控えていて、マニピュレータを持たない高機動型のかわりに斬り落とした頭部を拾い、生け捕りにした者をひきずっていく役割なのだろう。脳組織はとりわけ傷みやすい。気温次第ではそれこそ半日もたたずに、持てないくらいに腐敗してしまう。その前に迅速に、回収するための。

　不快にリトは鼻面に皺を寄せる。

「……さすがに舐めすぎだよ」

〈ジャガーノート〉の砲撃に――フェルドレスでも榴弾砲でも一般的ではない焼夷弾の焔にたった今、あっさり光学迷彩を剝ぎ取られたばかりだというのに。

　一般的でない弾種を雨と降らせることができたのは、万端準備が整っていたからだ。

高機動型の量産型投入を危惧していた彼らの女王は、その対策もこの戦場に整えていった。

それが今の、光学迷彩の蝶を焼き払う焔だけだと——まさか思っているのだろうか。

「……さあ」

『来てみろ、なのです』

身をたわめた高機動型が——その異様な獣の群が、次の瞬間矢のように飛び出す。

応じて二人の率いる〈レギンレイヴ〉が、業火の戦場へと躍り出る。

†

そして遥か遠い陸の戦場と、同様に。

その時それらは揺らめく光の屈折を纏い、母艦の高い砲塔と長い砲身を駆け抜けて、海上要塞へと飛び渡った。

†

真っ先にシンが気づいた。

レーダーには映らない。光学センサも欺瞞される。それでも絶えることなき亡霊の声を常に聞くその異能は、そいつらの出現と接近を精確に捉える。

「各機、警戒を！　光学迷彩機――おそらくは高機動型だ！」

蝶の翅の微細な羽撃きと、同じ光の揺らめきを纏う何かが要塞の外壁を駆け上る。獲物を狙う猛禽の速度で逆しまに、ほとんど垂直の鉄骨を一直線に疾走する。蹴りつけられた外壁パネルが軌跡を追うように割れて剝落する。数は――四機！

予想進路近くにいた〈ジャガーノート〉が回頭し、通過の瞬間を見計らって砲撃。八八ミリ戦車砲で外壁パネルを叩き割り、次いで機関砲と散弾砲を以て進路上に弾幕を展開。

その迎撃に、セオは加われない。警告が出た時には揺らめく機影は上方、第三層に到達しつつあって届かない。――第三層に全機が降りるのでは散開しきれないと踏んでワイヤーアンカーを駆使し、一気に第二層へと降下したのが裏目に出た。

いかな高機動性を誇る敵機とはいえ、重力に逆らっての垂直の登攀だ。水平移動時ほどの理不尽な回避は難しい。弾幕が三機を射落とし、一機が突破。すり抜けた一機は眼前の〈ジャガーノート〉を捨て置き、なおも頂上へとひた走る。

狙いは。

『またシンか。――好かれてんなお前！』

「しつこい馬鹿に好かれてもな」

軽口を叩きあい、〈ヴェアヴォルフ〉と〈アンダーテイカー〉がともに身構える。彼らのいる現在の最上階、第三層第三フロアに敵機が飛びこむ瞬間を狙って二機ともが砲撃。

変わらず敵機の姿は見えない。だが途絶えぬ亡霊の嘆きが、その動きをシンに知らせる。回避して側方へと跳躍。そのまま脚を止めずに垂直に飛び上がり、〈レギンレイヴ〉でも不可能な、天井面を足場にしての疾走で〈アンダーテイカー〉へと迫り――。

それを。

「……予想していないとでも」

頭上、八八ミリキャニスター弾の一群が到達。炸裂。対人散弾が要塞全体に降り注ぐ。

高機動型の出現をシンが聞き取り、ヴィーカが報告を受けた直後にレーナが射撃させていた砲兵部隊の一斉射。そう、元々奴らへの対策として、レーナが加えた砲兵仕様機だ。

遮る上層は、原生海獣とレールガンの砲撃で半ば消し飛んでいる。鉄の驟雨と降り注いだ対人散弾に、阻電攪乱型の光学迷彩が切り裂かれて千々に散る。

舞い散る銀翅の破片の向こう、流動する銀の装甲が覗いたと見えた瞬間に、側面から〈ヴェアヴォルフ〉が砲撃。車体上面ならば戦車装甲をも貫く四〇ミリ機関砲弾の弾幕が、阻電攪乱型もろとも敵影を引き裂く。

眼前、迷彩がはげ落ちる。

銀色の機影。俊敏な獣の体軀の。鳥の羽のような流体装甲の。蜥蜴の棘か蝙蝠の翼のような一対の高周波ブレードの。今は虚しく機関砲弾に引き裂かれて頽れ逝く……やはり高機動型。

けれどその背に伏せていたもう一機の銀の獣が、それまで発していなかった無機質な絶叫をごぅと響かせ、光学センサに蒼く光を灯(とも)らせて起きあがった。

「な――……!?」

聞き取れない機械の嘆きは眼前で一つ消え、一つ増える。――凍結状態の〈レギオン〉は、それが起動するまではシンには感知できない。

翼のように背に負う高周波ブレードが、叫喚を放って白熱する。機関砲弾の楯(たて)となり、引き裂かれた一機目を足場代わりに蹴りつけて二機目が迫る。

ライデンの援護を予期し、追撃に向かおうとしていた〈アンダーテイカー〉はその突撃を避けきれない。

骨を磨いた純白と、流動する銀。――二機の機甲兵器が正面から激突した。

その様を第二層(レベル・ベルタ)、刹那の死闘とは離れた下方でセオは見る。

交錯の瞬間〈アンダーテイカー〉は身をひねり、高機動型(フォニクス)の高周波ブレードからはコクピットを守ると同時に己のブレードを敵機に貫通させた。だがそれでは、慣性までは殺せない。突進の勢いで〈アンダーテイカー〉は激しく突き飛ばされる。

高周波ブレードを突き立てられた、高機動型(フォニクス)は〈アンダーテイカー〉に絡(から)みあうように組みついたままだ。〈アンダーテイカー〉がブレードをパージするよりも先に、その至近距離のまま流体装甲が自爆。弾き飛ばされた〈アンダーテイカー〉が要塞の外へと放り出される。

それはまるで竜牙大山拠点の底で、溶岩湖に〈アンダーテイカー〉が突き落として撃破した、オリジナルの高機動型の意趣返しのように。

折れ飛んだブレードが、甲高い異音で宙に舞った。

『ッ…………！』

それでも〈アンダーテイカー〉は辛うじて高機動型を――その残骸を蹴り放し、左右両方のアンカーを射出。割れ落ちた外壁パネルの向こうの鉄骨に絡めて吊り下がり――……。

直後に眼下、電磁砲艦型の艦首側のレールガンが砲撃。

八〇〇ミリ砲弾は今度は、ただ第三層の柱の一つを掠めて遥か彼方へと飛び去る。掠めて過ぎただけの衝撃に、それでも激震が鉄塔を揺らす。ワイヤーが外れる。〈アンダーテイカー〉が落ちる。溶岩湖に墜ちた高機動型の、意趣返しのように。

激震に外れて落ちた、鉄骨と外壁パネルに先行して――……。

「――シン、」

シャベルを担ぐ首のない骸骨のパーソナルマークが、あっけなく、暗い海に没した。

知覚同調が切れる。同調相手が意識を失ったか、――戦死した時に途絶えるそれが。

シンと同調している間は絶えることのない〈レギオン〉の絶叫が、その時ふつりと途絶えて

——それきり無情な、静寂がおりた。

第五章　ザ・タワー（リバース）

「……あ、」

一瞬セオは呆然となる。何が起こったのかわからない。

わからないはずがなかった。その時〈ラフィングフォックス〉は〈アンダーテイカー〉を見上げていて、だから全てが目に入っていた。

「……シン」

応じる声はない。

知覚同調は切れてしまった。

あの時。

戦隊長を見捨てたあの時。最後の言葉を聞いた直後に無線が切れたのと同じように。

忘れていた。

戦隊長は。

白系種だったのに自ら戦場に戻った戦隊長は、その戦場で死んだ。

大切な奥さんがいて、生まれたばかりの子供がいて。死んだら嘆く誰かが、いる人だった。共に生きる誰かの、いる人だった。生き延びて抱く幸福も未来もあった人だったのに――そんなこととは無関係に死んだ。笑う狐のパーソナルマーク以外何一つ残せずに。

未来なんて、共に生きる誰かなんてない自分は、生き残ったというのに。

自分は誰からも惜しまれない。もう家族なんか誰もいないし帰る故郷さえない。むしろ死ねと言われた。だからって死んでやろうとは思わないけど、それでも、……生き残るなら、隊長であるべきだったはずで。

同じように。シンも。……ようやく共に生きる誰かを、その未来と幸福を、望めたはずの同胞さえ。

未だ何も望めぬ、自分を再び残して。

忘れていた。

そして今、思い出した。

命の価値も、無事を願う祈りも残される者の涙の量も、無関係に刈り取って回る。

むしろ価値ある者から、嘆く人の多い者からこそ、優先して奪い去っているのかもしれない。

その途方もない――世界の悪意を。

「あ……」
レーナもまた、その光景に立ち尽くす。
細かい破片を撒き散らしながら〈アンダーテイカー〉が墜落する。止まっているかのように
ゆっくりと感じられて、その実ごく短い落下の時間を、激しく立つ水柱が終わらせる。そのま
ま無力に、何のあがきも見せずに暗い海水に沈む。
「あ……あ、」
椅子を蹴ってフレデリカが飛び出していく足音が、どこか遠く聞こえた。
勢いのあまり、焦燥のあまりつんのめりそうになるのも厭わぬ全力疾走、そのけたたましい
靴音の合間に必死に叫ぶ声が交じる。救難艇。落ちた者の安否はわらわが見るゆえ、早急に救
助するのじゃ。急げ！
聞きながらレーナは動けなかった。
〈アンダーテイカー〉が。シンが落ちた。
でも、きっと無事だ。
そう思いたい。突き落とされた高さこそ相当なものの、落ちた先は水面だ。運動性能の極端
に高い〈レギンレイヴ〉は、強靭なショックアブソーバーを備えている。なにより落下の途
中〈アンダーテイカー〉はワイヤーアンカーを引っかけて落下速度の減衰と姿勢の制御を行っ
ていた。真っ逆さまに落ちたわけではないのだからきっと大丈夫だ。

戦闘中の落下に備え、〈ステラマリス〉の救難艇はあらかじめ拠点周囲に展開していて、本来は着艦に失敗して転落した戦闘機を引き揚げるための小型艇だ。より軽量の〈ジャガーノート〉なら、きっとすぐに回収してくれるはずだ。

でも。

本当に、下が水ならあの高さからの落下の衝撃を緩和できるのだろうか。

ワイヤーも、落下速度を減衰しきる前に外れてしまった。いかな強力なショックアブソーバーといえど、それは落下の衝撃をゼロにできるほどのものだろうか。そもそもそれより前、至近距離での高機動型(フォニクス)の自爆のダメージは？

何より、仮に無事ならどうして。

どうして、今なお知覚同調(パラレイド)が繋(つな)がらない。自分はここだと、救助を求める声がレーナの許(もと)に届かない――……⁉

「いや……！」

帰ってくると、シンは言った。

そう約束した。あの雪の戦場で、互いに互いを、置いてはいかないと。

共に生きたいと、そう言ってくれた。

不意にこの作戦の始まる直前の、シンとの会話が蘇(よみがえ)る。

今度はシンの方からだった、不意うちの口づけ。噛(か)みつくような。どこか拗(す)ねたような。けれどこれ以上なく、甘やかな。

言われた言葉。

——レーナの答えは、答えるつもりになってくれたら、教えてください。

まだレーナは、答えていない。

本当は伝えるべきだと思った、伝えたい言葉を未だレーナは返せていない。

それなのに。

全身の力が抜けて、ふらふらとへたりこみそうになった。貧血の時のように血が下がる。目の前が白く暗く霞みがかる。

指揮官が、艦橋で。部下はもちろん他国の軍人の目の前で。鮮血の女王としての体面、あるいは誇りというべきものが頭をよぎるが、今はそれも遠い。膝が体重を支えられない。いつもどうやって立っているのか、そのやり方を頭も体も忘れてしまった。

ふら、とその細い体が揺らぐ。振り返ったマルセルが、危ないと察して立ちあがる。

知覚同調の向こう、聞こえていなかった声が突然聞こえた。

『——しっかりしろよ女王陛下ァ!!』

頰を強くはたかれたようにレーナは我に返る。ふらつく足元がどうにか定まる。今の声は。

「シデン……」

夢から覚めたように茫洋と呟いたレーナに、シデンは大きく息を吐きだしたらしい。

互いの意識を経由して聞いた音を伝えあう知覚同調は、同調率を最低に設定していても顔を合わせて話している程度の感情も伝わる。シデンの方こそ焦燥に張りつめた、動揺を辛うじておしこめた精神状態だとようやくレーナは気づく。

顔を合わせれば喧嘩ばかりで、本当に性格の根本の部分から相性が悪いようだけれど、シデンは彼女なりにシンのことは認めているし、だからこそ心配でもあるのだろう。

『あいつなら大丈夫だ。だって、帰ってくるって言ったんだろ。そのことをあんたが信じてやらなくてどうするんだよ。大丈夫だ。だってあいつ、特別偵察さえ生き残ったんだぜ』

はっとレーナは息を呑む。

八六区の絶死の戦場。生き残ったエイティシックスの最終処分場である、東部戦線第一戦区第一戦隊〝スピアヘッド〟。その最後の、生還率ゼロの敵地行軍任務。

それが最後の別れになるはずだった、死命さえ越えて。

『あんたも知ってるだろ。エイティシックスは生き汚くてしぶといんだ。八六区なんかに放りこまれてここで死ねって言われて、それでも死ななかったのがあたしらだ。その中でも一番強いあいつが、しぶとくねえわけねえだろうよ』

帰ってこない、わけが。

必死に、レーナは頷いた。何度も何度も頷いた。

「そうですね。本当……そのとおりです」

立ち直す。顔をあげる。心配げに見つめているマルセルと、醜態に目は向けぬまま、けれど視界の端でこちらを見守っていたイシュマエルにうなずいて声を張る。

「ヴァナディースより、各位。スピアヘッド支隊の指揮をライデンに移管。作戦目標を変更」

羽織った、鋼色の連邦軍服。その袷を知らず、握りしめた。

「機動打撃群の任務は、船団国群海上の〈レギオン〉の脅威の排除です。出現した新型〈レギオン〉、電磁砲艦型もまた排除すべき脅威です。この超長距離砲に海上移動の自由を与えては、船団国群のみならず全ての国が危うくなる。よって――……」

スクリーンの中央、映し出されたその巨影を睨みつけた。

「電磁砲艦型を最優先の撃破目標に設定。――総力を挙げて殲滅します！」


敵艦、それも二門のレールガンを主砲とする法外の巨大戦艦の出現は征海艦隊の乗員にも衝撃を与えたが、八〇〇ミリレールガンを不意打ちに喰らい、その上総隊長を喪ったエイティシックスに比べればまだ動揺は少ない。当初の作戦目標である電磁加速砲型の射撃再開に備え、摩天貝楼拠点を半円状に囲んで砲撃の準備を整えていたままだったこともある。

「〈ステラマリス〉より各艦！　――目標、電磁砲艦型。照準を補正次第各個に砲撃！」

ゆえに海戦の戦端は、征海艦隊の主砲が切る。

遠制艦は二門、征海艦は四門。有する主砲、四〇センチ連装砲が咆哮する。重量、実に一トンにもなる砲弾が海風を切って電磁砲艦型へと殺到する。

ただし征海艦隊の主砲は本来は、遠距離へと爆雷を投射・散布するためのものだ。海上のそれも、移動目標への命中精度はさして高くない。高価な誘導兵器を船団国群はほとんど持てないから、放たれた砲弾はそのまま、照準した先にしか向かうことがない。

巨艦にあるまじき、そして〈レギオン〉に特有の異様な急加減速と急回頭を以て海面に稲妻のような航跡を刻んで、電磁砲艦型は時間差をつけて放たれた十発の四〇センチ砲弾、その全てを悠々と躱す。四対の翅をレールガンの砲塔に広げて回頭する戦艦の、艦首の蒼い光学センサが〈ステラマリス〉を映す。

一拍遅れて、二門の八〇〇ミリレールガンが旋回。

艦首側のレールガンが、〈ステラマリス〉へと――軍艦同士の砲戦は想定していない、旋回半径が広く敵砲の回避は苦手な征海艦へと照準を合わせようとして。

『――させるかッ……！』

転瞬、その横腹に、射撃を終えると同時に接近していた遠制艦〈デネボラ〉が、最大戦速のその勢いのまま吶喊した。

それは遥か古代の櫂船の、衝角突撃さながらに。装甲された電磁砲艦型の舷側に艦首を圧壊させ、己が艦体に金属の軋む悲鳴と削れて飛ぶ火花を上げさせながら横づけにし、係留用のワイヤーを全基射出。先端のアンカーを電磁砲艦型に食いこませると同時に今度は機関を逆進。満載排水量十万トンを超すだろう電磁砲艦型を、その推力の全力で引き留めにかかる。

『〈ステラマリス〉、兄上！　どうか今のうちにッ――!!』

今のうちに、何と言おうとしたのかは永遠にわからなかった。

二門のレールガンが〈デネボラ〉に向く。ぱり、と紫電が、一対のレールの狭間に満ちる。

砲撃。

響き渡った至近の砲号はそのあまりの激烈に、むしろ無音と感じるほどの大音響だった。

まともに喰らった〈デネボラ〉の艦橋が丸ごと消し飛ぶ。激甚の砲号が、戦場に満ちる喧騒をすべて塗り潰す。

けれど、それでもなお〈デネボラ〉は動く。

機関を逆進に入れたまま、猛然と電磁砲艦型を牽引。さすがに倍でもきかぬ重量だ。無理矢理後退させるのは不可能だったが、重りとして巨艦を足止めすることには成功する。――弱い横腹を……左の舷側を、残った三隻の僚艦に晒させる形で。

電磁砲艦型にとっては〈デネボラ〉の位置取りが悪い。〈ステラマリス〉をも上回る大型艦で砲の位置が高い分、ぴったり真横につけた〈デネボラ〉に対してはレールガンでは最大の俯角をつけても艦橋しか狙えない。

艦の機関部はスクリューと連結する関係上、艦底近くに――水面下におかれる。この至近距離では電磁砲艦型は、その最大威力の兵装では足止めの重りを排除できない。

それさえ突撃のあの一瞬に、計算にいれて。

艦橋が消し飛ぶ寸前、無線の向こうに〈デネボラ〉艦長の声が聞こえた。

『征海船団に、栄光――…………』

誰かに向けた言葉ではない。最後の最後、何を言うかを選べただけの言葉だ。

恨み言や未練を吐いても責められないその瞬間に、けれどなおも、祖国と故郷、己に連なる歴史を寿いで。

その壮烈に、ぎりっとイシュマエルは歯を軋らせる。……覚悟の上だ。艦隊を全滅させてでも――征海艦隊を再び失ってでも、成し遂げねばならぬ作戦だ。

痛みも悲憤も、噛み潰して顔を上げた。

「砲撃を続行！　――固定された的だ。次は当てろ！　海の底まで叩き返せ！」

「砲兵戦隊、射撃用意！　弾種、焼夷弾(しょういだん)——まずは敵機の光学迷彩を無効化します！」

レーナの号令と共に〈ステラマリス〉の甲板上から、斉射の火線が弧を描く。嵐の去ったばかりの拭われたような蒼穹(そうきゅう)を、ひととき昏(くら)く陰らせて電磁砲艦型(ノクティルカ)へと殺到する。

電磁砲艦型(ノクティルカ)の上方に到達した焼夷弾(しょういだん)が、そのまま高空で炸裂(さくれつ)。内蔵するナパームをぶちまけて着火。砲身の過熱も厭(いと)わぬ猛砲撃が、赤黒い火焔(かえん)の豪雨を鉄色の軍艦へと降りしきらせる。

その焔(ほのお)が装甲された甲板上に、城塞のように聳(そび)える砲塔群のその狭間(はざま)に、二対のレールガンの砲身の上に燃え移る。銀の翅(はね)が燃え尽きて銀灰色の灰と化し、海上の強い風に舞い散る灰と火の粉の向こうに、流動する銀の機影の群が姿を現す。

見据えてレーナはくっと目を細める。

敵機確認。やはり。

「高機動型(フォニクス)。……量産が、やはり」

量産されるだろうことは、この作戦の前に予想がついていた。

投入はこの作戦かもしれないと、思ったから光学迷彩を引きはがすための焼夷弾(しょういだん)と対人散弾の追加、対応しやすい兵装の〈ジャガーノート〉の増員をあらかじめ図っていた。

大攻勢後に突然、戦況の悪化した船団国群や周辺国。

大攻勢の失敗を受けて変更された〈レギオン〉の戦略。兵数の増強から、性能の向上へ。

レーヴィチ要塞基地で、高機動型（フォニクス）を見たヴィーカは言っていた。何のための兵種なのかと。剣などを振るって戦場を駆け回る一騎当千の英雄など、現代の戦場には非効率にすぎる。人類にはまだしも〈レギオン〉には、価値などないだろうにと。

けれど〈レギオン〉の、戦略の変更。兵数の増加から、性能の向上へ。

共和国を滅ぼし、その市民を鹵獲（ろかく）して。〈レギオン〉は戦死者の損傷した脳に由来する〈黒羊〉から、生前の知性は残しつつも人格を持たぬ、より高性能の〈牧羊犬〉へと転換を果たした。高性能の雑兵（ぞうひょう）の首は充分に得た。

次に狙うのは、精鋭の首だ。

——現代の戦場に、英雄は要らない。

〈レギオン〉には違う。戦略を変えて、それで必要となった。脆弱（ぜいじゃく）な万々の人の兵の中、綺羅星（きらぼし）のように現れる非効率だが強力な英雄の首を狩るための——英雄狩りの英雄が。

そのために最も、適した兵種。

人として抜きんでた者をも圧倒し、けれど火砲で遺体を——脳を損壊させもしない。現代の戦場ではおよそすたれた近接白兵戦闘を、あえて行うのに適した兵種。そう。

「性能向上の材料を得る、〈首狩り〉のため。——高機動型（フォニクス）は必ず量産される」

それは……予想していた、のに。

シンと同調している間の、耳を劈(つんざ)く断末魔の絶叫はヴィーカにも辛(つら)い。電磁砲艦型(ノクティルカ)の、複数の脳が混ぜあわされたかのような異様な叫喚はなおさらに。

同調と共にその負担が失われた今、皮肉にもその絶叫がある程度聞き取れるものだったと気づく。意味のない叫びとしか取れなかったその幾らかが、思い返せば言葉として意味を取れる。

幼い頃、まだ〈レギオン〉戦争が始まるよりも前に、何かの式典で聞いた言葉だった。

大陸西方の主要言語ではない。連邦と大陸東部の国々との間に横たわる礫(れき)砂漠、その通商路を支配するリン＝リウ通商連合と、その周囲の国家と部族が使う言葉だ。そのいずれかの国の武官から聞いた彼らの軍神——戦女神への祈りの言葉。

思い返してヴィーカはその帝王紫の片目を眇(すが)める。

「混ざっているのは、東の将か。……なるほど。〈レギオン〉どもの性能向上、か」

元とした共和国市民が戦を知らず、戦の知識を持たぬ〈牧羊犬〉を、より戦闘に最適化した存在へと改良するなら。元としたエイティシックスが戦略は知らず、指揮官には実は向かぬ〈羊飼い〉の指揮能力を向上させるなら。

次に狙うのは軍人。——その中でも高度に教育され訓練を受けた、それゆえに守られて前線ではそうそう手に入らぬ上級士官の首だ。

防衛線をうち破り、後方で指揮を執る上級士官を狩り集めるために――防衛線の打破が容易な小国が、その狩場に選ばれている。

たとえば船団国群。機動打撃群の派遣を求める各国も。阻電攪乱型（アインタークスフリーゲ）の電磁妨害（ジャミング）のせいで連合王国も連邦も認識できていないだけで、すでに何国かが滅ぼされているのだろう。

電磁砲艦型（ノクティルカ）のあの異様な絶叫も――何十人もの末期（まつご）の叫びがおそらくはその脳構造ごと、連結されて混ざりあった悲鳴の群も、指揮官としての知識を持たない〈羊飼い〉に鹵獲（ろかく）した佐官や将官の記憶を脳構造ごと後づけしたせいか。

「……厄介な」

〈ステラマリス〉は電磁砲艦型（ノクティルカ）との砲戦に入り、〈デネボラ〉の特攻で足止めされるまでの回避機動で電磁砲艦型（ノクティルカ）は摩天貝楼（まてんかいろう）拠点から少し離れて、だから突入した〈レギンレイヴ〉は海上要塞に取り残された形だ。戦車砲は充分に届くが、跳躍だけで電磁砲艦型（ノクティルカ）までたどりつくには〈レギンレイヴ〉でも厳しい、そういう距離。

一方で電磁砲艦型（ノクティルカ）の甲板上、ぶるりと身を震わせて阻電攪乱型（アインタークスフリーゲ）の灰と残骸を振るい落とした高機動型（フォニクス）は、そのままぞろぞろと母艦の砲塔上に上る。海上数十メートルの位置にあるその頂上まで駆け上り、そのままの勢いで跳躍。摩天貝楼（まてんかいろう）拠点の外壁に取りついて猛然と駆け上る。

その様子は第三層、摩天貝楼拠点の現在の最上階にいるライデンには俯瞰する形で映る。

――砲戦は母艦に任せての揚陸。目的は要塞の奪還か、レーナの予想する首狩りか。

いずれにせよ。

「――ユート！　高機動型の迎撃はこっちで担当する。第三層にいる奴らを借りるぞ！」

全員の退避を優先し、戦隊も小隊もばらばらに、二層六フロアに亘って散開したその直後だ。所属部隊ごとに合流し直してから対応するほどの余裕はない。

第二層、ユートの駆る〈ウルスラグナ〉がちらりと一瞥を向ける。小さく、頷いたらしい。

指揮下の要員の入れ替えは、ライデンにもユートにもさして珍しいことではない。

八六区では誰も彼もが当たり前のように死んで、誰かが死ぬたびに小隊ごとのバランスを、戦隊長や副長である彼らははからなければならなかったから。

『頼む。――第二層にいる各機。以降俺が指揮を執る。火力拘束機、面制圧機は高機動型を警戒。戦車砲装備の前衛及び狙撃手の護衛にあたれ。前衛と狙撃手は電磁砲艦型の機関砲、連装砲の排除を。……征海艦隊の砲戦を支援する』

〈デネボラ〉に囚われ身動きのとれぬ電磁砲艦型に、〈ステラマリス〉と二隻の遠制艦はなおも砲撃を続行する。照準されぬために機動しつつ、僚艦と摩天貝楼拠点を自身の砲の射線に入れぬ位置で砲塔を旋回させ、再度の砲撃。

命中精度は比較的甘い砲とはいえ、固定された目標に命中弾を送れぬほどではない。四〇ミリ砲弾は今度は、必中の軌道で電磁砲艦型（ノクティルカ）へと殺到し。

その全てが虚（むな）しく弾（はじ）かれた。

『なんだと……!?』

『硬い……ッ！』

装甲が厚い。――乗員という余計な積載重量（ペイロード）を持たぬ分、装甲に重量を割（さ）いているのか。

弾速の速いレールガンを警戒し、距離を置いたこの位置からでは威力が足りない。接近し、至近からの砲撃で装甲を破るべく〈バシリスコス〉が回頭する。

直後に電磁砲艦型（ノクティルカ）が反撃。

征海艦隊（せいかいかんたい）に左舷を向けて固定された巨艦の、その左舷側の一五五ミリ速射砲十一門が猛然と火線を吐き出す。的の大きな舷側は軍艦の弱点ではあるものの、同時に舷側を敵艦に向けたその姿勢は最も多くの砲を敵艦に振り向け、最大の火力を発揮可能な姿勢でもある。

弾幕といっていい密度と発射速度、何より火砲にはありえぬ弾速に追い立てられて〈バシリスコス〉が慌てて舵（かじ）を切る。主砲である八〇〇ミリ砲同様の、レールガンの速射砲。

これではとても、近づけない。

その苦戦に第二層、スピアヘッド戦隊では唯一、ユートの指揮下に入ったセオは歯噛みする。

電磁砲艦型はたった一隻のみ、その上移動を封じられて、けれど征海艦隊と電磁砲艦型の戦闘はまるで鼠の群が虎を狩ろうとしているかのような一方的さだ。

征海艦隊の残存する全艦を合わせたよりも多くの砲を積み、その上弾速の速いレールガンの弾幕に、征海艦隊が攻めあぐねているせいだ。二二門の一五五ミリ速射砲と二門の八〇〇ミリ主砲が織りなす、悪夢のような猛砲撃。

摩天貝楼拠点第二層に展開するセオたち八八ミリ戦車砲装備の〈ジャガーノート〉も速射砲を狙い、射撃を繰り返しているのだが、敵艦には五十基あまりの四〇ミリ六連装対空砲。その苛烈な弾幕のために、狙い撃つどころか足を止めての射撃さえ難しい。――主砲である八〇〇ミリレールガンを、一五五ミリ速射砲を守るために配された対空砲だ。速射砲を狙える位置は、必ず対空砲の十字砲火に晒される。

たまさか速射砲への射線が通っても、正面にある防盾が硬い。この距離では貫徹できない。

確実に排除するなら。

「近づかないと――乗りこまないと駄目か」

電磁砲艦型までの距離は〈レギンレイヴ〉の跳躍可能な、最大距離よりもわずかに遠い。ただ跳躍したのでは届かない。視線を巡らせ、何か利用可能なものはないかと眼下に探して。

──あった。

「〈ラフィングフォックス〉より各機。──乗り移る！　援護お願い！」

操縦桿を前進位置に叩きこむ。放たれる矢のように〈ラフィングフォックス〉が飛び出す。

連なるフロアを一つ一つ下るより、外側をまっすぐ駆け下った方が立体機動を得手とする自分には早い。アンカーをひっかけて機体を支えつつ、垂直の塔の側面を一気に下へ。

ぎょっとライデンが通信に割りこむ。

『セオ、無茶すんな！　動揺してると足すくわれるぞ！』

「わかってる。……大丈夫、動揺なんかしてない」

本当は嘘だ。動揺している。その自覚はしているつもりだ。呑まれて冷静な判断ができなくならないように、胸の底を焼けつかせる感情の塊を否定はしない。

救いを得られたはずの、未来を見ることができたはずの、……幸福になれるはずだった人でさえ、失われた。無慈悲に。あっけなく。唐突に──この世界の唯一の、平等として。

それなら自分は。救いさえ得られぬ自分たちは。──きっとなおさら、あっけなく無慈悲に。

呑まれはしない。呑まれたら、本当に死んでしまう。

「でも、……無茶しないのは、無理」

胸の底を焼けつかせる、叫びだしたいような感情を押しこめるためには。

目指すは眼下、落下する構造材か何かが激突したのか中途で折れて捻じ曲がり、飛びこみ台のように斜めに海に突き出した鉄骨。

「いけ……ぇっ！」

あやまたず着地して落下の勢いを殺さず疾走、最大戦速のまま先端を蹴って跳躍した。


「──砲兵戦隊、弾種変更。対人散弾、装填次第射撃！」

〈ラフィングフォックス〉が飛び出すのに、即応してレーナは命じる。こちらも焼夷弾同様、高機動型の光学迷彩対策として持ってきた弾種だ。艦砲射撃にも耐える電磁砲艦型の装甲を破るには足りないが、──爆炎でそのセンサを欺瞞するくらいなら。

跳躍の間は回避できない。その間にセオを電磁砲艦型に射落とさせないために。

遠く、電磁砲艦型の艦影を爆炎の花が覆う。爆音はこの距離では、まだしばらく届かない。

「射撃を継続！　──別命あるまで弾幕を維持なさい！」


乗り移ると叫んだセオの声もレーナの援護の命令も、知覚同調を通じてクレナにも届いている。第三層、レールガンの砲撃を逃れて退避したまま、立ち尽くして動けない彼女。

自分も援護しないと、と、頭の片隅では思うのだけれど動けない。

ふらふらと定まらない視線に追従してヘッドマウントディスプレイの中を飛び回るレティクルが、なんだか酷く目障りだ。かたかたと震えて力の入らない、操縦桿を握っている感覚すらない右手。

だって、シンが落ちた。

彼だけはいなくならないと、思っていたのに。

シンと会うまでに、シンと会ってからも大勢、死んでいった仲間たちみたいには。二年前のスピアヘッド戦隊のカイエやハルトやクジョーやキノや、悪ふざけで嬲り殺された両親や、……大好きだった、けれど帰ってこなかったお姉ちゃんみたいには。

シンだけは、決して。自分を置いては。

逝かないはずだったのに――……！

「やだ……嫌だよ。……おいていかないで……！」

立ち尽くす。体に力が入らなくて、思考が働かなくて動けない。そのくせ手は震えて、視線は定まらなくて、一発の砲弾さえもう当たる気がしない。

だって。だって自分の居場所は彼の隣にしかないのに。他に何もなくても、誇りさえたとえ失ったとしても、それでも同胞であることは、せめてそれだけは、変わらないはずだったのに。

〈ガンスリンガー〉の傍らに何かが駆け上がった。白い、磨いた骨のような、失った首を探して戦野を這いずり回る白骨死体のようなフェルドレス。〈レギンレイヴ〉。

……失(な)くした首を。失(な)くして奪われた兄の首を。たった一人探して戦場を彷徨(さまよ)うなんて、こんな自分にはきっとできない。

いなくなってしまったシンを、——自分はもう、見つけられない。

〈レギンレイヴ〉の紅(あか)い光学センサがこちらを向く。誰かの目の色にも似たそのあかいろ。

パーソナルマークは鱗(うろこ)と翼を持つ乙女。シャナの駆る〈メリュジーヌ〉。

高機動型(フォニクス)を相手取るには手が足りないと見て、ブリジンガメン戦隊の全機が第三層(レベル・カルラ)に上がってきたらしい。知覚同調(パラレイド)が繋(つな)がってシャナに特有の冷ややかな声が言う。

『クレナ。何してるの援護を——……』

言いさして、シャナは察したようだ。

隠す気もない舌打ちが、知覚同調(パラレイド)の向こうに一つ。

『撃てないなら邪魔よ。——下がりなさい』

その言葉が何よりも強く、そのとおりに役立たずと化した少女をうちのめした。

〈ラフィングフォックス〉の一〇トン超の機体が、底の見えない青い奈落の上で緩やかな放物線を描く。頂点に達し、支える足場のない空中で落下の軌道に入る。

電磁砲艦型(ノクティルカ)の甲板にはまだ少し届かない。ワイヤーアンカーを射出して突き出たレーダーマストにひっかけ、巻き上げてその足りない距離を稼ぐ。——その愚直な突貫に、対空砲の照準が向く。

射線に入る、その瞬間に飛来した榴弾の群が周囲で次々に自爆。爆炎と衝撃波が射線を遮り、〈ラフィングフォックス〉の機影を電磁砲艦型から隠す。

同時にセオは敵艦に絡ませたワイヤーアンカーを回収、逆側のアンカーを射出した。舷側にアンカーがかかって固定され、直後に回収した方のアンカーが音を立てて射出機に戻る。その反動と重力で、〈ラフィングフォックス〉は逆側に振られる。対空砲の射線をはずれ、固定したままのワイヤーで引き止められて下向きの弧を描きつつ海上を移動。

ワイヤーを巻き上げつつ上昇に転じる軌道を利用し、電磁砲艦型の甲板に飛び乗った。甲板を穿つのも構わず追尾し掃射してきた対空砲を避けて、甲板上に折り重なる元は要塞の構造材らしき鉄骨の陰へ。——フロアの崩落を電磁加速砲型が積極的には仕掛けてこなかったのは、下にこいつがいたためか。

直後にやはりワイヤーアンカーを駆使して、レルヒェの〈チャイカ〉とユートの〈ウルスラグナ〉、前衛担当の数機と、生き残りの〈アルカノスト〉が乗り移る。対人散弾の煙幕に身を隠して対空砲の迎撃をすり抜け、同じ遮蔽の陰へと潜りこむ。ごぉん、とセオが、後続の彼らも足場にしたらしい折れ曲がった鉄骨が、負荷に外れて転げ落ちるのが見える。

〈ラフィングフォックス〉の最も近くに潜んだ〈チャイカ〉が、非難がましくこちらを見た。

『貴殿も大概無茶をなさいますな、狐殿……！　そのような蛮勇は、死神殿だけにしておいていただきたいのですが』

「後にしてよ、小鳥殿。……みんな、やることはわかってるよね。レールガンを潰す。それで征海艦か遠制艦が接近できるようになる。艦砲射撃で仕留めてもらえる」

全長三〇〇メートルの電磁砲艦型の巨体に、やみくもに砲撃を加えても〈ジャガーノート〉の八八ミリ砲では豆鉄砲だ。撃破するには制御中枢を精確に破壊するか、より大口径の艦砲の射撃を、至近距離から叩きこんでもらうしかない。

ただしレールガンの装甲を貫徹するには、〈ジャガーノート〉の八八ミリ砲では至近距離からでないと厳しい。接近するためにはレールガンを守る敵戦力の排除が必要だ。だから。

「だからまずは、邪魔な速射砲を優先して――……」

『対空砲の排除が先だ、リッカ。――電磁砲艦型上の戦力は今いるこの機だけで全てだ。後続はほぼ見こめない。この人数で無理に速射砲だけ狙っても全滅するだけだ』

淡々とユートが指摘して、そうだったとセオは意識して息を吐く。足場はもうない。そもそもこんな芸当は、前衛の中でも機動戦闘を得手とする者にしかまずできない。機械と話しているような錯覚さえ覚えるユートの冷静さは、こんな時には特にありがたい。

『要塞側にも対空砲を、優先して狙うよう指示してきたが。無視していいわけでもないし、我々でも排除した方が効率的だろう』

『速射砲も、ある程度は征海艦隊（せいかいかんたい）にお任せするのでよろしいでしょうな。——ただ艦砲の零距離射撃でも、これほどの軍艦そのものを撃破するには制御中枢を狙わねば厳しいかと……』

なにしろ全長三〇〇メートルの巨体である。〈ステラマリス〉や遠制艦（えんせいかん）の四〇センチ砲とて、針穴程度のダメージだろう。軍艦である以上、ダメージコントロールも——被弾し船体が損傷した場合に水の侵入を最小限に抑える仕組みも厳重なはずだ。

またイシュマエルに聞いた話では、〈ステラマリス〉を含めた原子力艦は、動力部にたとえ戦闘機の特攻——魚雷に相当する種の体当たり——を喰（く）らっても反応炉は破壊されないほど、動力部周りの防御は頑強なのだとか。見た限りでは煙突のないこの電磁砲艦型（ノクティルカ）も、おそらく動力は原子力だろう。動力部を狙っても、効果は薄い。

制御中枢が、そのただ一点だけが、この鋼鉄の怪物を一撃で沈黙させうる弱点で、それは外見からは判断がつかないけれど。

レルヒェを経由で聞いていたのだろう、ヴィーカからの知覚同調（パラレイド）が繋（つな）がってその彼が言う。

『それについては、こちらで調査と解析を受け持つ。高機動型（フォニクス）が出てきた以上、〈シリン〉のサイズなら侵入が可能だ』

〈アルカノスト〉のコクピットハッチが開く。少女の姿をした機械人形たちがぞろりと甲板に降り立つ。

『さすがに中枢処理系に通路が繋（つな）がっているわけはないだろうが、内に入れば外からはわからぬものも見えてくる。……〈レギオン〉とはいえ、合理的に配置するなら艦内施設の位置はある程度既存の軍艦と同じだろうしな。戦艦、あるいは強襲揚陸艦と考えれば配置の予測はつく』

その強襲揚陸艦とやらが何なのかは、セオにはてんでわからないけれど。

「……よくわかんないけど、できるなら任せるよ王子殿下」

『というより、俺がやるしかない、だな。ミリーゼも管制官どもも手一杯な以上、俺以外にこれをできる人間がいない』

淡々と言い、それから少し、忌々しげに続けた。

『ノウゼンがいれば、こんな手間をかけずとも制御中枢などわかるのだが』

「…………」

いっそ無遠慮に、無造作に抉られてセオはきつく歯を食いしばる。——なるほど情のない鎖蛇だと、何度もヴィーカ本人が言っていた言葉を今更のように実感する。

「だって。いないんだから。……僕たちだけでどうにか、するしかないでしょ」

遮蔽に隠れたまま、窺った。対空砲と速射砲の針の山の奥、〈アンダーテイカー〉を突き落とすとどめとなった——彼の仇のレールガン。

討つために、まずは最初に。

「まずは、対空砲」

『ああ。――後ろから撃たれたくない。艦首のそれから排除する』

　立体的に跳ねまわり、上下も含めた全方位から攻撃してくる高機動型（フォニクス）たちを、引き連れて囮（おとり）役の〈ジャガーノート〉が疾走する。貫徹力を重視した戦車砲を装備し、広範囲をまとめて薙（な）ぎ払（はら）う兵装は格闘アームの重機関銃だけで高機動型（フォニクス）との相性の悪い、機動戦を得手とする前衛担当のプロセッサーが駆る機体。

高機動型（フォニクス）にとっては足場だらけの、この鉄骨の要塞。

元々速度、運動性能では〈レギンレイヴ〉よりも高機動型（フォニクス）がはるかに上だ。

　この量産機たちも一回りほども機体のサイズが大きくなった――重量は上がったようだが、速度はオリジナルの高機動型（フォニクス）とほぼ同等。フレームと装甲に加え、出力も強化されているらしい。弾速こそ速いものの、針先のような一点に破壊力を集中するよう作られた八八ミリ戦車砲ではまず命中は見込めない。

　だから。

『――ライデン！　頼む』

「おう！」

　眼前を囮（おとり）の〈ジャガーノート〉が通過した直後、立ちあがったライデンと指揮下の臨時小隊が機関砲と格闘アームの機銃二挺を掃射。——背部ガンマウントアームに四〇ミリ機関砲を装備する、機関砲仕様機の臨時小隊。

予想される回避範囲まで全てカバーした鋼鉄の弾雨だ。逃がすはずもない。獲物を追ったつもりで砲撃域に釣り出された高機動型どもは、まともにその掃射を浴びる。

戦車砲では相性が悪い。速度で劣る以上、狙われ追われれば、逃げきれない。

だから追ってくるのを利用して——仲間のキルゾーンに誘い出す。

すでに確立した対策だ。

量産型投入の可能性があるからと、対応しやすい兵装の〈レギンレイヴ〉をレーナが増員してくれていたこともある。機関砲に加え、各戦隊に必ず数機、新たに加えた散弾砲装備の〈ジャガーノート〉。面制圧小隊の多連装ミサイルに追尾目標の一つとして設定された高機動型のデータ。

加えて全〈ジャガーノート〉が共有する、オリジナルの高機動型から算出した運動予測。

弾幕に自ら飛びこむようにして引き裂かれた、高機動型の一群が頽れる。……声は、シンがいないからそもそも聞こえない。掃射を喰らわせた全機が間違いなく大破しているのを——死んだふりをしているものがいないのを、確認してから視線を外す。

——次。

汗をぬぐい、息をつく。息が上がっているのをその一連で自覚する。対策は確立して、対抗手段も揃(そろ)えて、けれど決して、楽な戦いではない。

それでも、対策ができているだけまだマシだ。初見でレールガン装備の戦艦などという怪物を相手取っている、セオやユートに比べれば。

まして――……

「アンジュ、ダスティン。ここはもういい」

『ライデン君？　でもまだ高機動型(フォニクス)は……』

「下を頼む。セオを援護して……助けてやってくれ」

えっとアンジュが息を呑(の)む。今になって彼の不在に気づいた様子で、〈スノウウィッチ〉の光学センサがどこか愕然(がくぜん)と電磁砲艦型(ノクティルカ)と、その甲板上を飛び回る〈レギンレイヴ〉の白い機影を見つめた。

『……了解。セオ君、なんてことを……』

『シュガ、エマ、掩護(えんご)はこっちでするよ。でもなるべく急いで』

聞いていたプロセッサーが申し出て、〈スノウウィッチ〉と〈サギタリウス〉、二人と同じ小隊の〈ジャガーノート〉が身を翻(ひるがえ)す。

その向こう、シデン指揮下のブリジンガメン戦隊が、彼女たちこそ餓狼(がろう)のように飛び回る高機動型(フォニクス)を追いこみ、取り囲んで叩(たた)きのめしていくのが目に入る。

ブリジンガメン戦隊副長のシャナは、その戦列に加わっていない。彼女の駆る〈メリュジーヌ〉は現在の要塞の最上層、第三層第三フロア(カルラ・スリー)で上方からの対空砲の狙撃を担当している。

その役目を負うべき〈ガンスリンガー〉は、今も混乱しきった様子で動けない。

……無理もない。クレナも、セオも珍しく視野狭窄(きょうさく)に陥っていたアンジュも、今はともかく墜落の瞬間には明らかに恐慌(きょうこう)していたレーナも。

ライデン自身、動揺している。その自覚がある。

なにしろ声が聞こえない。――これまで常に共に在った、あの忌々(いまいま)しい亡霊の声が。最前の、電磁砲艦型(ノクティルカ)の異様な絶叫さえも。

もう何年も共に在った――彼らを率いてきた紅(あか)い瞳の死神が。

……あの、馬鹿が。

そして自分はその馬鹿の、遺憾ながらも副長だ。

その不在は少しでも、埋めねばならないとライデンは鉄色の双眸(そうぼう)を鋭く眇(すが)める。


対空砲と速射砲を削るべく〈ジャガーノート〉が摩(ま)天貝楼(てんかいろう)拠点から射撃を繰り返し、数機に至っては電磁砲艦型(ノクティルカ)に乗り移りさえする一方、征海艦隊(せいかいかんたい)もまた艦砲射撃で速射砲を潰していく。

ただし至近距離からの砲撃で制御中枢を破壊する役目は、大威力の艦砲にしかできない。これ以上撃沈されるわけにはいかないから、どうしても敵弾を回避可能な距離を置き、照準させ

ないための転針を繰り返しながらの砲撃となる。

　それでも砲身が過熱するほどの猛砲撃に、電磁加速砲型との砲戦を予期し、本来の切り札である——そして皮肉にも、電磁砲艦型と戦闘となるなら持ってきたかった——魚雷を削ってまで持ちこんだ大量の砲弾が、みるみるうちに減っていく。

　足の遅い二隻の救難艦がようやく追いつく。〈デネボラ〉のわずかな生き残りを拾っている彼らを経由し、援護の艦隊を向かわせると遠く本国からの連絡が入る。

　一方で電磁砲艦型もまた、無傷ではない。

　八〇〇ミリレールガンの一対の槍のような砲身の内側で、電磁場を形成する銀色の流体金属が射撃の反動に激しく吹き飛ぶ。——砲身の摩耗。

　粉雪か燃えて落ちる灰のように、銀の雫が海洋の深い青色に墜ちる。


　一個戦隊にも満たぬ数とはいえ、乗りこんだ敵を放置するわけにいかないと判断したか。摩天貝楼へと揚陸した高機動型の一部が、電磁砲艦型へと戻ってくる。

　当然といえば当然の判断に、セオは荒々しく舌打ちを零す。一体どこまで、邪魔をするんだ。

　電磁砲艦型に乗り移った〈ジャガーノート〉はいずれも前衛担当で戦車砲を主兵装とする者ばかりだ。エイティシックスの中でも機動戦闘を得手とするから、わずかな足場を頼りに乗りこむことができたのだが、……いずれも高機動型との相性はあまりよくない。

援護としてレーナ指揮下の砲兵戦隊が、要塞に残った〈ジャガーノート〉の誰かが送りこんでくれる、対軽装甲散弾の猛砲撃がありがたい。いずれも高機動型の流体装甲を吹き散らして多少なりと痛手を与えてくれるようで、足止めの役にはたってくれる。

爆炎が晴れる。艦首側のレールガンの砲塔上、またしても戻ってきたらしい新たな高機動型が跳躍、頭上から〈ラフィングフォックス〉へと襲いかかるのが光学スクリーンに映る。

「っ……！」

映ってようやく、そのことに気づく。接近警報が鳴る。その機械仕掛けの嘆きは、聞こえない。

敵の潜む位置がまるでわからない。

シンがいないせいだ。

〈レギオン〉どもの声を聞き、警告をくれて、そうでなくてもどの程度の数の敵が周りにいるかを知覚同調で共有して把握させてくれるシンが、この戦場にいないせいだ。

彼がいない戦闘なんて、一体もう何年ぶりだろう。

その時には一体どうやって戦っていたのか、思い出せない自分にセオは気づく。

それほど長い間、頼りきっていた。

ぎりぎりまで引きつけて飛び退る。墜落するように着地した高機動型に、格闘アームの重機関銃を向けて掃射。殺戮（さつりく）機械特有の異様な反応速度で、鞠（まり）の跳ねるように高機動型（フォニクス）は跳躍して逃れる。離れた先、同じ銀色が群れ集う中に着地する。

その足元に。


高周波ブレードが一基、転がっていた。


「あれ……は、」

〈アンダーテイカー〉の――……。

高機動型（フォニクス）との激突で貫通させ、抜け落ちたものだろう。格闘アームの選択兵装に高周波ブレードを使うのは、機動打撃群全体でもシンだけだ。射程数キロの戦車砲と重機関銃が支配する戦場で、極端に間合いの短い白兵兵装を使う者なんて八六区でも今も彼しかいない。

そんな装備をあの首のない死神が、使いつづけていたのは。

高周波ブレードを、高機動型（フォニクス）が踏み越える。

シンと〈アンダーテイカー〉が海中に没した今、唯一残った彼の機体の破片かもしれないそれを、心無き殺戮（さつりく）機械は無造作に、無感動に踏みつけようとする。

その時湧きあがったのは怒りではなく、――覚悟や決意と、呼ぶべきものだった。

「っ……！」

八八ミリ砲を旋回させ、連射。高機動型が避けて飛び退るのを更に砲撃で追い散らし、その元いた場所へと進出。——敵機の、銀の獣の群の、そのただ中。でも、それでいい。

「——ファイド！」

外部スピーカーをオンにしてがなった。摩天貝楼拠点最下層で、明らかにシンの落ちたあたりを気にしながら〈ジャガーノート〉への補給任務を敢行する、忠実な〈スカベンジャー〉が振り返った。

即応して外縁ぎりぎりまで駆け寄ってくるのをめがけて、高周波ブレードを蹴り飛ばした。〈スカベンジャー〉への命令としては曖昧にすぎるが、ファイドならこれでもわかるだろう。一瞬わたわたと足踏みをしてから、落下予測地点へと位置を調整。懸命に光学センサで落下の軌跡を確認しながら、背部のコンテナで受け止めた。

「確保していろ！　——必ずお前が持って帰れ！」

頷くようにファイドが光学センサを上下させる、それを横目に敵機の群れへと向き直った。

ずっと、シンに頼っていた。

ずっと頼られてくれていた。機械仕掛けの亡霊が繰り返す断末魔の嘆きを聞き、〈レギオン〉の位置を看破する異能。共に戦い、先に死んだ戦友を一人残らず覚えて、記憶と心を抱えて最期まで連れていってくれる約束。敵陣深く斬りこみ、かき乱して攪乱する前衛の役割。

何より〈レギオン〉たちの耳を聾する絶叫に晒されながら、誰より多くの弾雨と敵刃を引きつける白兵の間合いで戦い続けた、その有り様。

全て仲間を、守るために。

その中で自分が引き継げるのは、これしかないから。

銀の獣の、群の中。取り囲もうと数機が〈ラフィングフォックス〉の退路を断つ位置に移動するのを確認しながら、意識して平静な声を出した。

「〈ラフィングフォックス〉より、各機。——高機動型は僕が引きつける。切りこんで、撹乱する。その隙に排除を」

僕がその隙を、作るから。——その役目を僕が継ぐから。

返る声は確認せずに、操縦桿を前進に叩きこんだ。包囲されるのはあえて無視して、高機動型の群の——敵機の群のさらに奥へ。

斬りこんで、撹乱して、敵機の射線を一身に集めて、自身を危険に晒しながら仲間がつくべき隙を敵陣に作り続けた彼らの死神が。

シンがいつも、そうしてきたように。

追い立てるように散弾砲を連射し、逃げ足の速い高機動型の退路を狭めつつシデンは摩天貝楼拠点、第三層を疾走する。凜とどこか猛々しく、レーナの声が知覚同調を駆け抜ける。

『砲兵戦隊、キャニスター弾装填──撃て！』

散弾の雨が、最後の高機動型の前に立ち塞がる。避けて飛びのこうとした先で。

『ポイントE12、待機解除、掃射！』

待ち伏せていた〈ジャガーノート〉が機銃掃射を叩きこむ。

その指揮にシデンは内心、そっと息をつく。

──立ち直ったな、レーナ。

あんな奴なんかにそもそも、そんなに動揺しなくてもいいじゃないかとは思うけれど。忌々しい。死神の異名を持つほどの実力や、死神の異名を自ら負ったそのありようは認めていなくもないが、あんなアホみたいに鈍いあんな馬鹿。

この戦闘だって、中途半端なところで抜けちまいやがって。

「これでホントに死んでたら、地獄まで追っかけてってぶっ殺してやるからな、色男」

摩天貝楼拠点、揚陸した高機動型を全機排除。電磁砲艦型との砲戦の援護を開始。

報告を受け、見届けて、レーナは小さく鋭く息を吐く。まだ戦闘は終わらない。

電磁砲艦型は未だ、健在だ。

もう六年も戦場に生きてきたセオも未経験の、白兵距離での〈レギオン〉との戦闘。

それも高機動型（フォニクス）の群を相手にしてだ。のしかかる緊張感は普段の戦闘の比ではない。

もう何機目とも知れぬ、銀の獣が飛びかかるのが目に入る。交錯の瞬間ブレードのように機銃掃射を振り回し、横薙（な）ぎに銃弾を叩（たた）きこむ。――撃破には至らない。装甲の甲板で跳ね、脚をひきずりながら後退するのは捨ておいて〈ラフィングフォックス〉を疾走させる。敵の、集団のただ中だ。足を止めたらすぐに取りつかれる。そうなったら戦死は免（まぬが）れない。

傍（かたわ）らにいるものだと慣れたつもりの、けれどその実、こうまで皮一枚先に接するほどに触れたことなどそうなかった死の気配が、この至近の戦闘ではまとわりついて離れない。生存本能が悲鳴をあげる。死にたくないと、原始の本能がわめき続けている。死なないために意識の全てが、細く鋭く集中していく。

そう、死にたくない。――自分は死にたくなんてない。

死ぬわけにはいかない。

だって今の自分では、シンの死にはまるで見合わない。見合わないまま自分まで死んだら、シンはまるきり無駄死にだ。

戦隊長が誰からも、報われなかったように。今の自分が戦隊長の犠牲に、まるで報いられていないように。

……そんなのは駄目だ。

砲撃が来る。砲身の過熱も厭(いと)わず、生き残った対空砲は〈ラフィングフォックス〉を含めた〈ジャガーノート〉たちに猛砲撃を撃ちこんでくる。その対空砲の直上へ、飛来した〈レギンレイヴ〉のミサイルの群が炸裂(さくれつ)して対装甲散弾を叩(たた)きこむ。

この世界は悪意に満ちて、でも、そういうものだと認めたらそれは悪意に屈することだ。奪われるばかりで何も得られぬ存在だと、踏みつけられて当然の存在だと諦めることだ。

自分も仲間たちも、征海氏族たちもシンも戦隊長も、――奪われて死んで当然だったと。

そんなのは駄目だ。そんなのは――嫌だ。

僚機が確保している艦首側の甲板、鉄骨の遮蔽の向こうでワイヤーアンカーが撃ちあがる。二基のアンカーを甲板にひっかけ、途中で艦体を蹴って勢いをつけて新たな〈ジャガーノート〉が飛びあがる。――ライデンの〈ヴェアヴォルフ〉とアンジュの〈スノウウィッチ〉、それにダスティンの〈サギタリウス〉。

電磁砲艦型(ノクティルカ)の砲撃で外れて落ちたらしい鉄骨を組んだ壁面を――たまたま外壁パネルが残っていたから沈まなかったらしいそれを、要塞の傍(そば)まで手すきの救難艇に牽引(けんいん)させて足場として乗り移ったらしい。眼下、一〇トン強の重量に立て続けに踏みつけられて沈む足場に海中に引きずりこまれそうになった救難艇が、慌てて牽引(けんいん)索を切り離して離れていく。

着地と同時に、〈スノウウィッチ〉が多連装ミサイルを発射。〈ヴェアヴォルフ〉が掃射。叩(たた)

きつけられる対装甲散弾が、薙ぎ払われる機関砲弾が、〈ラフィングフォックス〉の周囲に群がる敵機を追い散らす。

『ごめん、セオ君。遅くなったわ』

『残った高機動型は任せろ、セオ。……だからもう無茶すんな。んなとこまであいつの真似しなくていい』

「……うん」

荒くなったままの息を、それでもほっと長くつく。鋼鉄の雨の合間に二門のレールガンを見上げた。

戦闘前、聞いた言葉が蘇る。

――生きていれば、得られるから。

それは、きっと嘘だ。

嘘のつもりでイシュマエルは言ったんじゃないだろうけど、でも嘘だ。そうじゃなくてきっと、本当は逆だ。

生きるために、得ないといけない。自分を形作る唯一を、失ったとしても新たにまた。

奪われた後も、生きるために。

負けて奪われて、そのまま死んでしまわないために。

見つけないといけないのだ。何度奪われても何を奪われても、嘘でも顔をあげるためには。

——自分に恥じるように、生きたくはないから。

そうだね、シン。僕も恥じたくない。自分にも。それから——君や戦隊長にも。

だから、そのために。

負けたまま生きないために、君を。戦隊長を。


電磁砲艦型（ノクティルカ）内部に潜入させた〈シリン〉の最後の一機が、整備機械に発見されて排除される。

「ちっ……」

思わずヴィーカは舌打ちを零（こぼ）す。制御中枢の位置は、ある程度絞りこめてはいるがまだ明確ではない。あと少しというところだったが——情報取得の手段がもうない以上、完璧を期しても仕方がない。〈ステラマリス〉の残弾も、そろそろ危ういだろう。

知覚同調（パラレイド）を統合艦橋に繋（つな）ぎなおして、口を開いた。

「ミリーゼ、艦長。現時点での制御中枢の位置予測を送る。候補は三か所、これ以上の調査は不可能だ。半端（はんぱ）ですまんが……」

大口径の砲を用いる海上での砲戦は、戦車砲の交戦距離よりも長い。〈ガデューカ〉の一二五ミリ砲でも厳しいが、距離次第では何かの足しにはなるだろう。データを送り、逆の手で戦闘機動の手順をこなしながらヴィーカは言い——……。

視界の端、格納庫の出入口の向こうの通路をよぎった鋼色(はがねいろ)に、ん、と手を止めた。

対空砲の最後の一基を、摩天貝楼(まてんかいろう)拠点からの射撃が吹き飛ばす。

電磁砲艦型(ノクティルカ)に残った最後の高機動型(フォニクス)が、誰かの意趣返しのように甲板から突き落とされる。

怒号のように飛び交うその報告の中、〈ベナトナシュ〉の最後の主砲と、八〇〇ミリ砲の弾道が交錯する。

四〇センチ砲弾が電磁砲艦型(ノクティルカ)上方で外殻を弾(はじ)き飛ばして飛散、左舷に最後に残っていた二基の一五五ミリ速射砲を子弾の炸裂(さくれつ)で吹き飛ばす。一方で〈ベナトナシュ〉もまた、八〇〇ミリ砲弾の直撃をその身に喰(く)らう。

冗談のように艦尾を切りとられる。スクリューまで破損したか速力が落ち、すぐに停止。

——自走不能。

スクリーンの中にそれを見ながら、イシュマエルは口を開く。電磁砲艦型(ノクティルカ)の兵装はこれで、明後日(あさって)の方に固定された右舷側の速射砲五門と、厄介極まりない二門の主砲だけ。

だが〈ベナトナシュ〉は自走不能、〈バシリスコス〉は主砲の二門ともを破損。〈ステラマリス〉も主砲の残弾はもう、予備弾薬庫に残っている分だけだ。

それも尽きてしまったとしても、体当たりしてでも沈めてやるつもりではあるが。その前に。

「破竜砲の発射準備を。――ミリーゼ大佐」

傍ら(かたわら)、いまだ〈ジャガーノート〉の指揮を執る少女を振り返った。

「あんたの兵を連れて、退艦する準備を。救難艦に回収させるから、そいつに乗って戻ってくれ。拠点のエイティシックスたちも、この状況でも救難艦を横づけさせるくらいなら何とかなる。〈レギンレイヴ〉は、投棄することになっちまうがガキどもだけなら」

そのために、この作戦を決定した将官たちに無理を言って二隻つけてもらった救難艦だ。最悪の場合、〈ステラマリス〉さえ動けなくなった場合に、――少年兵だけは帰らせるために。

「機動打撃群の任務は――拠点制圧と電磁加速砲型(モルフォ)の排除は完了した。あんたらはここまででいい。船団国群の、征海艦隊(せいかいかんたい)の戦争にこれ以上、つきあってくれなくて大丈夫だ」

「いいえ」

けれどレーナは首を振る。横に。

それがイシュマエルの責任で、覚悟で、矜持(きょうじ)なら。

エイティシックスたちにはこれが矜持(きょうじ)で、その女王である自分の責任だ。

「あなたたちを見捨てて逃げるのは、彼らの誇りを傷つける。それはわたしも同じです。彼らがまだ戦っているなら、わたしは同じ戦場に立たねばならない。――逃げる準備などできません」

〈ベナトナシュ〉の傾(かし)いだ上部甲板上に、エレベーターで哨戒ヘリが持ち上がる。

上がり切る前にエンジンをかけ、ふらつきながらも浮かび上がる。……ふらつくのは本来パイロンではない場所にまで砲弾を括りつけ、積載重量を超過しながら飛びあがったせいだ。傍目にも自爆が目的と知れる重武装で、一個のミサイルと化して電磁砲艦型へと突き進む。

その光景を背景に、二人の王はひととき睨みあう。無情な海を、異形の怪物を相手に戦い続けた征海氏族の最後の長と、絶死の八六区を生き抜いたエイティシックスの戴く女王が。

「……どうにもヤバいってなったら、艦長権限で退艦させる。それでいいな」

特攻を仕掛けた哨戒ヘリが、電磁砲艦型のわずかに手前。旋回した右舷の速射砲の弾幕にあえなく撃墜されるのが見えた。

ほとんど原型も留めぬ金属塊と化してヘリは落ちる。満載した砲弾に、誘爆して炎上する。

瞬間、海が燃えあがる。

遠制艦そのものの動力は原子力だが、搭載する哨戒ヘリや輸送ヘリのそれはガスタービン・エンジンだ。補給のためにジェット燃料を積んでいる、その燃料が〈デネボラ〉から、そして〈ベナトナシュ〉からも漏出して海面に広がる。気化した燃料に引火して、ごう、と透明な朱い焔が海面全体を舐めて走る。

遠洋の青い戦場が、真紅の色彩へと染め上げられた。

その焔（ほのお）に照らし出されて、電磁砲艦型（ノクティルカ）の機動を封じ続けていた〈デネボラ〉がついに機関室に砲撃を喰（く）らう。

一五五ミリ速射砲の執拗（しつよう）な砲撃に艦体を半ば抉（えぐ）り飛ばされ、露出した内部についに速射砲弾が突き刺さる。操作する者など誰も生き残っていない、死体も同然の惨状で機関だけを動かしていた〈デネボラ〉が、力なくスクリューを停止させる。

それでも係留索は執念のように、船にしがみついてもろともに沈む水死者の亡霊の手の群のように外れない。振りほどこうと電磁砲艦型（ノクティルカ）は前進、その勢いのまま回頭する。係留索の大半を引き千切り、なおもつかまる軍艦の残骸をひきずって振り回す。

ごう、と咆哮（ほうこう）のように機関の唸（うな）りを上げた電磁砲艦型（ノクティルカ）の光学センサが、再び、敵の旗艦たる〈ステラマリス〉へと向けられる。

巨艦が傾（かし）ぐ。

転覆しそうなほどの急角度に艦体を傾け、巨体にあるまじき急回頭を実行する。傾（かし）いで足の下に海面が見える甲板を、擱座（かくざ）した高機動型（フォニクス）と〈ジャガーノート〉が等しく滑り落ちていく。

咄嗟にアンカーを叩きこんで、ライデンは〈ヴェアヴォルフ〉をその場にとどまらせる。くそ。動き出してしまった。こちらはまだ対空砲と高機動型を排除しただけ、速射砲は破壊しきれていないのに。

艦首が〈ステラマリス〉に正対し、通りすぎて右舷を向ける。無傷の主砲と、右舷の五基だけ生き残った艦砲。軍艦が敵艦に対し最大の火力を発揮する姿勢。

慌てたように〈ステラマリス〉が回頭するのが遠く見える。嘲笑うようにごぉん、と重く、二門の八〇〇ミリレールガンが旋回する。

「くそっ……！」

させてたまるか。

兄貴を討ち、それだけを叶えて、自身は救いなど得られぬままに死ぬはずだったシンに、誰かと共に生きる未来を示した。

共和国市民の大半が死に絶えた大攻勢の最中、ライデンを守った老婦人やシンを育てた神父は生き残らせて、再会させた。——救いや報いがこの世界にはまだあると。その程度には希望とでも言うべきものを残しているようなふりをしてみせた。

その上でもう一度、与えた希望や未来ごと無慈悲に奪い去るような底意地の悪さがこの世界の有り様だというなら。

それならなおさら思惑どおりに絶望など、立ち止まってなどしてやるものか。

〈ジャガーノート〉を直立させることさえできないこの傾斜、それもワイヤーアンカーで吊り下がった姿勢では砲撃したところで命中精度は期待できない。

「なら、揺れなきゃ。……固定されてりゃ、いいんだろう」

兵装選択、切替。

燃え盛る海の焔の波を艦首で切り裂いて、電磁砲艦型が回頭する。

全弾撃ちつくしたミサイルポッドを投棄し、重機関銃の残弾を確かめたところでの急回頭だ。甲板に残るわずかな僚機同様にワイヤーアンカーで自機を固定し、〈スノウウィッチ〉の脚先が甲板から離れるほどの傾斜にアンジュも堪える。

電磁砲艦型の主砲が——八〇〇ミリ砲が旋回するのは目に入ったが、攻撃可能な兵装がもうない。重機関銃ではいくら何でも、あの巨体には痛手にもなるまい。

……レーナ。それに、フレデリカも。

どうすれば、と歯噛みして。

前方、少し先。傾斜した甲板を滑り落ちて突き立つ鉄骨に引っかかって止まった、〈シリン〉が抜け出て無人の〈アルカノスト〉に気がついた。

〈レギオン〉に機密を奪われぬために、自爆用の高性能爆薬を内蔵した。

近くで吊り下がる〈サギタリウス〉の中、ダスティンが言う。即席の二機分隊を組み、互いにフォローしあいながら高機動型を掃討し、……共に弾切れとなった彼。〈スノウウィッチ〉からは〈アルカノスト〉までは少し距離がある。より近くにいる〈サギタリウス〉だが、この芸当は〈レギンレイヴ〉を駆って日の浅いダスティンには不可能だ。

『……アンジュ』

「ええ」

それ以外に、手はない。

「でも、……忘れないで」

前衛だからって、——いつも先陣を切っていたからって生き方でまで、立ち塞がるものを切りぬける姿を、見せてくれたひとが示した希望を。未来を。望むべき幸福というべきものを。

自分も、ダスティンも。

たとえその人がこの戦闘でこのまま、失われてしまったとしても。

『もちろん。ちゃんと覚えてる』

その時どうやら、知覚同調の向こうでダスティンは笑った。

『俺は、あんたをおいて先には死なない』

選択兵装切替。脚部対装甲パイルドライバ。四基同時起爆。――撃発。

四基の五七ミリ電磁パイルが、装甲板の甲板に撃ちこまれて〈ヴェアヴォルフ〉を固定する。反動でアンカーが外れて高々とワイヤーの弧を描く。

構わずライデンは兵装選択を主砲に戻す。角度は限定されるが旋回砲塔を持つ〈レギンレイヴ〉の、背部ガンマウントの四〇ミリ機関砲。一度離したトリガをすぐさま引く。

「これなら――どうだッ！」

視線を追い、微動して照準を調整した機関砲が獣の唸りにも似た砲号をあげる。機関砲弾の驟雨が宙を駆ける。


〈サギタリウス〉が脚部パイルドライバを全基撃ちこむ。その機体が固定される。

『今だアンジュ、いけっ！』

同時に傾斜する甲板を無理に蹴って飛び出した〈スノウウィッチ〉が、その〈サギタリウス〉を足場と踏みつけて更に跳躍。斜めに突き立つ鉄骨に着地し、重さに耐えかねて抜け落ちるよりも先に、渾身の力で〈アルカノスト〉を蹴り飛ばした。

「お願い――届いて！」

祈るように見上げて、両の重機関銃を掃射。

〈ヴェアヴォルフ〉の機関砲弾は、艦尾側の八〇〇ミリ砲の砲口近くに——その内側で電磁場を形成する流体金属にまとめて着弾。砲身の破壊にこそ至らぬものの、強烈なそのインパクトで流体金属を硝子のように吹き散らす。

艦首側の八〇〇ミリ砲の砲塔に、〈アルカノスト〉が落ちかかる。〈スノウウィッチ〉の叩きこんだ機関銃弾が内蔵する高性能爆薬を誘爆させて、秒速八〇〇〇メートルにも及ぶ爆轟がやはり流体金属を砕け散らせる。

直後に射撃された八〇〇ミリ砲弾の弾道を——吹き散らされて乱れた電磁場が、ごくわずかにだが狂わせる。

海上の砲戦としては至近の距離とはいえ、十キロの彼方だ。わずかな弾道の狂いも、弾着のずれに直結する。二発の魔弾は、いずれも〈ステラマリス〉を大外しして海面へとつっこむ。

飛行甲板が一瞬、さらわれるほどの大波が左右から征海艦を襲うが、満載排水量十万トンの人類最大の軍艦が転覆するほどではない。飛行甲板上の〈ジャガーノート〉も、被った波には引き落とされずに耐えきった。

母艦の無事と、けれど引き換えに。

猛烈な射撃の反動に、僚機の足場となってかかった想定以上の荷重に耐えかねてパイルが外れる。一〇トン強のフェルドレスに飛び移られた鉄骨が、異音と共に抜け落ちる。

傾いだままの甲板を、〈ヴェアヴォルフ〉が、〈スノウウィッチ〉と〈サギタリウス〉が転げ落ちる。ワイヤーアンカーの再射出はいずれも、間にあわない。

水柱が三つ、電磁砲艦型の側方に高々と上がった。


それでも妨害できたのは、一撃で致命となる二門の八〇〇ミリ砲の射撃だけだ。五門の速射砲の砲弾は遮られることなく〈ステラマリス〉へと疾走する。わずかに角度をつけて扇状に、左右のどちらに向かおうとも逃れ得ぬ狡猾。

〈ステラマリス〉は、どちらにも向かわなかった。

ただわずかに回頭し、艦首を電磁砲艦型に正対させる。着弾までの数秒に、被弾面積の最も少ない姿勢を取った。

嵐は去ったとはいえ、未だ風は強い。ただでさえ荒い波の中、一瞬速く着弾した八〇〇ミリ砲弾の大波が皮肉にも〈ステラマリス〉を速射砲の弾道からわずかに逸らす。

横風に押され、波に狙いを外されて、艦首付近に命中するはずだった速射砲弾さえ至近弾に終わる。舷側を掠めるようにして、海面に着弾。

幸運はそれ以上、続かなかった。

「ッ、二番のスクリューに着弾⁉　――脱落した模様です！」

悲鳴のような報告に、イシュマエルは舌打ちを堪える。

「水中弾――か。最後の最後に、運のねぇ」

一定の角度で海中に進入した砲弾が、水の抵抗で水面下を直進する現象だ。〈ステラマリス〉を掠めた一発が、その直進の進路上に偶然スクリューを捕らえたらしい。

巨体を動かす、四基のスクリュー。その一基を喪失した〈ステラマリス〉は――電磁砲艦型の前で、ただでさえ速くはないその船足を致命的に減じた。


「ライデン⁉　――アンジュ！」

二人と、更にはダスティンとも途絶した知覚同調に、セオは愕然と声を漏らす。

落ちた〈ジャガーノート〉など意にも介さず、電磁砲艦型は悠然と回頭を終えようとする。

急角度に傾いでいた艦の姿勢が、次第に水平へと近づいていく。

「っ――！」

攻撃の機だ。だってレールガンの防御ももうずいぶん手薄だ。〈ステラマリス〉も、速射砲弾を避けきれなかったのか今足が止まった。よりにもよって電磁砲艦型の砲の真正面で！

目の前で落ちた仲間たちの犠牲にまるで突き動かされるように、セオは〈ラフィングフォックス〉を飛び出させようとする。

見越したようにその前に、二機のフェルドレスが立ち塞がる。氷細工の蜘蛛のような〈アルカノスト〉と、同じ磨いた骨の純白の〈レギンレイヴ〉。レルヒェの〈チャイカ〉。それにユートの〈ウルスラグナ〉。

共に乗り移って、ついに。もう甲板上には自分の他にはこの二人しかいない二機。

『敵砲は二基です、狐殿。お一人では倒せない』

『敵は狡猾だ。……ここにきてまだ手を残してもいる』

人ならざる少女の冷徹が、無機質なまでに感情の薄い仲間の声音が、沸騰していた頭に水をさす。再び陥りかけた己の視野狭窄に気づかされて、意識して息を吐きだした。

「ごめん。……ありがとう」

ちらりと〈ウルスラグナ〉がこちらを見た。

『主攻は任せる、リッカ。……とどめはお前が、さしたいだろう』

電磁砲艦型の回頭が終わる。復原。甲板が水平に戻り、直後に逆方向へと傾ぎ始める。——

逆方向に、舵をきった。不自然に速度を減じた〈ステラマリス〉に、今度は艦首を向けようとする。確実を期し、接近して仕留めるつもりか。

甲板の傾斜が最大となる間は、〈レギンレイヴ〉でも動けない。レールガンに接近できるのは今しかなく、その機を逃すつもりは、ユートにもない。

乗機である〈ウルスラグナ〉の光学センサと同じ、無機質に醒めた朱色の双眸を二門のレールガンに据えたまま口を開いた。

「〈ウルスラグナ〉より、要塞の各機。敵主砲の破壊にかかる。艦首側を〈フリーダ〉、艦尾側を〈ギゼラ〉と呼称。まずは〈フリーダ〉を潰す。……右舷速射砲の排除を頼む」

速射砲の排除を優先するには時間が足りない。増援を待つ猶予もない。

甲板が傾ぐ。疾走が不可能な角度に刻々と近づく。

「……レルヒェ」

『いつでも』

鳥の囀るような応えに頷きを返し、ほとんど同時に。

「――行くぞ」

吶喊。

〈チャイカ〉がわずかに先行する。電磁砲艦型の甲板は艦体中央に向けて急な勾配を描き、艦首に近いここからは反り立つようにさえ見えるその甲板。頂上の二門のレールガンの、その艦首側の砲塔へと焼けた装甲を蹴って疾走する。

左右に目まぐるしく小刻みな跳躍を繰り返す、獣さながらの乱数機動で敵砲の照準を己から散らす。――およそ人間には不可能な、急加減速と急旋回。

速射砲はまだ、全て死んではいない。至近の速射砲数基が旋回、疾走する〈チャイカ〉に照準を向ける。弾幕が張られようとしたその瞬間、要塞からの僚機の砲撃。防盾のない砲塔後部に八八ミリ高速徹甲弾（APFSDS）の砲火を集中、貫徹させて吹き飛ばす。

至近距離の爆炎と、飛び散る砲塔の破片が吹きすさぶ中を、一切の怯懦（きょうだ）もなしに〈チャイカ〉は駆け抜ける。

電磁砲艦型（ノクティルカ）には八〇〇ミリレールガンこそが主兵装だ。たかだかフェルドレス数機に撃破されるわけにはいかない。重々しい風切り音を引き連れて艦首側の〈フリーダ〉、艦尾の〈ギゼラ〉、二門のレールガンが共に旋回。三〇メートルにも及ぶ長大な砲身と、口径八〇〇ミリの大口径砲の砲口を、その巨体に比してあまりにも小さな二機のフェルドレスへと振り向ける。

照準。今――……。

『――ユート！　〈ギゼラ〉は任せろ！』

転瞬、レールガンの二門ともが艦首を向いた――艦尾側の〈ギゼラ〉までもが〈チャイカ〉を狙った隙をついて、無防備な艦尾に新たな戦隊が飛び移った。

電磁砲艦型（ノクティルカ）と摩天貝楼（まてんかいろう）拠点との距離はもう、〈レギンレイヴ〉ではどうあがいても飛び移れるものではないが、身を挺して電磁砲艦型の前進を引き止めた遠制艦〈デネボラ〉の残骸。電磁砲艦型が振り回して今は海上を無力にひきずられるその鋼鉄の死骸を、巨艦と摩天貝楼拠点との間に入ったところで飛び石として踏み渡る。

跳躍で足りない分は、ワイヤーアンカーで距離を稼いで甲板へと到達。先頭はシデンの〈キュクロプス〉。続いてここまでの戦闘で五機が脱落し、〈メリュジーヌ〉を要塞上に残して十七機のブリジンガメン戦隊全機。

敵船に斬りこむ海賊さながら飛び移った彼女たちは、すぐさま眼前の砲塔へと取りつく。五十基全てが破壊された対空機関砲と、左舷側は全滅した二三基の速射砲。それらが甲板中央に階段状に重なる、砲だけで組まれた城塞のような上部構造。再びアンカーを撃ちこんで支えとし、わずかな足場に〈レギンレイヴ〉の脚先をねじこむようにしてよじ上る。

砲身の長さよりも内側に侵入した彼女たちに、狙われる〈ギゼラ〉は砲撃できない。艦首側の〈フリーダ〉もまた、〈ギゼラ〉が邪魔となって照準できない。

だから〈ギゼラ〉の三〇メートルの砲身そのものが、ぶんと風を切って振り回される。

横殴りに振り回された砲身の、それ自体数百トンは下らぬだろう大質量が不注意な一機を弾き飛ばす。ひしゃげながら海上へと転げ落ちる仲間の名を叫ぶ余裕すらなく別の〈ジャガーノート〉がなおも上る。

暴れ馬のように激しく砲身を振り回し、たかる羽虫を払おうとする〈ギゼラ〉の挙動にさらに何機かが撥(は)ね飛ばされつつも、ついに。

艦首側のレールガン〈フリーダ〉の眼前に〈チャイカ〉が迫る。

艦尾側のレールガン〈ギゼラ〉の砲塔上に、〈キュクロプス〉がよじ登る。

二門のレールガンの砲塔上に広がる、放熱索の銀の翅(はね)が自らほどけて断頭台の刃のように雪崩(なだ)れ落ちる。近接格闘戦用導電ワイヤー。頂上階(レベル・エルゼ)でのシンとの戦闘でも、電磁加速砲型(モルフォ)が最後の切り札として用いたレールガンの自衛兵装。やはり接近を許す事態に備え、まだ奥の手を残していたか。

〈チャイカ〉や〈キュクロプス〉と、導電ワイヤーの距離が近すぎる。頂上階(レベル・エルゼ)での電磁加速砲型(モルフォ)との戦闘でレーナが無力化に用いた、焼夷弾(しょういだん)での砲撃はこれではできないが――……。

『――見飽きたそんな手で、不意をついたつもりか。屑鉄(くずてつ)』

〈チャイカ〉が足を止め、砲撃。

擦れた甲板が焦げつくような急制動で脚を止め、落ちかかる導電ワイヤーに砲口を向けて連射。信管の最低起爆距離(ミニマムレンジ)設定を削除し、時限信管で空中で起爆。弾倉の残弾を一息に撃ち尽くして構築した爆風の楯(たて)が、落ちくる導電ワイヤーを跳ね返して引き千切る。

〈チャイカ〉もまた、自ら生み出した炸裂の嵐にまきこまれる形で頽れる。

自機を破壊半径に含まないための設定が、砲弾の最低起爆距離だ。それを解除し、あまつさえ眼前に弾幕を張って、無事でいられる保証などない。

全身に至近弾の破片を喰らい、ずたずたに引き裂かれてついに〈チャイカ〉が擱座する。

頽れるその機体の影からまるで浮かびあがったかのように——ユートの〈ウルスラグナ〉が、砲弾片と導電ワイヤーの刃の嵐をすり抜けた。

砲塔まで残り、二〇メートル。三〇メートルの砲身を持つレールガンには死角となる至近。

だが。

……やはり、一歩足りない、か。

〈チャイカ〉に向けられようとしていた砲身が、その速度を減じることなく旋回してふり抜かれようとしているのを——〈ウルスラグナ〉を叩き潰そうと迫りくるのを、視界の端にユートは捉える。砲塔背部、制御中枢のあるだろう位置には、まだ、わずかに遠い。

一対の槍のような砲身が、横薙ぎに迫る。

極度の集中で酷くゆっくりと見える、けれど直撃されたら〈ジャガーノート〉はまず保たない超重量の凶器。

それを恐ろしいと思う気持ちは、もう何年も前に削れてなくなってしまった。

仲間が死ぬのは、機動打撃群に来るまでは当たり前で、誰一人戦友なんて生き残らなくて、だから慣れてしまった。

砲身が迫る。叩き潰されるまではあとわずか。

不意に思い出す。セオにした、塔の話。

上るごとに感情も欲も懊悩も切り捨てる、まるで死に向かって進むかのような浄罪の塔。

八六区ではどこかいつも、その塔を上っているように感じていた。

けれど今は、もう上ってはいない。ここは絶死の八六区ではなくて、だから死を目指すように生きなくてもいい。

それなら誇り以外の懊悩も感情も欲も願いも、ここでは切り捨てなくていいのかもしれない。

横薙ぎに振り回される、〈フリーダ〉の砲身。

己に迫る——けれど破壊も防御も不可能なその凶器を、だからまるで無視して別の目標。

〈フリーダ〉を破壊するためには黙らせるべき導電ワイヤーの——蝶の翅が生え出る根元のようなその基部に、八八ミリ戦車砲の砲撃を叩きこんだ。

「——シデン。導電ワイヤーはこちらに任せて」

僚機が下層へと退避していく中、あえて残った摩天貝楼拠点、第三層第三フロア。その一角の、中途で折れて花弁のように斜めに外側へと垂れ下がる鉄骨の上。

その先端近くまで進出し、電磁砲艦型（ノクティルカ）への距離を少しでも詰めた〈メリュジーヌ〉で、シャナは取り立てて得意でもない長距離狙撃の照準を慎重に合わせる。乗り移るには高すぎて使えない、風が強くてさして狙撃にも向かない不安定な足場の上。

得意ではないからこんな、一歩間違えば足場が折れるか足を滑らせて転落するような危険な場所まで進出しないといけない。得意ではないし、危険だけれど、こうでもしなければ負けてしまうのだから仕方ない。

だって、負けて死にたくない。

この世界に、人間なんていらない。人は、世界は、悪意に満ちて残忍だ。……そんなことはわかっている。今しがたクレナやレーナが思い知らされたように、目の前で奪われてしまわなくてももう今更わかっている。

世界なんて、残酷だ。

死んだ方がいっそ楽だと、薄笑みさえ滲（にじ）ませて刃を突きつけてくる。

そう、だからこそ死んでなんて、――好きになれないこんな世界の、言うとおりにしてなんてやるものか。

〈ギゼラ〉の背部に、斜め上から砲撃。

狙うのはワイヤーの束の生え出る、その根元のわずかな装甲の隙間。摩天貝楼（まてんかいろう）からはもはや点にも見えないその一点に正確に、高速徹甲弾（APFSDS）を叩（たた）きこんで吹き飛ばす。

死にかけた蛇か獣の零れた臓腑のように、のたうちながら鋼索は墜ちる。その合間を駆け抜けて〈キュクロプス〉は砲塔背部、レールガンの制御系が置かれているだろう場所に、散弾砲を突きつけた。

『——くたばれデカブツ』

砲号。

撃ち放たれた八八ミリ砲弾が〈ギゼラ〉を背部から貫徹。悲鳴の代わりに流体をばらまき、固定されていながら一瞬のけ反ったようになった艦尾の八〇〇ミリレールガンが、ついに火を噴いて頽れた。

一方艦首側、もう一門のレールガンである〈フリーダ〉は、導電ワイヤーを根元から喪失する。叩きこまれた成形炸薬弾（HEAT）に導電ワイヤーが炎上し、制御を失って力なく甲板に横たわる。

ただし導電ワイヤーを排除しても、〈フリーダ〉そのものは死んではいない。

近接した敵機を排除するため、振り回されたレールガンの砲身は速度を減じさせることなく横殴りに薙ぎ払われる。

『自衛兵装排除。……あとは、』

咄嗟にユートは〈ウルスラグナ〉を横に跳躍させた、らしい。その回避もむなしく瞬く間に追いついた〈フリーダ〉の砲身が、一〇トン強の〈ジャガーノート〉を小石のように弾き飛ばした。

苦鳴の一つも上げられぬままに、〈ウルスラグナ〉が眼下の海へと転落する。

知覚同調が切れる。

その壮絶を、引き換えに。

「——うん、任せてユート。レルヒエも」

未だ残る爆焔を空中から突き破り、〈ラフィングフォックス〉が〈フリーダ〉の頭上に出現した。

地を這うように疾走した〈チャイカ〉と〈ウルスラグナ〉を囮に、〈チャイカ〉の爆焔に身を隠してワイヤーアンカーと跳躍で〈フリーダ〉の頭上の空中へと。

附角を最大、甲板へと砲身と光学センサの焦点を向けていた〈フリーダ〉は、その立体的な連携に不意をつかれる。自衛のための兵装は使い尽くした。

ただ、〈フリーダ〉そのものは——レールガンそのものは、まだ砲撃を実行していない。槍のような砲身が旋回し、〈ラフィングフォックス〉を捉え直す。ばり、とその全体に電流の蛇が駆け巡り、次の瞬間破砕音にも似た雷鳴が轟き渡る。

〈ラフィングフォックス〉の光学センサに仰角を取り、こちらを睨み据える口径八〇〇ミリの砲口が映る。——巨砲とはいえさすがは〈レギオン〉。反応が速い。こちらも砲の制御系を破壊するため、砲塔背部まではたどりつきたかったのだけれど。

仕方ない。

人一人も呑みこめそうな眼前の、巨大な空隙。その奥に装塡されているのだろう、射撃直前の八〇〇ミリ砲弾に照準を合わせ。

撃発。

〈レギンレイヴ〉の八八ミリ滑腔砲が、鋼板を叩きつけるような砲声を上げる。

砲身とはいえ、空いているのは口径八〇〇ミリの大穴だ。穂先を揃えた槍のようなレールの間隙、その丁度中間を砲弾が抜ける。ただし射撃寸前の照準変更だ。わずかだが角度が悪い。

八〇〇ミリ砲弾がたどるべき軌道を、八八ミリ成形炸薬弾は途中までは逆走。砲身の半ばを過ぎたあたりで電磁場を形成する流体に接触し、切り裂きながらレールに添って突き進んで。

信管が作動し、そこで炸裂。

電磁場を形成していた流体の一部が盛大に散った。

重量数百トンを下らぬ砲身だ。八八ミリ砲弾が内部で炸裂したとて破壊されはしない。だが内側に満ちる流体を派手に吹き飛ばされ、回路がショートして電流が暴走。今しも撃ち出されようとしていた八〇〇ミリ砲弾の――〈フリーダ〉にとっては不運にも、眼前の羽虫を吹き飛ばすために装塡していた散弾の、その外殻の信管がレールの狭間で誤作動し。

先の炸裂に層倍する、耳を聾する轟音で爆発。

弾体の加速前——運動エネルギーの付与前だ。要塞さえ吹き飛ばす本来の威力には遠く及ばない。だが数トン分の散弾を広範囲に撒き散らすための炸薬の膨大なエネルギーが、そのまま〈フリーダ〉自身に襲いかかった。

頑丈極まりない造りのレールも、さすがにこの衝撃には耐えきれない。落雷で真っ二つに裂かれた大木のように、一対のレールがそれぞれ逆方向に折れ曲がって砲身が開く。弾体を加速するためのレールが、その役目を果たせぬ形状に不可逆的に変化する。

半ば以上も偶然が影響した、結果的には——という無様さだが。

「——〈フリーダ〉、撃破」

あとは、と思ったところで衝撃が来た。

「——セオ!?」

至近距離の爆発に、〈ラフィングフォックス〉は艦首方向へと派手に弾き飛ばされる。擱座した〈ギゼラ〉の砲塔上でシデンは思わず声を上げる。

てんてんと二度ほど転がり、——〈ラフィングフォックス〉はよろめきながらも立ちあがる。繋がったままの知覚同調の向こうで、くらつく頭を押さえる様子でセオが言う。

『いたた……あ、一応無事』

「ったく……。いつにもまして危なっかしいんだからよ……」

これで八〇〇ミリレールガンは、どっちも撃破。

あとは残る速射砲を潰して〈ステラマリス〉に、と思ったところで、その〈ステラマリス〉が傷ついた巨軀をひきずるようにして電磁砲艦型の左側面に回りこもうとしているのに気づく。元より電磁砲艦型自身が距離を詰めていたから、接近と砲撃にそう時間はかかるまい。速射砲を潰すのも、急いだ方がよさそうだ。

不意にセオが引きつったような声を漏らした。

『あっ――……！　……シデン！　ブリジンガメン戦隊も全員離れろ！　そいつは――……』

焦燥に駆られた早口で警告が飛ぶ。その声がシデンも半ば忘れていた、一年前の同じレールガンとの戦闘の光景を思い出させる。

グラン・ミュールの頂上から見た、その時にはまだ彼だとは思いもしなかった〈アンダーテイカー〉と電磁加速砲型の、朝焼けの中の悪夢のような一騎打ち。その結末。

機密を守るために、あるいは敵機を巻き添えとするために。自らの体内にそれを抱える戦闘機械の狂気の発露。

『電磁加速砲型は自爆装置を内蔵してる！』

警告は、思い出すのはほんの少しだけ遅かった。

〈レギオン〉の戦闘不能を判断するシンはここにいなくて、警告は間にあわなかった。

無音の閃光。ついで爆轟。

駆け抜けた衝撃波と閃光と共に、〈ギゼラ〉が――それ自体千トンはあろうかというレールガンが、千トン分の鋼鉄の破片に、千々と砕けて吹き飛んだ。


自爆した〈ギゼラ〉のその真上か至近にいた、ブリジンガメン戦隊全機が吹き飛ばされるのをレーナは見る。衝撃波に弾き飛ばされ、破片を喰らい、無力に電磁砲艦型から転げ落ちる。

「っ……！」

あげそうになった悲鳴を、どうにか呑みこんだ。

だめだ。さっきシデンに何と言われた。それなのにまた動揺するのは彼女への裏切りだ。

駆け回る救難艇に指示を出す、エステルの声が聞こえる。五番、七番、向かっていますね。十二番、収容完了後待機位置へ。十五番、もう限界でしょう給油を。――救難艇は征海艦隊に属する全機が、一人でも多くを救おうと焔の海と砲撃の雨の中を休むことなく駆け回ってくれている。その誰かが、拾ってくれると信じるべきだ。

海難救助は一刻を争う。その効率を少しでも上げるためフレデリカは異能を使い続けているようで、泣きじゃくる彼女に救難艇の誰かが声をかけるのが無線越しに聞こえる。

『――嬢ちゃん、もう本当にいいから見るのやめろ。損傷具合は俺らが見てるし、トリアージの訓練もされてる。あんたが無理しなくてもいいんだ！』

泣きじゃくりながらフレデリカは、それでも気丈に首を振ったようだ。

『まだじゃ。……わらわにはできることがある。落ちて、救うべき者どもはまだまだおる。できることをせずに後悔しとうない。じゃから――まだじゃ』

「……ええ、」

口の中だけで呟いて、レーナは顔を上げる。そう、まだ手を止めるわけにはいかない。まだ

――電磁砲艦型そのものは死んでいない。

ふと、何かが警鐘を鳴らした。

……死んでいない？

それならレールガンは、死んだのか？

何を以て――死んだと確認できた？

〈レギオン〉の嘆きを聞くシンは、ここにはいない。機械仕掛けの亡霊がこの世に留まる限り繰り返される断末魔の、その絶える瞬間を誰も確認できてはいないというのに――……。

惹かれるように、見上げた先。電磁砲艦型上空に渦巻くぎんいろが目に映った。

陽光を跳ね散らかして音もなく羽撃く、それは銀の翅持つ蝶の大群だ。〈レギオン〉制御系の変じた機械仕掛けの蝶。

流体マイクロマシン。おそらくは撃破した〈ギゼラ〉の制御と火器管制のための。

摩天貝楼拠点最上層の電磁加速砲型（モルフォ）が撃破された直後、滴（したた）り落ちていった銀の雫（しずく）。

……あの時気づくべきだった。

電磁砲艦型（ノクティルカ）は高機動型（フォニクス）と同じ、不死の機能を持つ指揮官機だ。機体を破壊した程度では、撃破したとは判定できない。

それはこれから対峙（たいじ）していく〈羊飼い〉、――もしかしたら雑兵（ぞうひょう）さえも、あるいは。

蝶（ちょう）の群が雪崩（なだ）れ落ちる。墜落のように翅（はね）を畳んで、不吉な月光のように降り注ぐ。

向かう先はセオの撃破した艦首側のレールガン、〈フリーダ〉。舞い降り、群がり、細い隙間に雫（しずく）が吸いこまれるように装甲のわずかな継ぎ目から入りこむ。砲身内部で爆発が起き、レール状の砲身がその爆発で曲がって開いた、もう撃てないはずのレールガンに。

焦げつくような焦燥が吹きあがった。

「プロセッサー各位、〈フリーダ〉の射線から退避！　……セオ、逃げてください！」

言いながら気がついていた。

だめだ、間にあわない。気がつくのが致命的に遅れた。あの銀の蝶（ちょう）の群が、その形をとっている間に叩（たた）かねばならなかった。

レールガンの砲撃の度、砕けて飛び散っていた銀色の飛沫（ひまつ）。

あれは、あれも流体マイクロマシンだ。砲身の摩耗とはすなわち、電磁場を構成する流体マイクロマシンの損耗のことだ。

自爆に追いこんだ〈ギゼラ〉はともかく、〈フリーダ〉の破壊した部位は砲身だけだ。弾体を加速するレールとしての機能を果たせなくして、それで撃破したと思ってしまった。

けれど電磁場を構成するのが、流体マイクロマシンだったなら。

たとえば近くに僚機の残骸があって、大量の流体マイクロマシンが手に入るなら。

「砲撃が来ます！　流体マイクロマシンが砲身になる——〈フリーダ〉が復活する！」


ざ、と舞い降りた無数の銀色の粒子が艦首側、曲がった砲身を甲板に垂らした〈フリーダ〉に吸いこまれる。乾いた砂が貪欲に水を吸いこむように、雪崩れこむ全てを瞬きのうちに。

光学センサに蒼く、光が灯る。

無力に傾いていた〈フリーダ〉の三〇メートルの砲身が、海風を切って水平位置へと持ちあがる。雄牛の角のように、東方の兜の飾りのように歪んで隙間の開いた槍状のレール。

その内側に、銀色が滲む。

電磁場を構成する流体マイクロマシン。本来の空間よりも遥かに大きく開いた隙間を、けれど銀色の流体が大量に湧き出し、霜が成長するように伸び上がって埋めていく。

撃破された〈ギゼラ〉の火器管制系。それを構成していた流体マイクロマシンを取りこみ、文字通りの穴埋めとして。

大気を引き裂く叫喚で紫電が散る。

電磁場が励起。〈フリーダ〉の鋼鉄の総身の至るところから、小規模の雷が周囲の甲板や砲の残骸に着弾する。砲身が持ち上がる。水平。さらに仰角をとってわずかに斜めに。

照準は——摩天貝楼拠点。その上の〈ジャガーノート〉たち。

八〇〇ミリレールガンが咆哮した。


至近距離で落ちる雷鳴の如き、八〇〇ミリ砲の激甚の砲号が轟き渡る。それ以上に破壊的な、超絶の弾速が生み出す衝撃波が甲板上を吹き荒れる。

射撃直前には艦首近くまで吹き飛ばされていて、そのまま艦首にワイヤーアンカーを引っかけて飛び降りることで〈ラフィングフォックス〉はその猛烈な衝撃波を逃れる。

けれど凌ぎきってワイヤーを巻き上げ、這い登って戻った電磁砲艦型の甲板上。

そこから見える、惨状。


「…………、あ——」


聞いたことのない、破砕音が鳴る。この至近距離で八〇〇ミリ砲弾の直撃を浴びた摩天貝楼拠点が、己の重量に耐えかねて軋みの悲鳴をあげている。——第三層の、全体が被弾。

超高速・大質量の弾体は、纏う莫大な破壊力を余すことなく鋼鉄の塔にぶちまけた。高層建築の膨大な重量を支えるための頑強な柱がへし折れ、引き千切られて金属の軋むすさまじい金切り声をあげている。

まだ塔に、いるはずの。

「クレナ。みんな——は、」

飛び散る破片か衝撃波にやられたらしい〈ジャガーノート〉が、引き千切れた鉄骨の狭間に累々と擱座しているのが光学スクリーンに映る。

幸い退避が始まっていたから数はそう、多くはない。……否、それにしても少なすぎる。残りは吹き飛ばされて転落したか——運悪く射線上にいて完全に消し飛んでしまったか。

近くにいた僚機が駆けより、コクピットをこじ開けている。幸い息があったらしい仲間を引っ張り出して、自機のコクピットまで運んでそれから大急ぎで要塞を降りていく。

摩天貝楼拠点が軋む。

自身の膨大な重量に耐えかねて——ついに限界に達して六本の柱の一つがぼきりと折れた。

鋼鉄を編み上げた柱が、剝がれ落ちるように倒れる。それ自体ビルディングほどの巨大さの柱が、繋がる梁をひきずって。あまりの巨大さにいっそ緩やかに見える動きで、けれど重力に引かれて次第に速度を増して猛然と。引きずり出される神経や血管のように鉄骨が要塞から引き抜かれ、あるいは中途で引き千切れて、鋼鉄の槍と化して墜落する。その狭間を、生き残った〈ジャガーノート〉が、必死の速度で駆け降りていく。

一方で射撃を終えた〈フリーダ〉から、銀の流体マイクロマシンは鮮血のように飛散する。

砲身代わりに流体マイクロマシンを用いるのは、いかな〈レギオン〉とて無理があるのだろう。砲身を構成していた流体はその大半が、砕けた水晶の破片のように派手に飛び散る。

光を弾いて船外にまで飛散し、小さな雫はそのまま海へ、ある程度以上の塊のものは落下しきる前に蝶に変じて、薄紙のような翅で風をつかんで戻ってくる。射撃の反動で更に捻じ曲がって開いた砲身の隙間を、その帰蝶らが再び埋める。……さすがにそれだけでは再び埋めるには足りないのだろう、〈フリーダ〉本体からも更に流体マイクロマシンの雫が滲みだし、霜が伸びるように銀色を成長させていく。

〈フリーダ〉自身の制御用の流体マイクロマシンまで砲身に使っての、再砲撃の準備。おそらく〈フリーダ〉にとっても――電磁砲艦型にとっても最期の一射。それでも。

――まだ撃てる、なんて……！

落雷の咆哮が再び。レールガンの発射準備完了を、漏れ出た稲妻が衝撃音を以て知らせる。

その砲塔が、部品の何かが干渉して軋る叫喚を上げて旋回。

狙いは。

「……〈ステラマリス〉」

動ける〈ジャガーノート〉は、自分の〈ラフィングフォックス〉の他にはもういない。

ライデンもアンジュもダスティンも、ユートもシデンも落ちてしまった。

要塞にいるクレナたちは摩天貝楼拠点が倒れる前に安全な土台まで逃げなくてはいけなくて、スクリューを損傷した上に誘い出されて接近してしまった〈ステラマリス〉はこの一瞬では射線上から逃げられない。

だから。

その事実に不思議と、精神が凪いでいくのをセオは感じる。世界に自分と目の前のレールガンしかいないように、細く鋭く研ぎ澄まされていく。

自分以外もう誰も、この事態を打開できない。

〈ステラマリス〉を撃沈されるのは駄目だ。あの艦を失わせるわけにはいかない。

レーナを死なせられない。フレデリカやヴィーカやマルセルや、管制員に整備クルーも。イシュマエルたち征海艦乗りだって、生きて帰るまでが役目だ。同胞を犠牲にしながら征路を開き、自分たちだけ帰還する汚名を背負ってまで、貫かんとした最後の誇りがその役目だ。

何より〈ステラマリス〉は、帰るための船だ。ここにいる皆を帰らせないと。

そして自分も。

「……帰らないと、」

どこにもそんな場所がなくても、どこかに見つけて。作って。

崩壊する鉄塔は、電磁砲艦型の側面を掠めて海面に突き刺さる軌道で倒れる。だから倒れる途中の今、その質量の大半は彼と電磁砲艦型の頭上にある。

酷使してなお未だに無事な、機動戦闘のために頑強に造られたワイヤーアンカー。左のそれを頭上に向けて撃ちだした。倒れゆく鉄塔の、ほとんど海面と水平になったその側面の、鉄骨の一つに絡みつかせる。同時に跳躍。

ワイヤーを巻き上げて脚力だけよりも高速で――レールガンの頭上へと〈ラフィングフォックス〉は跳んだ。


そう、世界は残酷だ。悪意に満ちて、不条理だ。

生きる理由がある人間が死んで、生きる理由なんてない人間が生き残って。逆だろうと思ってもそうなってしまうことはあって、だから、生き残った側は生きなきゃいけない。

死んだそいつに、死んでもうどこにもいないけれどまだ自分は覚えているそいつに、顔向けできないような生き方はできないから。

だから幸福に、ならないといけない。

一人でも、未来なんて考えるのはまだ恐ろしくても、必ず。


戦隊長。

――許さないでくれ。

自分の死を呪いにしたくないから、そう言ったのだろう。死の瞬間まで、人を気遣った。最後まで高潔に生ききった。

でも僕にはその呪いが、まだ必要だから。

あなたという呪いがないとまだ、生きてなんていけないから。

あなたの死に、死んだあなたに、僕は僕の生き方で報いないといけない。誰からも報いられず死んだあなたに、だからこそ、あなたを知る唯一の生き残りの僕が、僕の生き方で報いないとあなたを本当に無駄死にとさせてしまう。

そのために。

戦隊長。

あなたはきっと、愚かなことをしたのだけれど。

世界中の誰もから馬鹿だったと言われるのかもしれないけど、でも、間違いなく正しかった。

あなたは正しく生きたんだと、あなたを愚かだという世界に示し続けるためには……僕は、

僕が、生きて幸せにならないといけないから。

何もなくても、何もかも失っても、それでも生きなければと思うために。

幸福にならねばならないという呪いに――あなたを変える。

狙いはレールガン背部、装甲の下の制御系。シデンが射貫いて示した、一撃でレールガンを沈黙させられる数少ない弱点。

その一点を狙い、放物線を描いて〈ラフィングフォックス〉は跳ぶ。

——ここだ。

狙うべき一点が眼下に来る。機体を反転させ、砲を下方に向ける。短く鋭く、止めていた息を無意識に吐いた。照準が合うまで、あと少し。

けれど空を飛ぶ機能はない〈ジャガーノート〉は、空中では放物線でしか動けない。単純なその軌道は至極、狙いやすい。——視界の端、生き残った最後の速射砲が振り向けられるのが目に映る。

避けている暇はない。

照準が合う。

トリガにかけた、指を。

軍艦の砲の照準手順を、彼は知らない。だから聞き取ったままをそのまま伝える。

「艦首から一二〇メートル、喫水線のすぐ上——……」

それが陸上だったなら、まず助からない高さからの墜落だ。〈レギンレイヴ〉の高性能の緩衝系はそれでも搭乗者を守ったが、安静を軍医に厳命される程度には重傷だ。

それでも必要だと思ったから、治療は切り上げて統合艦橋に来た。

まだ自分は生きていて、まだ仲間たちは戦っていて、そしてまだできることは残っている。

そうである以上果たさずに、寝ているわけにはいかない。

解析が無駄になったなと、肩を貸すヴィーカが苦笑する。振り返り、耳を傾けていたイシュマエルが、火器管制士官に目を向けて照準の指示を出す。

見開かれて凍りつく、白銀色の双眸から今は目を背けて――たったこれだけのことで切れる息のまま、それの位置を示した。

「制御中枢はそこです。そこが最も、声が多い。……照準を！」

征海艦〈ステラマリス〉、飛行甲板。

四門の四〇センチ連装砲が轟音と共に旋回する。先の嵐の雨風と、この戦闘での煤と傷。最後の航海でなお戦傷の誉れを負った艦船の女王のその雄姿。

甲板での準備を終え、艦橋内に避難していたカタパルト要員たちが、新たに伝えられた照準へ調整を終えるその巨砲を万感を込めて見つめる。征海艦〈ステラマリス〉主砲の、これがおそらくは最後の射撃。

　その最後の射撃に征海氏族ではない、船団国群人ですらない異国の兵の力を借りることになったのは、ありがたいけれどほんの少しだけ、業腹だ。

『——撃ェッ！』

　爆発じみた発射焔と強烈な射撃の衝撃波を撒き散らして砲撃。残弾全てを虚空へと吐き出し、もうもうと硝煙をたちこめさせて沈黙。——永遠の、沈黙。

　続けて。

「——幸せだな、〈ステラマリス〉。我らが仮初めの、最後の大母上。……最後の戦で、破竜砲まで撃って終えられる」

　カタパルト要員の一人が呟く。命令が下る。彼らの仮初めの、けれど偉大なる長兄の——イシュマエルの最後の砲撃命令。

『照準そのまま。破竜砲——撃ェっ！』

　滑走路に長く埋めこまれた蒸気カタパルト。白く水蒸気の尾を吹き上げて、シャトルが作動の瞬間を待ちわびる——そのカタパルトが作動する。

　二基の原子炉のもたらす莫大なパワーがシャトルを蹴り飛ばす。重量三〇トンの戦闘機を、瞬時に離陸決心速度まで加速するのが航空母艦の、その系譜である征海艦のカタパルトの役目だ。その戦闘機を牽引するシャトルが、艦載機ではなく鎖の尾を引いて疾走する。太い鎖。逆端に征海艦〈ステラマリス〉の、実に重量一五トンにもなる錨をひきずって。

それは飛行甲板上をシャトルに引かれ、九〇メートルの滑走路を一秒足らずで駆け抜ける。

――カタパルトとは元々は、張力発条や捩じり発条の力で弾体を撃ちだす攻城兵器の名称だ。

その名を持つ戦闘機の発進補助装置が、かつての弩砲の役目をそのままなぞる。シャトルが滑走路の端まで到達、硬質の大音響で急停止。勢いのまま浮き上がったワイヤーが、放物線の頂点で錨を手放す。

時速三〇〇キロの速度をそのまま付与して、重量一五トンの巨大な鏃を投擲した。

破竜砲。

艦載機も砲弾も尽きたとしても眼前の砲光種を屠るための――征海艦の最後の兵装。

錨が飛ぶ。先に進む四〇センチ砲の、重量一トンもの砲弾を追い。古代の弩砲と大差ない、原始的で乱暴な投擲方法で投げ撃たれた鏃が、人類のどの国も実用化には至らない最新鋭のレールガン、その予想される弾道と交錯して。


砲声が、聞こえた気がした。

そんなはずはない。音の到達は砲弾よりも遅い。弾速が速く交戦距離の長い現代の戦争では、砲声は着弾よりも後に来る。

けれどその砲声にまるで促されるかのように、セオはトリガを引いた。——相対する一五五ミリ速射砲の砲声など耳に入らなかった。

直上から叩き落された八八ミリ高速徹甲弾は、〈フリーダ〉の制御部を真上から貫通する。

聞こえるはずのない機械仕掛けの亡霊の悲鳴が、聞こえた気がした。

真上からの砲撃に、〈フリーダ〉は一瞬制御部から二つに折れたかのように砲身をのけ反らせる。砲身に集中していた電磁力が行き場を失って回路を逆流、全身から稲妻の血を噴いて頽れる。直後に自爆装置が作動。明後日の方角に吹き飛んでいった八〇〇ミリ砲弾が遠洋の彼方に着弾する。

ついで〈ステラマリス〉からの砲撃が電磁砲艦型へと着弾。——さらに着弾。

堅固な装甲を誇る電磁砲艦型だが、〈ステラマリス〉は距離を詰め、また電磁砲艦型自身が征海艦へと接近していた。——弾速を減衰する距離という楯を、自ら放棄してしまっていた。

四〇センチ砲弾の連射が舷側の一点に精確に、立て続けに叩きこまれる。何度目かの炸裂でついに貫通。次弾が艦体内部へと侵入し、そこで炸裂。

装甲内部からの衝撃に——ついに電磁砲艦型の舷側に大穴が空く。

その大穴に、飛来した時代錯誤の巨大な鏃が、駄目押しとばかりに突入した。

銀色の流体マイクロマシンが、吹き上がる鮮血のように派手に散る。

嗷——……！　と知覚同調の向こう、電磁砲艦型が咆哮をあげる。怒りの。あるいは憎悪の。

鉄色の巨艦はそのまま、着弾の勢いに負けたかのように横に倒れる。津波のように海を割り、波の奥へと沈んでいく。

最後に執着めいた一瞥(いちべつ)を海の向こうの征海艦(せいかいかん)に向け。

満載排水量十万トンの巨大戦艦はあっけなく、海中へと没した。

繋(つな)いだままの知覚同調(パラレイド)の向こう、電磁砲艦型(ノクティルカ)の嘆きの声はまだ消えていない。

まだ生きている。その事実にレーナは険しく目を眇(すが)める。

沈んだ、のではない。潜ったのだ。そもそも当初、海の中から浮上した電磁砲艦型(ノクティルカ)だ。戦闘こそできずとも、潜航は可能と見るべきだろう。

距離を、つめるのがまだ足りなかった。残弾の大半が装甲の破砕に費やされてしまったのだ。制御中枢の完全破壊には至らなかった。

傷ついた魚が泳ぎ去るように、電磁砲艦型(ノクティルカ)の叫喚が遠ざかる。

聞き取って、レーナはイシュマエルを振り返った。

「艦長、追撃を。まだ電磁砲艦型(ノクティルカ)は死んではいませ——……」

言いさして。

そこでレーナは言葉を失った。

喉と舌が凍りついたようになって、身じろぎもそれどころか思考さえもできなくなった。

誰も彼もが、そのようになった。

外部を望む、ホロスクリーン。

そのスクリーンをいっぱいに埋めて、巨大な眼球が見下ろしていた。

中央に一つ。左右側面に一つずつ。眼球の一つ一つに人間がそのまま収まりそうな、あまりの巨大に凝視されているにもかかわらず視線が合ったとさえ感じられない、そんな眼差しだ。

人という生き物の脆弱と矮小を、これ以上なく思い知らせるような。

黒い瞳孔とその周囲の虹彩、瞼はないが白目の部分はほとんど見えなくて、わずかに透き通る瞳孔の造りから人や獣のそれと造り自体の差はそうないと知れる。けれど円や紡錘ではなく鋭角的な菱形が連なる瞳孔と、金属光沢の、それでいて油膜の虹色にも似たでらりと輝く孔雀色の虹彩。

人ではない、異形の。

摩天貝楼拠点から、更に数十キロ先。海の色の変わる境。人の領域とその外側の境目。

その境目をいつの間にか超えて、征海艦の目と鼻の先に、一頭の原生海獣が浮上していた。

もたげられた長い首と尖った頭部。それらは全てが鱗に覆われて、その鱗の質感がなんとも言えず異様だ。金属の鈍い煌めきの鎧のような、ナイフのような尖った鱗を、水晶のように透明な、けれどクラゲの身のように柔らかな質感のもう一枚の鱗の層が厚く覆っている。後頭部から首の後ろ、背に相当する部分にずらりと生えた、割れた水晶の群晶のような背鰭状の器官。硬い鱗の存在と、尖った口吻は強いて言えば爬虫類。けれどどこか柔らかなシルエットは、ウミウシのような軟体生物の印象だった。

全長は推定、三三〇メートル。——原生海獣最大の砲光種、観測事例のある中ではその最大の、三〇〇メートル級の行幸だった。

碧洋を支配する海の王のその一体は、〈ステラマリス〉を静謐に、そして傲然と見下ろす。征海艦の中にうごめくちっぽけな陸生哺乳類の存在を、明らかに認識しているとなぜかわかった。

瞼のない眼球はまばたかず、艦内のレーナたちを凝視したまま逸らされもしない。ぼろぼろの人類とその艦、その敵でありながら人類が生み出した機械の一種である鋼鉄の怪物。その双方どちらにとってもまるで異質な、通じるものの何一つない異質な眼差し。

この世に神がいるのなら、それはこういう眼差しをしているのかもしれない。

眼前、砲光種の尖った頭部で、不意にがばりと口が開く。奥に鈍く、煌めく水晶状の突起が覗く。

空を焼くレーザーの発振部だと、麻痺した思考の片隅が辛うじて理解した。

転瞬、砲光種が咆哮した。

Illustration:I-Ⅳ

――――――――――――――――――――――――!!

重い〈ステラマリス〉の艦体が、びりびり震えて鳴るほどの高周波の大音響。人間の可聴域ぎりぎりの、音というより衝撃波に近いそれが全身を打つ。

言葉はない。

原生海獣（クジラ）は人語を操らず、また原生海獣（クジラ）同士のコミュニケーションに言語が使われているのかどうかも未（いま）だ判明してはいない。

それでも警告だと誰もが、理解した。

本能的な恐怖が体も思考も凍りつかせる。人間など本来、大地を這（は）いずるだけの無力な獣の一種だ。ただ一体で人の叡智（えいち）も殺戮（さつりく）機械の戦闘能力さえも打ち破る、自然の暴威そのものの絶対強者に対峙（たいじ）できるわけもない。

開けた時と同じくらいに唐突に、再びがばりと口を閉じて砲光種（ムスクラ）が身を翻（ひるがえ）す。全長実に三〇〇メートル、生物とは信じがたい巨軀（きょく）の獣にふさわしい、何物をも恐れない悠然たる動きで。

その長い頭の鼻先までが波の下に消え、悠々と遊弋（ゆうよく）し水平線の彼方（かなた）へと泳ぎ去っていくまで

――人間どもは誰一人、身じろぎさえもできなかった。

呼吸さえ最小限に控えて身をすくめる、嵐をやり過ごす小動物たちのような時間が過ぎることしばし。

ふー……と長く息を吐いて、最初に動いたのはシンだった。

とはいえ自分の意志で動いたわけではない。治療もせずに無理を押して統合艦橋まで来て、その無理がついに限界に達して立っていられずに頽(くずお)れたのだ。

「シン!?」

慌ててレーナが駆け寄る。肩を貸していたヴィーカが膝をつかせるのに、そのまま傍(かたわ)らに膝をついた。

「もう……だから無理をしないでくださいと……!」

「卿(けい)が戻ったなら俺の仕事もないし、どうしてもというから連れてきてやったが。……もういいだろう、大人しく治療に戻れ。マルセル、手を貸せ」

「それは、戦闘が終わったから戻るつもりだけど。もう少しだけ待ってくれ」

泣き出しそうなレーナから目をそらし、嘆息するヴィーカと天を仰ぐマルセルはとりあえず無視して、救助された際に一度外されてここに来る途中雑に嵌(は)めただけのレイドデバイスをつけ直した。

同調の対象は、当然。

「クレナ、セオ。——心配かけた。おれは無事だ。他の連中はまだ、回収中で確認しきれてないけど……」

大きくクレナが息を呑むのが聞こえた。それから長く長く、泣きだしそうに息をつくのも。

『…………………！　シン…………………！』

『あー、俺も回収ずみで、そんで一応生きてる。アンジュとダスティンも、少なくとも一緒に拾われてはいるな』

続けて、治療室か病室から通信だけを割りこませてきたライデンの声も。

セオの言葉だけ、返らない。

涙をぬぐって、先んじてレーナが言う。

「助かりました、セオ。あなたがレールガンを破壊してくれなかったら、わたしたちがやられていた」

応じる声は、やはりない。怪訝にシンが口を開きかけた直後に、ようやく。

『よかった、レーナ。シン、ライデンも。……よかった。君たちは、無事で』

その、声の調子。

押し殺したような。何かを——たとえば痛みを、堪えてでもいるかのような。

「……セオ？」

負傷したと察して無意識に声が低まる。緊迫が、喉を締め上げるのを自覚した。

この声。

堪えるように押し殺して、そしてどこか不自然なまでに落ちついて、静かな。諦観にも似たその響き。——堪えているのは、傷の痛みだけではない。

急きこむように問いかけた。

「負傷したのか。……自力で戻れないなら今——」

遮って、セオは言う。

話していられる時間は、多分もうあまりない。刺激が大きすぎて感覚が麻痺しているから何も感じないだけで、戻ってくればきっと、口もきけない。

「うん。……ごめん」

最後に交錯した、一五五ミリ艦砲弾は。

散弾だった。信管の設定が間にあわなかったのか、〈ラフィングフォックス〉の横を抜けて通りすぎてから自爆した。直撃ではなかった。炸裂して飛散する、その破片もほとんどは背部の砲が受け止めてくれた。

ただ。

電磁砲艦型を繋ぎ止めていた、遠制艦〈デネボラ〉の残骸。その上に立つ〈ラフィングフォックス〉のコクピットの中、セオはその損傷を見る。閉鎖されたコクピットの中から直接は見えないはずの、〈ラフィングフォックス〉の損傷を目視する。――背後から襲いかかった砲弾片は、左の脚部を前後どちらも、装甲とフレーム、更にはコクピットブロックの一部に至るまで、切り落として持ち去ってしまった。

切り裂かれてぽかりと大穴の開いたフレームから、青い色が覗いている。

空の青と、海の青。残骸とはいえ遠制艦の甲板だった場所は海面からはまだずいぶん高い位置にあって、だから遮るもののない海の遥か遠くまでが目に入る。海と言われて連想する青い色彩と、碧洋の見慣れぬ深い藍碧。

水面から上には生き物なんて、人や獣どころか鳥も虫さえも棲まなくて澄みきった大気の、嵐が去ったばかりの拭われたように雲一つない空の、紺碧の天空。水平線を境にその下、藍碧の碧洋と青い海は、高い陽の光に無数の波の縁を微細な、玄妙なあおいろに煌めかせている。

どちらかが、あるいはどちらもが鏡のような。一面の青。

どちらも光り輝くようで、その奥の深みの闇色は決して見通させない。

あおい色は、闇の上澄み。

見通せぬ奈落の表層だというのに――どうしてこんなにも、吸いこまれそうに、うつくしい。

戦場を、戦闘を好きだと思ったことはない。

共和国八六区で無人機の部品として戦闘を強制され、その果てに無為に死ねと命じられたことを今でもセオは恨んでいる。

戦いたくなんてなかった。それしか選べる道がなかっただけだ。
生き残るのに。自分の誇りを保つために。
そのはずなのに、何故(なぜ)だろう。涙が零(こぼ)れた。

「僕はもう、――一緒には戦えないや」

背後から襲った、砲弾片。頑強なコクピットをも切り裂く威力の。

破片そのものもその威力も、大半は背部の砲が受け止めてくれた。けれど——浸透した衝撃に、内部の部品が引き裂かれて飛び散った。

その一つが通り抜けた左手は、——手首と肘の半ばから斬り落とされてどこにもなかった。

あとがき

作中の空気は読まずに！　海回です。こんにちは、安里アサトです。

まあ、私は子供の頃から海が怖いので、その恐怖が強く出た巻になりましたが。怖いよ海。

と言いつつ深海のドキュメンタリー番組は好きなんですけど。夢がありますね、深海。メガロドンとかいっそクラーケンとかドラゴンとか、実はどこかにいないかなぁ。

さて。

いつもありがとうございます！『86―エイティシックス―』八巻『―ガンスモーク・オン・ザ・ウォーター―』お届けします。タイトル元ネタはDeep Purpleの名曲『Smoke on the water』から。今回は船団国群編です。船団国群とは？　と思った方は本文を見てね！

そして皆さま、ありがとうございます。染宮すずめ先生による『学園86』コミカライズと！

石井俊匡監督・A-1 Pictures様制作でのアニメ化です！

嬉しいことばかりで、まだ夢でも見てるみたいです。すべて大勢の方々に応援いただきました、そのおかげです。本当にありがとうございます！　どうぞお楽しみに！

いつもの注釈。

・征海艦(せいかいかん)

想定敵が現実の空母とは違ったり予算がなかったりで、運用も兵装もだいぶ違う86世界の空母。艦隊の編成も、潜水艦と強襲揚陸艦がいなかったり。ちなみに建造元は実はギアーデ帝国です。予算と技術のない船団国群と、遠洋艦そのものは重要でないが運用データの取得と建造技術の蓄積、万一征海成功した場合の利権を獲得したい帝国の利害の一致によるものです。

・原生海獣(クジラ)

三巻あたりからしれっと出してる、86世界における海洋の設定。登場したアレの他にも六種類ほどいて、いろいろ設定も組んであるのですが本筋に何一つ関係ないので全部割愛。

あ、ちなみにもう出ません。正体を明らかにするつもりもないです。

最後に謝辞を。

担当編集、清瀬(きよせ)様、土屋(つちや)様。今巻も作品の精度を上げるご指摘の数々をいただきました。

しらび様。アニメ化お祝いイラストを拝みながらこのあとがき書いております。

Ｉ－Ⅳ様。今巻、またもアイディアを使わせていただきましてありがとうございます。

吉原様。八六区の真の地獄を、これから精緻に描いていただけると思うとわくわくします。

染宮様。笑顔の眩しいセーラー服レーナと、ちょっと反抗期な学ランシンが可愛いです。二人と仲間たちの学園生活、今からとてもとても楽しみです。

石井監督とスタッフの皆様。お会いするたびに86アニメへ掛ける膨大な熱量を感じて、この方々に制作担当していただけてよかったなと思っています。


そして本書をお手に取ってくださったあなた。いつもありがとうございます。ついに戦争の終わりの見え始めた中でのエイティシックスたちの選択を、どうぞ見守ってやってください。

それでは、人の立ち入るを拒む碧き異界に。別の戦場で同じく誇り高く生きた船乗りたちに出会う、少年少女の傍らに。あなたをひととき、お連れすることができますように。

あとがき執筆中ＢＧＭ：Smoke on the water（Deep Purple）

●安里アサト著作リスト

「86―エイティシックス―Ep.1～8」（電撃文庫）

本書に対するご意見、ご感想をお寄せください。

ファンレターあて先
〒102-8177　東京都千代田区富士見2-13-3
電撃文庫編集部
「安里アサト先生」係
「しらび先生」係
「I-IV先生」係

読者アンケートにご協力ください!!

アンケートにご回答いただいた方の中から毎月抽選で10名様に
「図書カードネットギフト1000円分」をプレゼント!!

二次元コードまたはURLよりアクセスし、
本書専用のパスワードを入力してご回答ください。

https://kdq.jp/dbn/　パスワード　wds5v

●当選者の発表は賞品の発送をもって代えさせていただきます。
●アンケートプレゼントにご応募いただける期間は、対象商品の初版発行日より12ヶ月間です。
●アンケートプレゼントは、都合により予告なく中止または内容が変更されることがあります。
●サイトにアクセスする際や、登録·メール送信時にかかる通信費はお客様のご負担になります。
●一部対応していない機種があります。
●中学生以下の方は、保護者の方の了承を得てから回答してください。

本書は書き下ろしです。

この物語はフィクションです。実在の人物·団体等とは一切関係ありません。

電撃文庫

86―エイティシックス―Ep.8

―ガンスモーク・オン・ザ・ウォーター―

安里(あさと)アサト

◆◇◇

2020年5月9日　初版発行
2024年9月30日　15版発行

発行者　山下直久
発行　株式会社KADOKAWA
〒102-8177　東京都千代田区富士見2-13-3
0570-002-301（ナビダイヤル）
装丁者　荻窪裕司（META＋MANIERA）
印刷　株式会社KADOKAWA
製本　株式会社KADOKAWA

※本書の無断複製（コピー、スキャン、デジタル化等）並びに無断複製物の譲渡および配信は、著作権法上での例外を除き禁じられています。また、本書を代行業者等の第三者に依頼して複製する行為は、たとえ個人や家庭内での利用であっても一切認められておりません。

●お問い合わせ
https://www.kadokawa.co.jp/（「お問い合わせ」へお進みください）
※内容によっては、お答えできない場合があります。
※サポートは日本国内のみとさせていただきます。
※ Japanese text only

※定価はカバーに表示してあります。

©Asato Asato 2020
ISBN978-4-04-913185-7　C0193　Printed in Japan

電撃文庫　https://dengekibunko.jp/

電撃文庫創刊に際して

文庫は、我が国にとどまらず、世界の書籍の流れのなかで〝小さな巨人〟としての地位を築いてきた。古今東西の名著を、廉価で手に入りやすい形で提供してきたからこそ、人は文庫を自分の師として、また青春の想い出として、語りついできたのである。

その源を、文化的にはドイツのレクラム文庫に求めるにせよ、規模の上でイギリスのペンギンブックスに求めるにせよ、いま文庫は知識人の層の多様化に従って、ますますその意義を大きくしていると言ってよい。

文庫出版の意味するものは、激動の現代のみならず将来にわたって、大きくなることはあっても、小さくなることはないだろう。

「電撃文庫」は、そのように多様化した対象に応え、歴史に耐えうる作品を収録するのはもちろん、新しい世紀を迎えるにあたって、既成の枠をこえる新鮮で強烈なアイ・オープナーたりたい。

その特異さ故に、この存在は、かつて文庫がはじめて出版世界に登場したときと、同じ戸惑いを読書人に与えるかもしれない。

しかし、〈Changing Times,Changing Publishing〉時代は変わって、出版も変わる。時を重ねるなかで、精神の糧として、心の一隅を占めるものとして、次なる文化の担い手の若者たちに確かな評価を得られると信じて、ここに「電撃文庫」を出版する。

1993年6月10日
角川歴彦

電撃文庫DIGEST　5月の新刊

発売日2020年5月9日

ソードアート・オンライン24 ユナイタル・リングⅢ 【著】川原 礫　【イラスト】abec	二百年後の《アンダーワールド》へ舞い戻ったキリトを待っていたのは、運命の邂逅だった。「これが《星王》を名乗る男の心意か」《整合機士団》団長を名乗るその男は、かつてキリトが失った《彼》と同じ目をしていて——。
86—エイティシックス—Ep.8 —ガンスモーク・オン・ザ・ウォーター— 【著】安里アサト　【イラスト】しらび 【メカニックデザイン】I-IV	終戦。終わりなき戦争に、ふいに見えかけた終わり。もし、戦いがなくなったとき、自分たちは何者になればよいのか——。戦士たちに生まれたその一瞬の迷いが、悲劇という名の魔物を引き寄せる。
新説　狼と香辛料 **狼と羊皮紙Ⅴ** 【著】支倉凍砂　【イラスト】文倉 十	絆を形にした二人だけの紋章を作るため、コルとミューリは歴史に詳しい黄金羊ハスキンズを訪ねることに。 その道中、行き倒れの少年騎士に出くわすが、彼は"薄明の枢機卿"であるコルを目の敵にしていて!?
三角の距離は限りないゼロ5 【著】岬 鷺宮　【イラスト】Hiten	「秋玻」と「春珂」。どちらへの想いも選べない僕に、彼女たちは「取引」を申し出る。二人と過ごす甘い日々がいっとき痛みを忘れさせても、終わりはいつかやってくる……今一番愛しく切ない、三角関係恋物語。
リベリオ・マキナ4 —《白檀式改》紫陽花の永遠性— 【著】ミサキナギ　【イラスト】れい亜	水無月、桜花、全てを失ったその夜。リタの導きで、カノンは密かにイエッセルを脱出。アルプスの山村で二人が合流したのは、吸血鬼王・ローゼンベルクだった。そこでカノンは、吸血鬼たちから驚愕の提案を受け——。
吸血鬼に天国はない③ 【著】周藤 蓮　【イラスト】ニリツ	恋人として結ばれたルーミーとシーモア。運び屋の仕事を正式に会社として立ち上げて、日々の苦労の中でも幸福を享受していた二人。だが監獄から『死神』が抜け出したというニュースとともに、彼らの平穏に影が走る。
ぽけっと・えーす!② 【著】蒼山サグ　【イラスト】ていんくる	ポーカー全国大会に向け、パワーアップを目指すお嬢様たちとドキドキ（＝即逮捕の）沖縄合宿を決行。そして、大事なスタメンを巡る選抜は——なぜか小学生たちの脱ぎたて"利きパンツ対決"に発展して!?
新作 **楽園ノイズ** 【著】杉井 光　【イラスト】春夏冬ゆう	女装した演奏動画がネットで話題となっていたら、学校の音楽教師に正体がバレてしまい!?　口止めとしてこき使われるうちに、先生を通じ個性的な三人の少女と出会い、僕の無味無臭だった高校生活が彩られていく——
新作 **日和ちゃんのお願いは絶対** 【著】岬 鷺宮　【イラスト】堀泉インコ	「わたしのお願いは、絶対なの」どんな「お願い」でも叶えられる葉群日和。始まるはずじゃなかった彼女との恋は、俺の人生を、世界すべてを、決定的に変えていく——終われないセカイの、もしかして、終わりの恋物語。
新作 **魔力を統べる、破壊の王と全能少女** ～魔術を扱えないハズレ特性の俺は無刀流で無双する～ 【著】手水鉢直樹　【イラスト】あるみっく	一度も魔術を使用したことがない学園の落ちこぼれ、天神円四郎。彼は何でも破壊する特異体質を研究対象に差し出すことで退学を免れていた。そんなある日、あらゆる魔術を扱える少女が空から降ってきて——!?
新作 **アンフィニシュトの書** 悲劇の物語に幸せの結末を 【著】浅白深也　【イラスト】日下コウ	ごく平凡な高校生・輝馬が『"主人公" 募集』の文言につられて応募したアルバイト。謎の美女が主を務める館で行われるそれは、主人公として本の中に赴き、その物語をハッピーエンドへ導く仕事だった——。
新作 **僕をこっぴどく嫌うS級美少女はゲーム世界で僕の信者** 【著】相原あきら　【イラスト】小林ちさと	神部真澄——将来、官房長官になる男。不登校のクラスメイト・音琴美加を説得するため、ゲームにログインしたんだが……。どうやら勝手に使った従妹のアカウントは人気の実況者らしく、しかも彼女は熱狂的信者だった!?

暴虐の魔王と恐れられながらも、闘争の日々に飽き転生したアノス。しかし二千年後、
蘇った彼は魔王となる適性が無い“不適合者”の烙印を押されてしまう!?
「小説家になろう」にて連載開始直後から話題の作品が登場!

電撃文庫

TYPE-MOON×成田良悟

でおくる『Fate』スピンオフシリーズ

著者／成田良悟　イラスト／森井しづき
原作／TYPE-MOON

Fate strange Fake

フェイト／ストレンジ　フェイク

電撃文庫

おもしろいこと、あなたから。

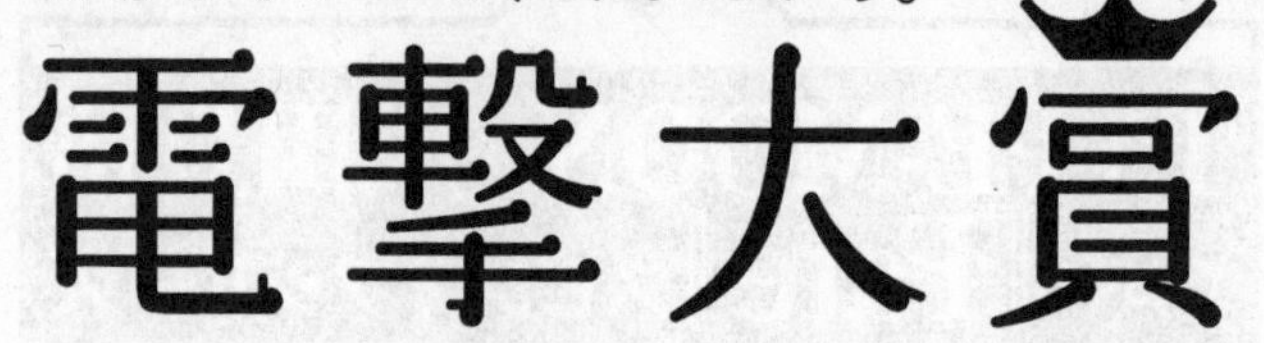

自由奔放で刺激的。そんな作品を募集しています。受賞作品は「電撃文庫」「メディアワークス文庫」「電撃コミック各誌」等からデビュー！

上遠野浩平（ブギーポップは笑わない）、高橋弥七郎（灼眼のシャナ）、
成田良悟（デュラララ!!）、支倉凍砂（狼と香辛料）、
有川 浩（図書館戦争）、川原 礫（ソードアート・オンライン）、
和ヶ原聡司（はたらく魔王さま！）、安里アサト（86―エイティシックス―）、
佐野徹夜（君は月夜に光り輝く）、北川恵海（ちょっと今から仕事やめてくる）など、
常に時代の一線を疾るクリエイターを生み出してきた「電撃大賞」。
新時代を切り開く才能を毎年募集中!!!

電撃小説大賞・電撃イラスト大賞・電撃コミック大賞

賞（共通）	
大賞	正賞＋副賞300万円
金賞	正賞＋副賞100万円
銀賞	正賞＋副賞50万円
（小説賞のみ）	**メディアワークス文庫賞** 正賞＋副賞100万円

編集部から選評をお送りします！
小説部門、イラスト部門、コミック部門とも1次選考以上を通過した人全員に選評をお送りします！

各部門（小説、イラスト、コミック）郵送でもWEBでも受付中！

最新情報や詳細は電撃大賞公式ホームページをご覧ください。

http://dengekitaisho.jp/

主催：株式会社KADOKAWA